kitakata kenzo

北方謙三

煤煙

baien

講談社

目次

装幀　関口　瑚

写真　ＤＹＳＫ

煤煙

第一章

1

冷えたコーヒーの表面が、かすかに揺れていた。マグカップに注《つ》いだまま、眠ってしまったようだった。私は、それをシンクに捨て、しばらく考えてから、コーヒーメーカーの中身も捨てた。すっかり煮詰ってしまっている。

それから煙草《たばこ》に火をつけ、ソファに腰を降ろすと、首筋を二、三度動かした。

やはり、コーヒーが欲しい。しかし、新しく淹《い》れようという気分も、起きてこない。大きく息をつき、煙草をくわえたまま腰をあげ、冷蔵庫からミネラルウォーターのペットボトルを出すと、またソファに戻った。

あまり冷えてはいない。もともと冷却用のガスが減り気味のところがあり、ほかに電力を使う時は、ブレイカーが落ちないようにスイッチを切ってしまうからだ。

煙草が、短くなった。消した吸殻と一緒に、灰皿のものをビニール袋に放りこんだ。水だけでは、眼がはっきりと醒《さ》めない。私はズボンを穿《は》くと、ビーチサンダルをひっかけた。

厚い雲が、空を覆っていた。後部甲板《アフトデッキ》で、私はしばらくじっと立っていた。それから浮桟橋《ポンツーン》に降りて、マリーナ事務所の、自動販売機が並んだ方に歩いた。途中でゴミの入ったビニール袋を捨てる。

平日のマリーナは、閑散としていた。おまけに、降り出しそうな空だ。ヨットの若いクルーが、帆の手入れをしているのが見える。

私は煙草を二箱買い、駐車場に回ると、軽乗用車に乗りこんだ。八万キロ走っているポンコツだが、まだ健気《けなげ》に走る。

マリーナのレストランが開くのは、十一時からだった。ようやく九時を回ったところだ。車でちょっと走れば、朝めしが食える店はあった。ただ、最近は上品になって、ビーチサンダルなどでは入れてくれなかったりする。車の中には、一応靴が置いてあった。路肩の隙間に車を入れ、靴を履いて舗道に出た。この時間は、駐車の取締はまだやっていないだろう。

小さな店に入り、コーヒーとピザトーストを頼んだ。やっとコーヒーにありつけた。そんな気分が、どこか惨《みじ》めで、ちょっとした快感にもなった。朝刊が置いてあったので、私は見出しだけを見ていった。この一週間、新聞も読んでいない。ラジオのニュースを、なんとなく耳に入れていただけだ。特別に大きなニュースなどなかった。

店を出ると、すぐマリーナに戻った。

三十八フィートで、船齢十一年。三日月という名の船だ。かなりの老齢だが、一応エンジンのオーバーホールは済んでいた。この三日月が、しばしば私の家になる。

船室《キャビン》があり、ギャレーがあり、シャワーとトイレもある。上はフライブリッジで操縦席と航海計器だが、下は居住スペースとして設計されたものだ。船首《バウ》部分には、ダブルベッドや服などの収納スペースがあった。

だから、ここで暮すことに、大きな不便はなかった。陸電を取れば、船の中のものは一応すべて使える。

冷蔵庫を使い、電磁プレートを使い、夜遅くまで電気をつけている。マリーナは、見て見ぬふりということだろう。電磁プレートと冷蔵庫とオーブントースターを同時に使うことはできないので、消費している電力はわずかなものだ。

私は、後部甲板《アフトデッキ》の椅子に腰を降ろし、しばらく海を眺めていた。磯の匂いも潮の匂いも、強くない。代りに、別な臭気が鼻をついた。都会の臭気、錆《さび》の臭気。どんなふうにも形容できるが、私はそれが嫌いではなかった。

私が腰を降ろしているのはトローリングチェアで、しっかりと床に固定されていて、ただ方向を変えることができるだけだった。買った時から、付いていたものだ。

東京湾の奥のこのマリーナから、トローリングに適した海域に出るまで、三日月の馬力では二時間はかかる。それも悪くはなかった。急いで釣りに行くことなど、私にはないのだ。

雨が落ちてきた。激しい雨になりそうではないが、いつまでも続きそうな感じがある。

私は船室《キャビン》に入り、換気のために開けてあったハッチを閉じた。

そのまま船室のソファに横たわり、煙草をくわえた。

なにかをしていなければ苦痛だ、という時期は過ぎた。数年前まで私には確かにそういう傾向があったが、いまは二日でも三日でも、ぼんやりしていられる。老いが近づいているとは、思っていない。ちょうど四十歳だが、まだ若いのだという気分の方が強かった。体力は、維持していこうという考えに傾き、ことさら鍛えようとは思わなくなった。毎朝、一時間ほど走るだけである。

雨は、降り続けていた。ハッチを見れば、ひどくなってはいないが、やむ気配もないことはわかる。煙草を二本喫《す》うと、私は眼を閉じた。

私のことを、水上生活者とマリーナの連中が言っていることは、知っていた。自分でも、そう言うことがある。気に入っている呼称であることは、確かなのだ。

ただ、私が船で暮すのは、月に十日というところだった。必要なものは揃《そろ》っている。狭く、湿っていて、時々揺れるのが、なぜか好きだった。

この季節はエアコンが欲しいが、それには陸上からの電源だけでは足りず、発電機が必要だった。買った時から発電機は毀《こわ》れていて、修理しようと思ったことはない。

うとうととしていた。

携帯電話の震動が、ズボンのポケットでしばらく続いた。起きあがり、電話を出した時は、もう切れていた。私は肩を竦《すく》め、着信の番号を出してかけ直した。彼女からの電話を待っていたのに、出損《でそこな》った。

「なにしてたのよ?」

尖った声が、耳に突き刺さってきた。

「悪い、用を足してた」

「間の悪い男」

「ズボンぐらいあげてから、あんたと喋《しゃべ》りたいからな」

「女だと思ってんだ、あたしのこと」

笑い声があがり、その続きのように、彼女は咳《せ》きこんだ。

「今夜、来るってよ。さっき、電話があった。くたびれてるみたいだったね」

「そうか、何時ごろ？」

「時間まで聞いちゃいないよ。今夜、行く。あっそう、てなもんね」

「わかった。俺も、今夜、行くことにする」

「面倒はごめんだからね。あんたから渡された金に、面倒代までは入ってないよ」

「そりゃそうさ。今夜の飲み代も、入っていない」

「わかってりゃ、いいんだよ」

彼女の方から、電話を切った。

私は、船室《キャビン》の物入れから、新しく作った小型のルアーと、トローリング用の天秤を出した。四十号のラインで、仕掛けを作っていく。トローリングでは、大物用のルアーを竿《ロッド》一本にひとつ流すと考えられているが、それほど大きなものを狙わない時は、三つ四つルアーを流せる仕掛けを使うのだ。

ルアー作りは趣味のようなものだったが、凝《こ》りに凝っているというわけでもなかった。魚がどんなものに騙《だま》されるのか、試して喜んでいる程度だった。

仕掛けを、二つ作った。それから、船室《キャビン》の中の掃除をした。普通のコンセントが何ヵ所かにあり、陸電を取っている時は、掃除機も使える。

冷蔵庫には、あと二、三日で腐ってしまうだろうという牛肉と、芯が生っぽい丸のままのフライドポテトと、萎《しな》びかかったレタスがあった。中の食材は、週に一度は整理する。一週間が腐る限界だろうと勝手に決めているからだが、ものによってはもっと早く腐るものもあった。食ったあと、腹痛でそういうことに気づいたりする。

肉は、キッチンペーパーに包みこんである。毎日、それは替えるので、肉に対する時だけは、自分がひどく神経質な男なのだと思うことがあった。あとのものは、適当である。特に野菜など、腐って崩れていないかぎり、食ってしまう。

電磁プレートのスイッチを入れ、その間は冷蔵庫の電気を切った。電磁プレートは二つある。片方に、油を入れた小鍋をかけた。油が熱くなると、まだ芯が生のフライドポテトを入れる。こうすると、不思議にやわらかく、いつまでも冷めないフライドポテトができあがるのだ。これは、私の自信作だった。一度、完全に冷やしてしまうのがいいのだ。

もうひとつのプレートで、肉を焼いた。焼く前に鼻を近づけたが、危険なほどの腐臭はなかった。

ほんとうは、晒《さらし》の布に包んで冷蔵庫に入れておくのだと、コックの経験のあるヨットマンに聞かされたことがある。それを肉のエイジングと言い、新しい肉よりずっと味が出るのだ。魚では、鮪《まぐろ》などを同じように扱う。

この船で鮪などが釣れることはほとんどないので、大抵の魚はその場で血を抜き、できるだけ早く食う。

塩を擦《す》りこんだ肉を、低温のフライパンに置いた。じわりと焼く。それが、この肉の扱い方だった。船の上なので、ワインをかけ、アルコールを飛ばすなどということはやらない。あくまでじわりと焼き、胡椒《こしょう》をふりかけて食うだけである。レアに近い焼き方でも、肉汁はほとんど出ない。

フライドポテトと肉があがると、食事をはじめた。野菜は湯をかけて縮まらせたものに、マスタードをつけて食う。あとはパンで、飲みものはビールかワインである。

口の開いたワインがあったので、私はそちらを飲みはじめた。ボトルに半分ほど残っていたワインは、酸化していくらか愛想がなくなっていたが、肉にはよく合った。

食いものにこだわるような生活は、してこなかった。ただ、二年前までは、望む望まないは別として、手のかかったうまいものを食っていた。そのころからの習性で、肉と魚はまずければ食わない。

食事を終えると、私はシンクに水を溜め、鍋やフライパン、食器を洗った。マリーナの中で洗剤の混じった水を排出するのは、いやがられる。だから、人の多い休日はやらない。しかし洗剤が必要なほど、このあたりの海水は汚れている、と私は思っていた。

ポテトを揚げた油は、凝固剤で固めて、ゴミと一緒に捨てる。

食器を片付けると、ゴミをひとつにまとめた。それから、キャンバスの大きな袋に入れたものを、別のビニール袋に詰め替えた。

煙草を喫う。ラジオをかけてみる。天気予報はやっていなかった。外は、まだ雨である。濡れたところでどうということもないが、気分はうっとうしい。

私は、荷物を担《かつ》いで船室《キャビン》を出、施錠《せじょう》した。浮桟橋《ポンツーン》に荷物を置き、まずゴミだけ捨ててきた。荷物の大部分は、洗濯物である。それを取りに戻り、駐車場の車まで運んだ。そうしている間に、シャツがすっかり濡れた。膨《ふく》らんだビニール袋の中に手を突っこみ、いくらかましなTシャツを出すと、着替えた。

久しぶりに真水で洗われ、車は気持がよさそうだった。

三十分も走らず、私の部屋に着いた。一ＬＤＫの部屋で、私は窓を開けて空気を入れ換えると、エアコンを全開にした。それから洗濯機に洗濯物を放りこみ、スイッチを入れた。

居間には、椅子とテーブル、それにテレビとサイドボードがある。奥の部屋はベッドだけで、備えつけのクローゼットの中は、服が数着かかっている。

ひとりで暮すには、ちょうどいい広さだった。築十五年のものを、二年前に買った。船を買ったのも、同じ時だ。

洗濯が終り、乾燥機に放りこむと、私はバスタブに湯を溜めた。髭《ひげ》が、かなりのびている。それは蓄えたというほどではなく、不精髭というにはいささか長すぎた。

バスタブに身を沈め、しばらく湯の感触を愉《たの》しんだ。それからボディシャンプーで、全身を洗い、髭も剃《そ》った。栓を抜いてから、私は洗剤でバスタブを洗い、そのあとにシャワーを使った。

掃除については熱心だが、洗濯はどうでもいいと思っているところがある。少々汚れたものでも、船では平気で着ていた。

二年前まで、私は洗濯も掃除もしたことがなかったが、着るものは清潔で、部屋はいつも片付いていた。掃除にだけこだわる自分の性格は、やはりよくわからない。

冷蔵庫にあるのは、ほとんど飲みものである。こちらの冷蔵庫の方が船のものより数倍大きく、よく冷えるのに、飲みもの以外のものが入っていたことはほとんどなかった。部屋にいる時、食事はいつも外食である。寝酒のための、氷があるだけでいいのだ。やることがなくなった。

私はベッドに横たわり、しばらく天井を眺めていた。それから、下のボックスから郵便物を持ってきていたことを思い出した。起きあがり、リビングのテーブルで封を切っていった。ダイレクトメールが多く、引き落としの通知もいくらかあった。見憶《みおぼ》えのある封筒が、ひとつあった。

その封を、私は最後に切った。由美子からである。

このところ、字が急速にうまくなった。使っている漢字も多い。もう中学生だった。

四月に入学して、夏までに五通も手紙が来ているので、どういう中学で、どういう友だちがいるか、大抵のことはわかっていた。教師のあだ名まで、私は知っているのだ。

そのくせ、私は中学生の由美子と会っていなかった。

手紙は、必ず母親のことにも触れられていて、私は別れた女房の成功ぶりの一端も、それで知った。

別れたのは、二年前の夏だ。それまで住んでいた、四LDKのマンションを、未紀子《みきこ》は私に残していった。私はそのマンションを即座に売り払い、この小さな部屋と、船と、軽自動車を買った。マンションにはまだだいぶローンが残っていたが、それも未紀子はきれいにしていたのだ。

二年の間に二度、未紀子は私に会いに来た。

白い大型のメルセデスを自分で運転し、相変らずきれいで、私の生活の自堕落さを、まだ女房であるかのような口調で責めた。再婚でもしろ、と私は言い返した。

未紀子は再婚する意志などなく、そして私の能力をある程度認めていて、事業のパートナーにしようとしているのだった。私には、その気はなかった。それでも諦めていないという感じは、いまもまだある。

ボーイフレンドのことも、書かれていた。高校まで続いている女子校だから、当然他校の生徒ということになる。ママには内緒だ、ということも書き添えられていた。

二、三週間経てば、また由美子の手紙が来て、ボーイフレンドとどこまでいったかが書かれていたりするのだろう。

私の方から、手紙を書いたことはなかった。

キャビネットの抽出《ひきだし》に手紙を放りこみ、私は服を着た。何度か、由美子に返事を書こうとしたことがある。やめたのは、自分が父親失格だ、としか思えなかったからだ。いまは、決まった女もいる。

女がいることを、未紀子には話していた。結婚する気があるのかと訊《き》かれ、ない、とだけ答えた。

半袖のポロシャツで、上着は持って私は部屋を出た。

2

生ビールをジョッキ一杯と、冷酒を二本空けた。カウンターだけの店で、惣菜《そうざい》が売りものである。私も、三品ほどは平らげていた。

女将《おかみ》は、五十をいくつか過ぎたぐらいだろう。若いころは美人だった、といつも自分で言っている。いまも、捨てたものではなかった。ただ、男出入りは激しそうだ。

客のひとりが、ビールを勧めていた。気軽にそれを受け、ひと息で空けて、拍手《はくしゅ》を貰《もら》っている。笑っているが、どこか緊張もしているようだ、と私は思った。

客の中では、私が一番若かった。連れがいないのも、私だけだ。カウンターには十人は座れるが、いまのところ六人の客だった。

ひとりでやるには、ちょうどいい規模の店なのかもしれない。ちょっと男が助けてやりたくなる。そんな感じが、女将にも店にもあった。

「青井ちゃん、これ食べるかい？」

皿に載っているのは、大根を煮こんだものだった。汁がしみこんで、うまそうな色になっている。

「きのうの、おでんの残りだからさ、半額」

「金、取るのかい？」

「当たり前だろう。わざわざ半額にしてやってんのに」

「残りものの整理だぜ」

「いい味が出てんだよ。だから、あんまり酔っ払ってない青井ちゃんにやろうと思ったのに」

喋り方は伝法だが、挙措《きょそ》はどこかたおやかで、それを魅力に感じる客もいるのかもしれない。

「いただきます」

「それでいい。うちの店で、食えないもの出したことないだろうが」

「なんでも、頼みゃ出してくれんのか、おい。あんまり見せねえもんも」

ほかの客が、口を挟んだ。そろそろ、酔いはじめる時刻にはなっている。

「うちの店、猥談《わいだん》は禁止。佐藤ちゃん、あんたが連れてきた客、柄が悪いね」

大根には、いい味が出ていた。メニューなどなく、その日によって献立が変るという。私が来たのは二度目だった。

戸が開いて、客が入ってきた。女将は、びっくりしたように、隅の客にむけていた顔を入口に回した。それから、顔に笑みが浮かんだ。常連の客のようだ。

ほかの客は気づかないが、私には女将の緊張が高まっているのが、よくわかった。

私は、冷酒をもう一本頼んだ。それが空きかけたころ、戸が開き、田所が入ってきた。

私の隣に腰を降ろしたのは、偶然だろう。おしぼりを出す女将の顔は、愛想笑いも浮かべていなかった。私の方に、ちらちらと眼をくれているだけだ。

「酒」

田所は、短く言った。

あらかじめ電話をしてきたのは、金を用意しておけという意味だったのか。

「冷酒でいいんですか？」

「この季節に、燗酒《かんざけ》はねえだろう」

　写真で見るより、若い感じだった。五十九歳のはずだが、五十代前半というふうに見えた。女将が酒の種類をいくつか言い、田所が答えた。すぐに冷酒が出された。田所は、横柄に盃《さかずき》を女将に突き出した。一杯目だけを注ぎ、女将は別の客の方へ行った。

「食いものも出さねえのか」

　呟《つぶや》くように、田所が言った。

　私は、三本目の冷酒を空けていた。二杯目は、自分で注いでいる。田所が、露骨にいやな顔をした。掌《てのひら》で、顔の前の煙を払いはじめた。煙草を喫っている客は、ほかにもいる。

　私は田所の銚子《ちょうし》に手をのばし、自分の盃に注いだ。田所が、眼を剝《む》く。しかし、すぐに言葉は出てこないようだ。私は盃を空け、また手をのばした。

「あんた」

「こんなところで、酒を飲んでる場合かよ、田所さん」

「えっ」

「一円でも、稼がなきゃならねえんだろう。その歳じゃ、内臓にも大して値はつかねえし。逃げ回っても、利息がかさむだけじゃねえか」

　田所の顔色が変った。

　立ちあがり、いきなり外へ飛び出していく。私は、女将に片手をあげ、店を出た。走ると、すぐに追いついた。田所は、荒い息をしながら、私を見つめている。怯《おび》えているのか、頻繁《ひんぱん》に瞬《まばた》きをしていた。

「騒いで、手間かけさせるなよ、田所」

「待ってください」

「ああ、待ったさ、あの店で」

「お金は、返しますよ。あの女に、七百万は貸してあるんだから」

「借用書は？」

「ないよ」

「それじゃ、話にならんね。たとえほんとだとしても、やったとしか思えない」

「返すと言ったんだ」

喋っている田所の腕を摑み、私は路地に入った。そこを抜けると大通りで、タクシーはすぐに拾える。

「借用書があるんなら、取り立てるまで待ってやってもいい。だけど、あんた貢《みつ》いだんだろう、あの女に」

「返すと言ったんだ、間違いなく」

「抱いたろう？」

「それは」

「調べはついてる。最後は、借りた金をあの女に注ぎこんだね。とにかく六千万だ。どういう返し方があるか、これから話し合おうじゃないか」

「私が借りたのは、五百万だ」

「利息ってやつがある」

「法外じゃないか、それ」

「その利息でいいという書類にも、あんたはサインしたんだよ。それから、姿を晦《くら》ました。つまり、返す気はねえってことだよな」

雨は、あがっていた。

私は、持っていた傘の先を、田所の靴に当て、体重をかけた。田所が、呻《うめ》き声をあげる。

「なあ、田所さん。あんた、借金するってのがどういうことか、わかってんのか？」

「返すよ。あの女、百万や二百万は持ってるはずだから、それを返済に充てるから」

「六千万だ。そう言ったろう」

「今日の分として。ほかにも、当てはあるんだから。待ってくださいよ。今日の分だけだって、損じゃないでしょう」

「あの女が、黙って金なんか出すか。あんたは、もう切られてんだよ」

傘の先を靴からどけ、大通りを窺《うかが》うように私は顔を横にむけた。田所の両手が、私の躰《からだ》を突き飛ばそうとした。それより速く、私は田所のベルトを摑んでいた。

「素人《トウシロ》は、これだからね。とにかく、話し合いだ。悪いようにはしない」

私はベルトを放し、田所の腕を摑み直すと、大通りの方へ引っ張っていった。タクシーはすぐに拾えた。マリーナの場所を、私は言った。

「話し合わなくちゃな。あんただって、そうしなきゃ困るはずだ。お互いのためだよ」

「誰と、話し合うんです」

「俺とさ」

「だけど」

「いいんだよ。お互いに、肚《はら》を割って話し合おうよ。俺は、悪いようにはしないつもりだから」

それきり、私は喋らなかった。二十分ほどで、タクシーはマリーナの入口に着いた。

夜間通用口から入り、浮桟橋《ポンツーン》の入口を会員用のカードキーで開けた。

「どこへ、連れていく」

「行きゃわかる。歩け。つべこべ言うと、ぶちのめして引き摺《ず》っていくぞ」

「私はね」

「おい、田所。さっきは俺を突き飛ばして、逃げようとしたろう。あれで、一千万加算してもいいところなんだぜ。とにかく、歩けよ。すぐそこだ」

船まで行った。後部甲板《アフトデッキ》に、田所を乗せた。船室《キャビン》の鍵を開け、明りをつける。

「入んな」

「こんなとこで、なにを」

私は、田所の顎《あご》と脇腹に、軽くパンチを打ちこんだ。うずくまりかけた田所の髪を摑み、背を押すようにして、船室《キャビン》に入れた。ドアを閉め、代りにハッチを開けた。

「この船にはよ、錘《おもり》がいくつも置いてある。バケツに、セメントも流しこめる。いいな、それを教えておくからな」

「私を、殺そうというのか」

田所の声は、ふるえていた。

「殺してしまったら、金も取り戻せないんだよ」

やはり、この男は借金をするということを、軽く考えすぎている。追いつめられてもなお、女のところに行ったりもしている。

「俺はね、ただ教えているだけだ。もうひとつ教えておくと、いつでも船は出せる。水深のあるところも、簡単にわかる」

私は、煙草に火をつけた。田所は、顔に煙を吹きかけても、掌で払ったりはしなかった。

「わかってることを、言っておこう。あんた、ちょうど六千万の生命保険に入ってるね。間違いないね？」

「その保険金が」

「興奮するなよ。あくまでも、最後の手段だよ。ほかにも、方法はあるさ」

「どんな」

田所の声が、かすれてきた。私ははじめて、田所の顔をまじまじと見た。白髪の下の額は狭く、眉にも白いものが混じり、眼は細く腫《は》れぼったい。鼻も口も、顔の中央に集まりすぎている感じだった。

かなり名の通った会社の、部長である。会社の金に手をつけず、高利の金を借りたのは、自制心はマヒしているが、道徳心はいくらか残っていたから、と考えていいかもしれない。しかしそれは、借金をした三ヵ月前の話だ。いまどうかは、わからない。

「女房は、五十二。まあ、売りものにはならねえ。十九になる娘がいるね。短大生だ」

「まさか」

「まさか、その娘を殺そうなんて言いやしねえさ。だけど、働けるよ。いい躰してるし、男好きする顔でもある。まず、変態の爺《じい》さんたちが集まるクラブで、客をとらせる。その方が、効率がいい。一、二年して飽きられたら、普通の客を取る。まあ、変態の集まるクラブでもいいんだが、五年、躰が保《も》たねえからな。こっちとしちゃ、増えていく利息分も入れて、十年働いて貰わなきゃ、元が取れねえ」

「待ってください。どんなふうにしてでも、お金は返します。借りる当てもないわけじゃありません」

「無理だね。娘を出すか、死んで生命保険か、どっちかを選んだっていいんだよ」

「お金は、必ず返します。どんなことをしてでも、返します」

「わかった。娘を売って、返してくれるんだね」

「それは」

「どんなことをしてでも返す、と言ったばかりじゃねえか、田所。こっちはな、おまえが自己破産したって、こわくはねえよ。おまえの借金は、まともなところと別な世界のものなんだよ。人の好意が、わからねえ男だな。死んで貰って、六千万。それから、足りねえ分、娘を貰う」

「足りないって、六千万でしょう」

悲鳴に近かった。

「七千万。さっき、俺に乱暴したろう」

「そんな」

「ほんとなら、あの時点で死んで貰うところだ。それじゃ、勘定が合わなくなっちまうからな。

おまえが、変態爺《じじ》いの相手をしろって、娘を説得するんだよ」

「人間か、あんたは」

「おまえに、言われたかねえんだよ。もういい。面倒臭くなった。おまえ、死ね。あとのことは、こっちでうまくやってやる」

「うまくって」

「娘は娘で、いいように使わせて貰うってことさ」

「死ぬ。私が死ぬ。だから、それだけでなんとかしてくれ」

「ほんとだな」

「死ぬ。死ねばいいんだろう。その代り、娘になにもしないという、保証が欲しい」

親の愛情も、完全に失ってはいないようだった。

「とにかく、死ねよ、田所。娘のことは、信用して貰うしかない」

「保証だ。保証がなけりゃ、私は」

泣きながら、田所は叫んでいた。

腹を一発蹴《け》りあげると、田所はあっさりと気を失った。頬を、二、三度叩く。田所が眼を開いた。

「これからが、ほんとの話なんだがな、田所さん」

私は、新しい煙草をくわえ、火をつけた。

田所は、船室《キャビン》の床に座りこみ、大きな息をついていた。

私は、ゆっくりりと煙草を喫い続け、その間、田所の方はあまり見ないようにしていた。

「あの、お話というのは？」

田所が言っても私は返事をせず、口からは煙だけを吐き続けていた。東京湾の奥の、ほとんど汽水域と言ってもいい場所にあるマリーナだから、深夜はほとんど波も立たない。ほかの船の動きがある時に、その余波が伝わってくるぐらいだ。

灰皿で、煙草を揉《も》み消した。

「あんたの借金の返済交渉を、すべて俺に任せてくれないか？」

「どういうことです？」

「だから俺が、返済の交渉をしてやるって」

「交渉と言われても」

債権についての申し入れなら、よくある話だった。返済交渉について任せろと言えば、裏になにかあると田所が考えても当然だった。

「そういう交渉をするのが、俺の趣味でね」

「借金を全部まとめて、私から搾《しぼ》ろうということか」

「おい、気をつけて口を利けよ。おまえから、なにか搾れるのか？」

「娘を、おかしなところで働かせると言ったじゃないか。もしかすると、私の命も娘の一生も、あんた全部狙ってるのか？」

「おまえの借金は、銀行にひとつ、街金《まちきん》にひとつ。この中で、街金の借金が大きな問題だろう。取り立てても、相当厳しくなってる。その交渉を、俺が引き受けてやろう、と言ってるんだよ」

「報酬は、どれぐらいですか？」

「報酬が払えるのか、おまえ。払えるわけねえよな」

「じゃ、なにを？」

「だから、しばらく俺に任せたって、なんの損もないだろうって言ってるのさ」

借金まみれではあるが、まみれ方があまり複雑ではなかった。闇金融がひとつだけというのは、意外と言ってもいい。銀行の借金がかなりの部分を占めているのは、名の通った企業の部長だったからなのか。

「どうすれば、いいんですか？」

「俺に交渉を任せる、という念書を書いて、拇印《ぼいん》を押してくれりゃいい」

田所は、床に座りこんだまま、考える表情をしていた。本能的に、書類を作ることについては警戒している。

たとえ念書を書いたとしても、法的な拘束力があるわけではなかった。債権を任せるというのなら、微妙な問題が生じてくる。返済の交渉を任せるというのは、ほとんど依頼状に近いのだ。それを説明したところで、いまの田所は、こちらの言うことをすべて疑ってかかるだろう。

待つしかなかった。

ちょっとした、心理ゲームだ。田所はいま、さまざまなものを秤《はかり》にかけている。ただ、その秤の目盛は、すっかり狂ってしまっているのだ。同時に、判断力も狂っている。

最後には、投げやりになる。楽だと感じる方を選ぶ。それも、借金で身を滅す人間の、行動傾向と言ってよかった。

私は、煙草に火をつけた。

一度、後部甲板《アフトデッキ》に出たが、ファイティングチェアには腰を降ろさなかった。昼間の雨で濡れたチェアは、まだ乾いていない。

風がなく、蒸暑い夜だった。また降りはじめるかもしれない、と私は思った。

煙草を喫い終えると私は船室《キャビン》に戻り、冷蔵庫から缶ビールを出した。あまり冷えてはいない。冷却用のガスが、不足しているのだ。補充しようと、暑い季節になるといつも思った。といっても、二年前から状態は変っていないので、あまりいじらない方がいいのかもしれない。古い機械は、老人の躰と同じだった。

「その念書を書けば、私はどうなるんです？」

「どうにもならない。うまくすれば、利息分は払わなくて済む。そうじゃない時は、いまと同じで取立てに追われるだけだ」

「それじゃ、あんたになんの得があるんだ？」

「あんたに関係ないことだよ、田所さん。俺にはちょっとばかり個人的な事情があってね。それで、むこうと交渉する人間になりたいだけさ。別にあんたじゃなくてもよかったんだが、たまたまこうなった」

田所の情報を私にくれたのは、植草だった。植草とは、大学の同期である。植草は、田所の妻から相談を受けた。

「あんたが、私に返済を迫る権利を持つということは？」

「むこうの持っている債権を、俺が買い取ればそうなる」

「たとえば、私が借りた五百万の債権を買い取り、私には六千万の返済を迫る。生命保険があるし、娘もいる」

「それだけありゃ、相手が五百万で債権を売る理由はなんにもない。そうだろうが。あんたにとっちゃ、借りた相手が変るってだけのことだが、俺はそこまでやる気はないよ。ちょっと相手に含むところがあって、鼻をへし折りたいだけなんだ」

「それだけで？」

「趣味みたいなもんだ。そう言ったろう」

「わからないよ。あたしにゃわからない」

「あんたの情況は、変りようがねえんだ。借金抱えて、取立てに追われてる。それが、どう変りようがあるってんだ。返済のために、タコ部屋に入れて肉体労働、なんてことをさせようとも思わない歳だし」

「だけど、生命保険がある」

「それは、いつだって、相手が誰であろうと、狙われるもんだよ。まあ、娘の方まで手をのばしたら、警察が介入するってこともあるだろうが、取立てを食らってるってだけじゃ、どうしようもないね」

「あの女が、私から二千万取った」

「正確に言えよ。あの女に出したの、一千万とちょっとだろう？」

「一千二百万」

「それを二千万と言うか、普通。そんな感覚で金を出し、借りたんだ、あんた」

田所は、床に手をついた。立ちあがろうとしたが、すぐにはその気力も出ないようだった。

とさえ書くだろう。

書く気になっている。帰れる、という目先のことだけで、この男はなんでも書く。魂を売る、

私は頷《うなず》き、缶に残ったビールを呷《あお》った。

「ほんとに、帰っていいのか？」

「帰っていいよ」

「念書を書いたら？」

私は、抽出から便箋《びんせん》とボールペンと朱肉を出し、テーブルに置いた。

空いたアルミ缶を握り潰《つぶ》すと、その音に弾《はじ》かれたように、田所は腰をあげた。

「なんと、書けばいいんだ？」

「俺が言う通りに」

私は、缶ビールをもう一本、冷蔵庫から出した。

田所が、ボールペンを握った。私は、ゆっくりと、句読点までつけて、文章を口に出した。なかなか、達筆だった。漢字もよどみなく書いていく。

「青井正志に委任する。まさし。正しい志と書く」

言われた通りに書き終え、田所はペンを置くと、朱肉に親指を押し当て、自分の署名の下についた。

汚れた親指を、田所は宙に浮かしている。私は、ティッシュの箱を田所の方へ押しやった。田所は、二枚引き出し、執拗《しつよう》に汚れた親指を拭《ぬぐ》った。

「いいぜ」

「いいって？」

「帰ってもいい。フェンスの扉は、内側からは開くようになっている」

「私は、どうなる？」

「どうにも。あまり取立てが来ないようだったら、俺の交渉がうまくいった、と思ってくれ。ただし、借りた金は、銀行並みの利子をつけて返さにゃならん。まあ、当たり前のことだがな」

「あんたは、どういうつもりで」

「やめろ」

私は、温《ぬる》いビールを口に流しこんだ。

「俺のことは、忘れちまえよ。前と同じに取立てが来るようだったら、俺の交渉は失敗した。そういうことだ」

「ほんとに、帰っていいのかね？」

「いいよ」

それでも、田所はなにか言いたそうに、しばらく立っていた。

田所が出ていくと、私は念書を読み直した。どう読んでも、なんの拘束力もない、依頼書のようなものだ。ただ、これによって、私は正式に依頼された。

3

船を出した。

くない。

眼醒《めざ》めると、曇りで、それに風がなかったからだ。こういう日は、トローリングも大してつら
燃料は、たっぷり入っている。

東京湾の奥は、時化《しけ》の波があまり来ない。しかし頻繁に船が行き交うので、引き波が多く、それは時として、時化の波より大きかったりする。もっとも、私にとっては波高三メートルは大時化だった。大型船など、ほとんど揺れもなく走る海だ。

雨が降るような雲ではなかった。湿度もそれほど高くない。短波放送の天気予報でも、一日曇りと言っていた。

私はフライブリッジで、出航前に作ったサンドイッチに食らいつき、ビールで流しこんだ。サンドイッチは、昼めし用も作ってあり、クーラーボックスにはマリーナで買った板氷も入れてあった。冷蔵庫より、飲みものはこの方が冷える。

七月に入ったばかりの平日で、プレジャーボートの姿はあまりなかった。

適当に舵《かじ》を動かしながら、私は昨夜書かせた田所の念書を、どう使うべきか考えていた。使用目的はかぎられるが、多少の役には立つ。役に立ったところで、反吐《へど》が出るほどの威《おど》し文句を聞くだけかもしれない。

巨大なタンカーが、中ノ瀬航路を進んできていた。東京湾には航路が設定されていて、横断禁止区域もある。うっかり航路の中を走り続けると、気紛《きまぐ》れに海上保安庁の船が捕まえることもあるらしい。マリーナで、そういう情報は聞けた。

観音崎に近づいてから、私は浦賀方面へ航路を横切った。観音崎をかわすと、そこからはも

う、定められた航路はない。

私はGPSを見ながら、ポイントを選んだ。いくつかのポイントがインプットしてあり、時季や魚種によって選ぶことになる。私が選んだのは、剣崎《けんざき》の沖だった。外洋とまでは言えない海域だが、海底が浅いところは三十メートルほどで、小魚が多い。それを食いに、いくらか大きな魚が集まる。漁場としては、いいポイントだった。

船を出したのは、二週間ぶりというところだった。エンジンは、気持よさそうな音をたてはじめている。一時間走って、ようやく滑らかな動きになってきた。

買ってから、船の手入れは怠らずにやってきた。素人ができる程度のことだが、それでも二年前よりずいぶん元気になった。

観音崎をかわし、剣崎へむかって一直線に走った。

漁船が数隻、トローリングをしていた。さらに沖には、遊漁船が一団となっている。

微速に落とし、私はアウトリガーから二本ラインを出した。いくらか沈むように錘《おもり》がつけてあり、先には私が自分で作ったルアーがつけてあった。この二年の間に、私は数十個のルアーを作っている。

あとは、微速で走りながら待つだけだった。こうやって海上をさまよいながら待つ釣りが、私は嫌いではなかった。ほとんど、運まかせなのだ。鳥の群れが海面に突っこんでいれば、そこには小魚が追われてあがってきていることで、つまりはいくらか大きな魚もいるということだった。

海上をさまよいながら、鳥の群れを捜す。やることは、それぐらいのものだった。たとえ鳥の群れを見つけても、それが遠ければ、近くまで行った時にはばらけてしまっている。無理はせず、近くで鳥が集まるのを、私はいつも待つことにしていた。

海上をさまよっていると、さまざまなことを考える。しかし、脈絡はない。そんな時間も、また悪くなかった。

四十歳になって、なぜこんな生き方しかしていないのか。人生に、白らけきってしまったわけではない。どこかに、熱情と呼んでいいものは残っている。それが方向を間違えた。いまの私は、多分そういう状態だろう。

最初に決めた方向が正しいとしても、間違っているというだけで、いまの方向が正しくないとは誰にも断定できない、ともしばしば思う。

学生みたいな真似はするな。植草に、そう言われたことがある。自分の姿を見てみろ、と私は言い返した。植草は、いまいましそうに舌打ちしただけだ。

二時間ほどさまよった時、不意に右のアウトリガーがしなった。私は、クラッチをニュートラルにして船を停め、後部甲板《アフトデッキ》に降りた。細いラインで、ドラッグ調整をしたリールを使って魚をあげる。そういうスポーツフィッシングと呼ばれるものに、私は関心がなかった。決して切れない太いラインで、魚がかかった時は確実にあげる。それが、私のやり方だった。漁師と同じだが、商売ではないので熱はあげない。

私は、ラインを手繰っていった。かなり大きい。五、六キロはありそうな感じだった。やがて、魚影が見えてきた。ワラサのようだ。七、八キロに達すると、鰤《ぶり》と呼ぶ。

多少、私は慎重になった。少なくとも、五回分の食事にはなる。

ゆっくりと引き寄せながら、私は鉤《はり》がしっかりとかかっているかどうか、見きわめようとした。魚の口の前では、赤いルアーが躍《おど》っている。その合間に、上顎にしっかりかかっている鉤を、私は見てとった。こういう時は、ラインをそのまま引き抜いてあげることが可能だった。口の横にかかっている時など、網を使った方がいい。引き抜こうとすると、口のところが切れて逃がしてしまう。

そばまで引き寄せ、私は魚を海中から引き抜き、後部甲板《アフトデッキ》に放り出した。六キロは確実にありそうな魚が、跳ね回っている。

私は、周囲の状況を確かめた。危険を感じるほど、接近している船はなかった。鰓《えら》と尻尾《しっぽ》の付け根にナイフを入れ、魚の血を抜いた。それから、氷を入れた海水の中に魚を放りこむ。

流していたラインも、収納した。

私は、外洋の海を楽しむためだけに、舳先《へさき》を南へむけた。魚は、食う分が釣れれば、それで充分なのだ。

あるところまで行くと、水の色が変る。澄んだ、明るい色になるのだ。夏が近づいたこの季節は、いつもそうだった。しかし、黒潮ではない。黒潮はもっと南で、遠くから見るとほんとうに黒い色に見える。

一時間ほど走り回り、私は船を反転させた。これで、帰港中に昼食ということになる。

海に出る時は、いつもひとりだった。二年前までは、数人で所有していた二十七フィートのヨットで、よくセイリングをやった。だから、海技免状は持っている。

いまはヨット仲間と会うことは、あまりなかった。半年に一度ぐらい、クルージングの誘いがかかる程度だ。

ひとりで海に出るのだと言うと、由美子は母親のような叱り方をした。私が笑うと、さらに怒った。未紀子は、止められないと思ったようで、由美子に告げ口をされてもなにも言わない。

貨物船が多い海域に入った。私は一応レーダーを作動させ、半径一キロ以内に船が入ってくると、アラームが鳴るようにした。海上では距離感が狂う。特に、船の大きさがまちまちなので、目測が当てにならない。海上で一キロと言えば、すぐそこに感じる。

携帯電話が、尻のポケットでふるえた。

「交通事故に遭ったやつがいてな」

池田だった。

「めずらしくもないな」

「二重の誤診の可能性。それで、被害者は重態だ。生き延びられるかどうか、微妙なところらしい」

「おまえが、引き受けてるのか？」

誤診という言葉に、私は反応していた。

「引き受けたなら、おまえに電話などしない。着手金も払えない、フリーターの小僧でね。バイクの事故だった。病院の対応に納得ができないと、親が相談を持ちかけてきたんだ。親も、それほどの余裕はないらしい」

「だから、俺にやれってか？」

「最初の費用は、おまえの持ち出しになるが、うまくいけば十倍、二十倍になって返ってくる。その交渉だけは、俺がしておいてやるから、できるかできないかだけ返事をくれ」

「細かいことが、なにもわからん。自爆なのか、相手があったのか」

病院を相手にするのなら、そんなことがわかる必要はなかった。現にいま、死にかかっている人間がひとりいて、それが誤診によるものだという事実があればいい。

「やってもいい」

「わかった。じゃこれから、被害者の親に来て貰って、話を決めておく」

「口だけは、親切にできる。調子のいい野郎だよ」

「そう言うな。おまえのことがなかったら、仕事にもしなかったと思う。それに、俺に入ってくるのは、わずかなもんだ。ひと晩、飲める程度の」

「金で買えない評判を手にする。その金で、俺に奢《おご》れ」

「おまえが、うまくやったらな。明日、俺のところへ来れるか？」

田所の念書のことがあったが、それほど急ぐこともない。

「明日の午前十時」

「ほう、勤勉だね」

「いまは、海の上だ。今夜の食料を調達に来た」

「優雅で、勤勉だ。だがな、青井。そんな生活も、いい加減にしておけよ」

「余計なお世話だ」

「まあ、そう言うだろうとは思ったが」

電話が切れた。

沖から直線で戻ってきたので、剣崎は遠くに見て通り、観音崎をかわして東京湾に入るというかたちになった。

昼食のサンドイッチは食べてしまい、私はビールを飲み続けていた。船上での飲酒は自由である。ただ、飲酒で操縦することを罰する法律が、いま検討されているのだと、マリーナのレストランで誰かが喋っていた。

飲んでいるかどうか、たやすくは調べられない。なにしろ、海の上なのだ。法律ができても、私は飲み続けるだろう。

観音崎をかわした。浦賀水道航路を横断し、東京湾の奥にむかった。

マリーナに到着し、船を洗い、自分の躰もマリーナのシャワールームで洗った。すでに、夕方になっていた。

私は、釣ってきた魚を出し、ギャレーで背中に出刃を入れた。内臓は、すぐには出さない。内臓がある方が、俎板《まないた》の上で魚体は安定するからだ。私の捌《さば》き方は、水も使わない。これは、ヨットをやっていたころ、知り合いの漁師に教えられた。

三枚に下ろし、頭も落とした。そこではじめて内臓を掻《か》き出す。内臓だけは、海に捨てた。海の肥料だ、と私は思っている。見ていると、すぐに小魚や蟹《かに》などが寄ってくるのだ。

血合いを骨と一緒に落とした。それで、身は四つになる。頭と中骨は、大根と一緒に煮つける。身は、柳刃で薄く削《そ》いだ。できるだけ広く削げるように、柳刃は寝かせている。半身をそうやって削ぐと、残りの半身は刺身と切身に分けた。

刺身は、一日置いた方がうまい。なぜかわからないが、大抵の魚はそうだった。切身は、焼いて食う。

私は、皿二つにラップをかけ、マリーナの駐車場に行くと、車を出した。スーパーでもコンビニでもない、八百屋と呼べる店が、近くにある。このあたりは下町で、そういう個人の商店が少なくなかった。そこでは、ほんの少量でも売ってくれる。

ついでに、近くのコンビニに寄り、調味料なども買った。

船に戻る。まず、酒を準備した。ウイスキーを、私はお湯で割って飲む。それから、野菜を切った。茸《きのこ》類などそのまま入れるが、大根は別鍋で一度煮こむ。青い野菜は、やはりそのままである。

腹が減ってきた。最初の一杯はビールで、それを飲むのを私はまだ我慢していた。

鍋に湯を入れる。テーブルにポータブルのガスコンロを置き、換気のためにハッチを開けた。宵《よい》の口の、涼しい風が流れこんでくる。

鍋には、酒も入れた。それから、煮立つ寸前まで、昆布をひと切れ。これは、あげてあとで食ってしまう。

別鍋で煮た大根も、放りこむ。

私は缶のビールをブリキのジョッキに注《つ》ぎ、ひと息で呷った。

「うまい」

声をあげる。船を洗うころから、私はかなり汗をかき、熱いシャワーを使っても水分は補給していなかった。

薄く削いだ身の皿を出した。すでに、鍋の中は煮立ちはじめている。一枚、箸《はし》でつまみ、素早く湯に通すと、なにもつけずに口に入れた。ちょっと甘い感じがする。二枚目は、レモンの搾り汁に醬油《しょうゆ》を垂らしたものにつけた。つまり、鰤のしゃぶしゃぶのようなものである。

ビールを飲み干した。

ウイスキーのお湯割りを作ると、私は野菜を食い、思い出したように削いだ身を湯に通した。こうして熱を加えると、生で食うよりずっと量が進む。

二時間以上をかけて、私は食事を終えた。ウイスキーのボトルは、半分ほどに減っている。鍋の中は煮詰り、湯は少なくなっていた。私はそれを容器に注ぎ、レモンの汁を垂らした。酒の合間に、それを飲むのである。

アルコール依存症だ、と池田に言われたことがある。ほんとうは、アル中だと言いたかったのかもしれない。池田の酒は、典型的な臆病者の酒で、醒しては飲むというやつだ。一緒に飲んでいても、帰るころには素面《しらふ》に戻っている。

自分が、アルコール依存症だと思ったことはなかった。むしろ、コーヒー依存症というところがある。朝一杯のコーヒーがなければ、どうしても耐えられないのだ。これは、離婚する前からだった。

いつの間にか、私は眠っているはずだった。そして朝になり、空いたボトルを発見する。新しいボトルを求めるのではなく、強烈にコーヒーを欲する。

田所の念書をどう扱うか、私は酔った頭で考えていた。酔っている時、思考はいつも堂々めぐりである。それでも、ほかにやることはなにもないのだった。

4

金曜日だった。

私は起きると歯を磨き、すぐにコーヒーを淹れた。顔は洗わない。昨夜のシャワーで充分である。

コーヒーを待つ間、私は後部甲板《アフトデッキ》に出て、煙草を喫った。海中を覗いてみたが、昨夜の魚の内臓は、半分ほどに減っているだけで、まだ小魚が突っついていた。

なにも考えず、一杯目のコーヒーを飲んだ。田所の念書のことを考えはじめたのは、二杯目に口をつけてからだ。

十時には、池田のところへ行かなければならない。ここから、三十分ほどのところだ。行く前に、電話だけしておこう、と私は思った。

手帳には、金貸しの事務所の番号は控えてあった。

女が出た。やさしい声だ。

「責任者を、誰か?」

「どういう御用件ですか?」

「田所という人の、借金の返済についての、交渉です」

しばらく待たされた。

電話のむこう側が、明らかに場所も変り、人も変ったのがわかった。

「田所の借金を、返してくれるって？」

「いえ、返済についての交渉です。私は代理人を任されましてね」

「なんだと。値切ろうってのか？」

「値切るなんて、そんな。お金は返しますよ。何十年かかろうと。ただし、借りたものに、銀行と同じ利子をつけてです」

「なに寝言並べてやがんだよ、朝っぱらから。おまえ、嫌がらせでもやってる気か？」

「いえ。あくまで、交渉です」

「田所にゃ、利子がどれだけと、事前に決めて貸したんだ。本人も、それで文句ねえと言ってるんだよ」

「借りる時は文句はなくても、返す時には文句が出てくる。人ってのは、そういうもんじゃないでしょうか」

「おい、おまえ、電話で喋ってねえで、ここへ来い。ただし、葬式の手配をしてな」

「ほう、私を殺すんですか？」

「おまえは、死ぬのさ。ただ死ぬ。心臓の発作かなんかでな。そういうことになってるんだよ。俺はよ、将来のことが見えるんだ」

　男が、笑い声をあげた。

「自分の将来だけ、見えないんですな」

「なんだと」

「責任者を、出してくれませんか？」

「俺じゃ、不服だってのか？」

「そりゃ、なんの権限もない下っ端だし。こちらも話すだけ時間が無駄になります」

「言ってくれるな。てめえ、時間をかけてくたばらせて、ドブに捨ててやる。どこの誰なんだ、てめえ」

「哮《ほ》えるなよ」

「もう一遍、言えよ、おい」

「哮えるな、キャン、キャンと」

「てめえ」

「私は、青井という者だ。田所の借金について、話しに行く。今日の午後。何時になるかはわからんがね。上の人に、そう伝えておいていただきたい」

「青井って言ったな、てめえ」

「朝から、怒鳴るなよ。こんな時間にいるのは、コケ威しのための下っ端ひとりだけなんだろうが」

「青井。今日の午後」

「そうだ。頼みますよ。それから、私が交渉に行くまで、田所のところに取り立てには行かないように」

それだけ言い、私は電話を切った。

それから、船首《バウ》のバースに行き、小さなクローゼットから、ズボンとシャツを出した。

靴下は黒しかなかった。白っぽいズボンに黒い靴下。どうも、私の美意識には反するが、買いに行く気もない。おまけに、船に置いてある革靴は茶色ときていた。

「なんだって、こうなんだ」

呟《つぶや》きながら、私はズボンに足を通した。

船室《キャビン》をロックし、マリーナの中を歩いて駐車場にむかった。金曜は、いつもよりいくらか人の姿が多い。土曜と日曜は、かなりの人出になる。

軽自動車に乗りこむと、私はエンジンをかけた。船の手入れはよくするが、この車のエンジンルームを覗いたことはない。それでも、故障など一度もしたことがなかった。

きのうと同じように、曇り空だった。梅雨はまだ明けていない。

街の中に入ると、すぐに渋滞につかまった。

「十分、遅れる」

私は池田に電話を入れた。朝の道がこんなものだということを、私は忘れていた。

「またか」

「前に、遅れたことがあったかな？」

「三度。一度は、大事な用事だった」

「この十五年でだろう」

「俺は、一度も遅れたことがない」

「そこが、おまえの欠点なんだよ」

池田はなにか言おうとしたが、私はそれで電話を切った。

ようやく、池田の事務所があるビルに到着した。ここは三層になった地下の、有料駐車場に車を入れるしかない。そういうことからして、鼻持ちならないビルだった。三十数階の建物といえば、超高層ビルの類《たぐ》いなのか。水上生活者の私には、ほとんど縁のなくなったビルだった。

池田の事務所には、三人の職員と、ひとりの若い弁護士がいる。四十二歳でこれだけの事務所を構えられるのは、儲け仕事だけを選んでやっているからだ。それでも、この二年で少し評判があがった。金にならない仕事で、評価だけは受けられるというものを、三つばかり成功させているからだ。その三つは、池田の事務所の名を借りて、私がやったものだった。池田は事務所の評判に私を利用し、私は池田の無形の力を利用している。

木製の、成金趣味のドアを開け、私は奥の部屋へ行った。

壁の書架や、ファイルの棚。すべて、依頼人に対する虚仮威《こけおど》しだ。池田の頭には、どうやって金を儲け、どうやって法曹界でのしあがっていくか、ということだけがある。

依頼人と言えるのかどうかわからないが、四十四、五の夫婦はすでに来ていた。簡単に、池田が私を二人に紹介した。

「こういう問題のエキスパート、つまり専門家でしてね。ちょっと変っていますが、腕はいい。この件に関しては、うちの事務所も義憤に駆られています。さっき申しあげた通り、一切の費用は必要としません。ただ、成功した場合は、むこうが払う分の半額を、成功報酬として戴きます。費用を差し引いた分の、半額です」

「それはわかりましたが、立て替えていただく費用というのは、どれぐらいのものでしょうか？」

女房の方が陽焼けしているように黒く、亭主の方は青白かった。亭主は、夜にスナックをやり、女房の方は乳酸飲料の配達をやっているという。

「通常では、着手金が二十万、一件あたりの諸費用が五十万、つまり二件で百万、医者への礼金が二十から三十万。まず、百五十万程度がかかります。示談ということになれば、それだけですが、むこうがこちらの提訴を受ければ、それから規定の弁護士費用がかかります」

「それを、全部立て替えていただけるんですか。それで負けたら、どうなるんです？」

「金銭的には、一方的にうちの事務所の損害です。構いませんよ。私は商売だけを考えて、弁護士をやっているわけではありません。今回のことは、放置してはいけない、と考えているだけです」

反吐が出るような言い方だ、と私は思った。世間で出世していく人間とは、こういうものなのだろう。

「あなた方がやらなければならないことは、この青井正志という弁護士を代理人に選ぶことと、保険のためとかいう理由をつけて、二つの病院から診断書を貰ってくることです」

「ほんとうに、それだけで？」

亭主の方が言った。

「お払いになれますか？」

「百五十万なんて、すぐにはとても」

「では、仕方がないでしょう。縁のようなものです。私は、これを放置してはいけない、と考えたのですから」

「実は、お客さんの中に弁護士事務所に勤務しておられる方がいて、ちょっと話をしたら、やはりそれぐらいかかるだろう、と言われました」

「まあ、うちは儲けるところでは、儲けさせて貰う。放置できないと思ったら、自腹を切ってでもやる。そういう方針でやっております。気にされることはなく、私が、弁護士として自ら存在意義を確認するために、やっていることだと思ってください」

反吐が出る言い方に、私はいい加減うんざりしてきた。

「私を、代理人にされますか？」

事務的な口調で、私は言った。

「それはもう、お願いできれば」

「では、書類はあとで作ってください。すぐに、詳しい話を訊きたい」

私は、くたびれたノートを出し、事故の日時を書きこんだ。最初に搬送された病院の対応と診断。対応については両親はわからないが、診断については肋骨《ろっこつ》の骨折と医師にはっきり言われていた。意識はあり、痛いというより、苦しいと言い続けたらしい。意気地のないことを言うな、と医師は叱ったという。頭部、胸部のレントゲン写真は撮《と》っていた。時々、意識が薄れたようになった。それで、両親が医師に強く訴えると、別の総合病院に転送された。その時、患者の意識は鮮明で、苦しいと言い続け、しかし二人目の医師も骨折と診断した。家に帰って寝ろ、とまで言ったらしい。尋常でないものを感じていたのは、両親だけだった。看護婦も、子供でも我慢するんだから、と言い聞かせた。

家へ帰ると言って、両親は患者を車に乗せた。走りはじめて五分ほどで、大量の血を口から噴き出し、三つ目の総合病院の救急外来に飛びこんでいる。その時、心停止し、電気ショックで回復していた。

結果は、肺の破裂だった。これがなぜわからなかったのだ、と三人目の医師は言ったという。患者は、いま意識不明で、ＩＣＵに収容されている。

「三つ目の病院に運びこんだことを、前の二つの病院には言っていませんね？」

「はい。怒鳴りこんでやろうと思っていましたが、そんなことは無駄だと、いろいろ話を聞いてくれた、弁護士事務所にいるお客さんに言われて」

怒鳴りこんだところで、医師は専門用語を並べて追い返すだけだ。訴訟の動きでも感じ取ろうものなら、カルテなど処分してしまう。こういうことは、いきなりパンチを食らわせてやるところからはじめるのだ。

「じゃ、事務員のところで、書類にサインしていってください。経過報告はしますが、今後病院から直接なにか言ってきたり、人が来たりしても、絶対にその口車には乗らないように。すべて、専門的にやらなければ、相手に非を認めさせるのが難しくなります。見舞金なども、受け取ってはいけません。あなた方が、守るべきことを守ってくれないかぎり、こちらの交渉はうまくいきません」

女房の方が、ハンカチで鼻を押さえて泣きはじめた。

亭主の方が、私の仕事にはどうでもいいことを、いくつか質問してきた。私は、簡単にそれに答えた。以前は、こんなことは耐えられなかったものだ。任せなさい、などと依頼人に強い口調で言ったこともある。

「病院二つで、四千万というところか？」

二人が部屋を出て職員の方へ行くと、声をひそめるようにして、池田が言った。私は、煙草に火をつけた。

「示談にする気なのか、池田？」

「おまえ、まさか法廷に持ちこもうと考えてるんじゃあるまいな？」

「このケースは、充分に法廷で争って勝てるし、二人の医師から免許も取りあげられる」

「そんなことをして、なんの意味がある？」

「これ以上、犠牲者が出ない」

「そして、不運な人間を二人作るのか。これは、示談を受けてくれ。金の問題ではなく、人の一度の誤りを追及して、人生を狂わせたりしたくない」

「おまえも、誤りを追及されたら、何度となく人生を狂わせているものな」

「なんとでも言えよ。とにかく、俺は示談でないかぎり、この話を引きあげるぞ」

示談の方が、家族のためというところはあった。ただ、私と池田で二千万貰うことになる。池田は、話を繋いだだけで一千万だ。ひと晩、飲むぐらいの金。よく言うものだった。

「どうなんだよ、青井。示談にしてくれるよな？」

「俺の条件を呑め」

「言ってみろ」

「四千取ったら、三千は家族。俺とおまえは、五百ずつ」

「おい、最初の費用は、こっちのリスクになるんだぞ」

「こっちじゃなく、俺のリスクだ。おまえは、濡れ手で粟《あわ》の五百だろう」

池田が、いやな顔をした。

「ところで、あの依頼人とおまえの関係は？」

「ある法律事務所の職員が、話を持ちこんできた。俺は、そいつにも払わなけりゃならないんだ」

「それが、あの親父のスナックの客だな。つまり、いろんな事務所の職員を、てなずけているってわけか」

「なんとでも言え。あの夫婦と、入院中の息子にとっちゃ、幸運であることは確かだろうが」

「呑むのか、条件？」

「わかったよ。しかし、おかしな男だよ、おまえ。慈善事業でもやってるつもりか」

「趣味だ。じゃ、早速いまから、証拠保全の手続をしてくれ。月曜日にはやりたい」

「おい、今日は金曜だぞ。裁判所の」

「やめとけ。おまえなら、ルートがある。それぐらいのルート、何本も持ってるだろう。でなけりゃ、こんなに効率よく儲けられはしないだろうが」

池田が、舌打ちをした。

「いい評判と金。一緒に手に入れるなんてこと、おまえにできるわけないよな」

「好きなことばかり、言いやがって。ルートだって、それなりに資本を投下しているんだぞ。とにかく、月曜執行だな」

「時間の節約になるよ、これで」

私は、吸殻がひとつもない灰皿で、煙草を揉み消した。

「池田、いまおまえが考えていること、言ってやろうか」

「なんだ？」

「入院中の息子が、死ぬか重い後遺症を負うか。そうなりゃ、四千が億単位まで跳ねあがる。違うか？」

「どこまでも、人でなしの扱いか。そのうち、どこかで俺にひれ伏させてやる」

池田と別れると、同じビルの中の小さなイタリアンレストランに入り、スパゲティ・カルボナーラを食った。流行のレストランらしく、若い男女の姿が多かった。こういう場所で、ひとりだけ異質な存在として食事などをするのも、私は嫌いではない。自分がどんなふうに世間とはずれてきているのか、ちらりと見えたりするからだ。

それから私は、田所に金を貸した、街金融業者の事務所に行った。五反田にある、雑居ビルの一室だ。

入るとカウンターのようになっていて、愛想のいい女が二人いた。

「どうぞ」

金を借りに来た男と間違えられたらしく、椅子を勧められた。街金の形態にはいろいろあるが、こんなふうに愛想がいいからといって、悪質でないとはかぎらない。

「社長、もしくは代表者を」

「用件は、ここで聞きますけど」

「田所っていうおっさんの、借金返済について交渉に来た」

女の表情が、一瞬険しくなった。それから無表情に戻り、立ちあがって奥へ入っていった。

出てきたのはスーツ姿の若い男で、礼儀ができていないということはなかった。頭を下げ、きちんと名刺を出した。

「これが、委任状なんだけどね」

私は、男にむかって微笑《ほほえ》んでみせた。

「君が、正式な話し合いの相手になれるのかな？」

「とおっしゃいますと？」

「君が言ったことが、すべてオフィシャルに記録される。それでいいんだね」

「どういう意味でしょう」

私は、名刺を出した。弁護士という肩書だけを見て、男は表情を変え、奥へ引っこんだ。しばらくして、呼びに来た。

私は奥の部屋へ入った。水牛の角や、豹《ひょう》の毛皮などが飾ってある、趣味の悪い部屋だ。さらにその奥に、個室がもうひとつあった。

「てめえか、この間、電話してきた野郎は？」

ソファから、男がひとり立ちあがった。奥のデスクには、小肥《こぶと》りの初老の男が腰かけていた。立ちあがってきた男が、私の胸ぐらに手をのばしてくる。その手を、私は振り払った。

「てめえ」

こわい顔と、やさしく礼儀正しい顔。ここには二つ揃えてあるらしい。

「頭が悪いな」

「なんだと」

「電話をしたのは今朝で、この間じゃないぜ」

「ドブに捨ててやる、と言ったはずだよな」

「それがどういうことになるのか、わかっているんだろうな。おまけに、俺の胸ぐらを掴《つか》もうとした。実力行使が伴っている。威力業務妨害という」

「だからなんだってんだ」

「大友」

初老の男が、はじめて口を開いた。私の名刺を、指さきでつまむようにして持っている。

「先生に、座っていただきなさい」

さっきまで男が座っていたソファが、指で示された。私は、そこへ腰を降ろした。

「いや、うちには血の気の多い若い者が、何人かいましてな」

初老の男は、立ちあがると、座っていた時の印象よりずっと背が低かった。

「田所氏の、借金についてだそうですが？」

「返済交渉について、委任を受けております」

「交渉と言われても、はじめからしっかりした取り決めのもとで、行われていることですよ」

「その取り決めが、法律に違反していることは、充分に御承知のはずでしょう」

「田所氏と私の、個人的な約束ですよ」

「個人的な約束とは、きわめて曖昧《あいまい》な言い方になりましてね。一応、法律に基づいた貸借の契約ということになります」

「私が、田所氏に個人的に金を貸した。これは、世間でよくあることでしょう？」

「そんなに、金を貸すのがお好きですか。ほとんど、慈善事業ですな」

「まあ、人にもよくそう言われます」

「世間に通用した、慈善家だと言われるのですな」

「人知れず。もともと慈善とはそういうものでしょう」

「わかりました。慈善的な気持で、田所氏に追いこみをかけている、ということですな」

「そうですよ。ほかにもいろいろと、慈善的なことはしております。死にたい人を、気持よく死なせてやるとか」

「法律に違反しておりますな」

「ですから、懲役ぐらいなんでもない、むしろ行きたい、と思っている若い者が何人もいるのですよ」

「それじゃ、吉村さんにも行っていただきましょうか。それも、大きな慈善事業になりますし」

「どういう罪で？」

「迷宮入りの事件の、犯人になっていただいて。どうです。立派な慈善事業とは思われませんか？」

懲役に行きたがっている者がいる。そういう威し文句は、吉村という男の方が先に吐いた。話し合いは、威し文句を先に吐いた方が、いずれ劣勢になる。

田所の借金をどうこうするのが、私の目的ではなかった。この男を叩き潰す。それが目的と言っていい。完全に叩き潰せないまでも、四、五年は再起不能にする。

これも、私の趣味だった。吉村という男は、厄介な人間に眼をつけられたことになる。

「さてと、具体的なお話を伺いましょうか」

「単純明快です。法定利息での返済。それだけのことです」

「個人の約束を、優先させたいですな」

「法廷が、個人の約束を認めてくれたら、そちらを優先しましょう」

「法廷に、持ちこまれる気ですか。しかし、なぜ？」

「法廷で争うべきことだ、と思っているからです」

「田所氏は、返済の金にも窮している。それが、弁護士を雇えるとは思えないのですが」

「私も、慈善が趣味でしてね」

「そいつはいい。そりゃ傑作だ」

「というわけで、結着がつくまで、田所氏に返済を迫るのは待っていただきたい」

「権利の行使です」

「法律の範囲内で許されるのですよ、権利の行使は」

若い男が、近づいてきた。スーツを着た方は、直立したままだ。

「ぶん殴るのは、法律に違反するのか。別にしたって構わねえんだが」

「時間をかけてくたばらせて、ドブに捨てるんじゃなかったのかね？」

「おう、てめえ」

声が、不意に大きくなった。

「やはり、威力業務妨害だな」

「殴ったら？」

「暴行が加わる」

「殺したら？」

「殺人罪も、加わる」

「けっ、当たり前のことを言うんじゃねえよ。こっちは、懲役なんて屁《へ》でもねえんだ」

「こっちも、殺されるぐらい屁でもねえんだよ、大友。いや、お願いしたいぐらいだね」

「お願いしてえだと？」

「そう。俺は死にたい。だけど、自分じゃ死にきれねえ。誰かが殺してくれるのを待ってるんだが、人殺しになりたがるやつはいなくてね。殺してくれたら感謝したいところだが、死んじまうとそれもできねえや」

「おまえ、本気で俺と喋ってんのか？」

「勿論」

「わかった。じゃ、殺してやる」

大友が、いきなり匕首《あいくち》を出して鞘《さや》を払った。鈍い音をたてて、鞘がカーペットの上に落ちた。

私は、大友に笑いかけた。そして立ちあがり、胸を前に突き出した。

「ほんとに、刺すからな」

大友の声が、かすかなふるえを帯びた。

「言わないで、黙って刺すもんだよ」

声だけでなく、躰まで大友はふるえさせはじめた。私は、白い刃の輝きを見つめた。その刃のむこう側に、なにか動かし難い別の現実がある、という気がしてくる。いま私が感じている非現実より、ずっと確かなものがありそうだ。

大友の躰が動いた。

「待て、大友」

吉村が声をあげた。

「出てろ。おまえもだ」

吉村の声に弾かれたように、スーツの男が出て行き、大友も鞘を拾うと刃を収め、私をひと睨《にら》みして背をむけた。

「青井先生、あんた、ひとりきりってことはないよね」

「さて、どうかな」

吉村と二人だけになると、私はまた曖昧な非現実の中に引き戻された。

「大友が、あんたをやったとする。すると、あいつが懲役に行くぐらいじゃ済まねえのか。俺まで巻きこむような、仕掛けがあるのか？」

「どうだろう」

「あるのか？」

「あんた次第だな、吉村さん」

「どうしろって言うんだ？」

「街金は、廃業しろよ」

「無茶を言うね」

「大友が俺を刺してたら、業界全体が大打撃を受けて、あんたは廃業するどころじゃなくなったはずだ。それこそ、あんたが債務者のようになって、追いこみをかけられ、尻の毛までむしられたね」

「ちょっと待てよ」

「待てねえんだよ、吉村さん。懲役へ行きたがっている若い者の話を出すことで、あんたは俺に威しをかけた。それが間違いだったね。そこで、あんたは俺に負けた」

「意味がわからねえ」

「とにかく、負けるんだ。あんたがいままで築いてきたものをみんななくし、それからさらに生きているかぎり、搾《しぼ》られる」

そんなことがあるわけはなかった。私はひとりきりだし、ただ吉村と話し合うための、頼りない資格を持っているだけだ。しかし、吉村にはそうは思えないだろう。無償で、命まで投げ出す。そんなことが、高利貸しに理解できるわけがなかった。理解できなければ、ありとあらゆる想像をする。命を投げ出しているとなれば、それこそ私には思いつかないほどの、大袈裟な想像をするだろう。

私は、勝手にその想像に踊る姿を眺めている、傍観者にも似ていた。やはり、非現実なのだ。

「あんたのバックは？」

「俺は、ひとりでここへ来たよ」

「バックが誰か、訊いているんだ」

「調べりゃわかるかもしれないが、勧めないね。無駄だよ」

吉村が、腕を組んだ。顎をあげて天井に眼をむけ、考える表情をしている。

「田所のことなんか、どうでもいいんだな、あんた？」

「さあな」

「弁護士だよな。本物だろう」

「それは、調べれば確実にわかる」

「金で、解決がつくかい？」

「つかない。廃業しろ」

「どこの息がかかってるんだ、あんた？」

私は答えず、煙草に火をつけた。

「相当な自信だよな。もしかすると」

「それ以上、言わない方がいい」

煙とともに、私はその言葉を吐き出した。

「言ったことが当たってれば、あんたは無事じゃ済まん」

私が威す番だった。

「指の先で弾くようにして、あんたは世間というものの中から消される」

「待てよ、おい」

「待てないんだ」

「十日、いや五日は待てるだろう。それぐらい、待つもんだぜ」

「いいよ、五日だな」

「ほう、待ってくれるのかい」

「あんただって、いろいろ調べたり、頼れるところに頼ったりしなくちゃならないだろうからな。それぐらいの時間は要る」

「誰に頼ろうと、無駄なのか？」

「法律が、相手だからね」

「うちにだって、顧問の弁護士がいる」

「俺が話そうか。五分で辞めるよ」

「わからねえな」

吉村が額に皺《しわ》を寄せ、煙草に火をつけた。続けざまに、三、四度煙を吐いた。

「俺はこの業界で、まともにやってきたつもりだったんだが」

「まともすぎたのかな。まあ、五日間、いろいろとやってみるといい」

煙草を消し、私は腰をあげた。

吉村がなにを調べようと、出てくるものはない。それがまた、吉村の疑心暗鬼を募《つの》らせる。

出て行く私を、大友も、もうひとりの男も止めようとしなかった。

船に戻った。

夕食になにを作ろうか考えている時、池田から電話が入った。

「月曜の午後、執行できると思う。金は、全額俺の口座に振りこんでくれ」

「百万だ」

「わかってるよ。とにかく、俺にゃ大した儲けになりそうもない」

「冗談だろう。俺ひとりが、一年暮せる額だ。それに、金で買えない、いい評判ってやつがある」

「技師の手配は、医者は？」

「これからやるさ」

夕食まで、もうひと仕事ありそうだった。

5

江利子から、電話があった。

土曜日の午後なのだ。週に一度の催促というのは、女としては質のいい方かもしれない。

私は言い、電話を切った。

「五時過ぎに行く」

船の、ボルトの増締《ましじ》めを予定している日だった。パワーボートは、とにかく震動する。定期的に増締めをしなければ、やがてボルトやネジの類いは飛んでしまう。

私は、モンキースパナと電動ドリルを用意し、船首《バウ》からはじめた。

二年、この船に親しんだので、どのあたりが緩むか、ほぼ把握した。しかし、見えるところは、全部増締めする。そのたびに、一ヵ所ぐらいは緩みが発見できた。

ギャレー、シャワールーム、トイレ、船室《キャビン》。それから、後部甲板《アフトデッキ》に出た。表面は、全部締っていた。あとは、腹の中だ。私はエンジンルームに潜りこみ、いつもの手順でモンキーやドリルを使った。配線のところが、一ヵ所だけ緩んでいた。いままで、緩んだことがない場所だ。油性ペンで、印を打っておく。

終ると、私はシャワールームに入り、まず油で汚れた手を洗った。それから、念入りにシャワーを浴びる。温水器を作動させていたので、生温《なまぬる》いお湯が出た。頭も洗い、歯も磨いたところで、清水《せいすい》タンクは空っぽになった。

浮桟橋《ポンツーン》の蛇口からホースを引き、清水タンクに給水した。その間に着替えをし、ちょっと考えてから、マンションの部屋に寄っていくことに決めた。最近、着るものを適当に扱いすぎるので、色の取り合わせが悪くなった。一度、整え直す必要がある。

清水タンクは一杯になり、水は溢《あふ》れていた。

私はホースを収納し、給水口を塞《ふさ》ぐと、駐車場へ行き、車を出した。

マンションの部屋には、食料はないが、そこそこの衣料は置いてある。船に置ききれないからだ。私は、夏物を五パターン用意した。靴下も靴も忘れなかった。それを車に積みこみ、江利子の部屋にむかった。

私のマンションよりずっと広い、二LDKだった。二十歳の時から、堅実に貯蓄をし、二十九歳で新築のマンションを買った。ローンがかなり残っているとしても、見上げたものだ。恋愛については慎重で、だから逆におかしな男にひっかかった。ただ金は取られず、心と躰に傷を負っただけだ。そして、男に恐怖を感じるようになった。

そういう女が、なぜよりによって、私のような男とくっつくことになったのか、いまも理解はできない。もう、一年も続いているが、現状を維持したがっている、ということがわかるだけだった。

夢の中の恋人というのが、幼いころからいて、夢の中だから、現実生活では適当な身代りを必要としているというだけなのかもしれない。本気で恋愛をすれば、傷つくことになる。それでも、貯金を守り通したというところが、やはり女だった。

五時を、少し回っていた。神経質というほどではないにしても、私は一応時間には正確だった。

「お風呂に入って。バスローブも出してあるから」

船で、わずかな温水を浴び、頭まで洗ってきた、と私は言えなかった。

「その間に、食事の用意はできるわ。この間、あなたが買ってきたワイン、もう栓が抜いてあるから」

言われた通り、私はバスルームに入り、裸になって風呂に浸った。

湯気がたちこめるバスルームは、船にはないものだった。爪に溜った黒いオイルも、置いてあったブラシできれいにした。

バスルームを出て、私は湯気のたちのぼる躰を、扇風機に当てた。エアコンは勿論あるが、さらに空気を掻《か》き回すために、江利子は小さな扇風機を用意していた。

汗が噴き出した躰から、少しずつ水気が消えていく。

「まず、ビールね、いつも通り」

「色気のない飲み方だと思うだろうが」

私は月に一度、大店舗の酒屋で、ワインを一ダースほど江利子に送る。ほぼ十万というところで、それ以外の金銭的な負担はまったくしていなかった。

冷えたビールを、のどに流しこむ。

これからむき合う食卓も、私にとっては非現実だ。そんなことを考えながら、私は缶ビールを一本空にした。

料理が並んだ。

ダイニングテーブルに椅子は二脚で、食器などもすべて二組ある。私以外に食事をするような客はなく、凝った料理をすることもないらしい。すべてが二組になった家具や食器を見て、前にも私のような男がいたのではないかと思ったが、無論、口に出したりはしなかった。ワイングラスも、赤用のものが二つで、触れ合わせると、澄んだいい音がする。

「はじめてだけど、いい色だわね、このワイン。ビンテージもいいし」

江利子が好むのはもっぱら赤ワインで、それも重口のものが好きだった。料理も、それに合わせた肉類が多い。

「こいつは、酒屋のお勧めだった」

「グラスの中で、眼を醒《さま》してきたみたい。いい香りがあがってきたわ」

実のところ、私はワインの好みなど持っていなかった。酒については、飲めればいいというところがある。野蛮な飲み方だと、未紀子にもよく言われていたものだ。未紀子は、さっぱりした赤ワインか、白ワインが好きだった。

「今週は、どうだった？」

グラスを触れ合わせ、澄んだ音の響きが消える前に、私は言った。

「この間の件、進展あった。あの課長、あたしたちが思っていた以上に、上から信頼されてたみたい。結局動くのは加藤の方」

加藤という二十三歳の女子社員が、四十三歳の課長に食事に誘われた。それを、セクハラとして訴えたという事件が、江利子のいる保険会社のサポート部署で起きていた。

加藤という女子社員は、すべてマイペースで、他の社員に迷惑をかけても、平然としているところがあったらしい。実際に見たわけではないので、ほんとうのところはわからないが、江利子の話だけからでも、そのイメージはしっかり立ちあがってきた。自分の仕事にだけは、過剰な自信を持っている、というのもわかる。

「それで、加藤はどこへ異動だ？」

「秘書室」

「ある面では、昇格かな」

「もともと、秘書志望だったから、喜んでるわよ。だけどうちの秘書室、あの子が務まるほど甘くないいな」

会社側の意図は、なんとなくわかった。厳しい職場で、そこで鍛え直されればよし、失敗が多ければ始末書を書かせ、三枚溜ったら本人が辞めたがるような部署に移す。きちんとした組織の発想だった。

江利子の勤めている保険会社は、中堅だがしっかりしていた。はじめ、粉飾決算の情報を摑み、訴訟を起こすために私は小株主になり、社員の間にも食いこんだのだった。一年半ほど前のことで、そのころ私は情報の真偽を判断する能力がまだ甘く、結局、偽情報に踊らされたのだ。どんなことにも食らいついてしまうような、無闇な貪欲《どんよく》さもあった。

私はその会社の調査から手を引いたが、江利子と時々逢うことは続け、成行任せで男と女になった。

ほぼ、週に一度、土曜日に逢っている。生理に重なったことがないのは、ピルでうまく調節しているからだろう。

私は江利子に、自分のことを語ることはほとんどない。江利子が、それに関心を持っていないということが、わかったからだ。

だから私は、ただ江利子の話を聞く。江利子の人間関係については、ほとんど固有名詞で把握しているだろう。

孤独な女だった。友人と呼べるのは数人で、しかも以前に職場で一緒だった者ばかりだ。母親は亡くなり、父親は再婚して広島にいる。異母弟がいるが、会ったことはないらしい。しかしそれが、人の当たり前の姿だと私には思えることもあった。

人は社会に関りながらも、結局はひとりなのだ。自分に言い聞かせるように、私は江利子の話に耳を傾ける。聞けば聞くほど、都会でひっそりと暮す女の姿が浮かびあがってくるのだった。私の存在など、ほとんど孤独の癒《いや》しにもなっていない、気休め程度のものだろう。

「蒔田《まきた》課長がね、ずっと社内不倫してるって噂だったんだけど、ついに相手が特定されたみたい。総務のおばさんよ。もう四十を超えてて、お局《つぼね》さまというやつね」

三十一歳の江利子は、若い女子社員にお局さまと呼ばれることはないのだろうか、と私は思いながら聞いていた。

「あたしも、一時は名前が挙げられたのよ。冗談じゃないと思ってたけど、山本と一緒にされたんだと考えると、ちょっと情ないわよね。どこにでもいるおばさんで、化粧もしてないの。あっちの方が異常で、それで蒔田さんも離れられないという話だけど。そんなもの、見た人間がいるわけじゃないし、言う人間の品性が疑われるだけだわ」

蒔田という課長は、仕事はできるがどこか崩れていて、多分次長止まりだろう、と江利子は言っていた。容貌や風体《ふうてい》も描写して喋るので、なんとなく顔まで思い浮かぶ。

「八年ですってよ。山本さん、一度結婚してるしな。どうでもいいのかもしれない」

ワインが、少しずつ減っていく。食事の時のワインは、一本が限度だった。私はまるで酔っていなくて、江利子は適度に回っているという状態だった。

ひとしきり話すと、今週の話題はそれで終りになるのか、料理の感想を求めてくる。私は素材やレシピについて質問し、適当な感想を言う。週に一度の、凝った料理なのだ。

二年前まで、私は手のかかった未紀子の家庭料理を食っていた。それと較べると、江利子の料理はレストラン風だった。外で食べたものを、再現しようとしている気配がある。未紀子は、主婦としても優秀だった。

食事の片付けはしない。日曜日の、江利子の仕事になるのだ。

食事を終えて私が強要されるのは、歯を磨くことだけだった。江利子も、丁寧に歯を磨いている。二本並んでいる歯ブラシを見ると、ふたつひと組の食器より、ずっと生々しい気分に襲われた。

寝室に使われているのは和室で、ベッドではなく蒲団《ふとん》がすでに敷いてある。二つ並べてあるので、キングサイズのベッドの広さはあった。

裸になった江利子は、痩《や》せていて、乳房も小さく、乳首の大きさが目立った。陰毛は薄く、性器が透けて見えるほどだ。

特に淫乱な女だとは思わなかった。ただ、私の口を吸うところからはじめるセックスは、執拗だった。貪《むさぼ》る、という感じはない。執拗さの中に、哀切さが滲《にじ》み出してくる。三十一歳の女のセックスとは思えなかった。衰えかかった女。そう思っても、掌に触れてくる肌には張りがある。暴力的なもの以外、江利子はどんなセックスでも受け入れた。前の男に、セックスにおける暴力癖があったようだ。それが、精神的な傷にまでなっていることが、なんとなくだが私にはわかった。

交合すると、江利子は受身になった。声をあげ、全身をのたうたせるだけだ。私はただ一週間分の性欲を満たし、ゆっくりと射精に近づいていく。私が射精に達するのは、江利子の叫び声が途切れ途切れになったころだ。江利子の全身は、射精を受けたあと、ひとしきり痙攣《けいれん》を続ける。それから、朝まで眠ってしまうこともあれば、起き出してウイスキーを飲み直すこともある。いずれにせよ、それ以上のことは決して起きなかった。

私が船へ帰るのは、日曜の正午近くになってからだ。

私が性欲を満たすのは、江利子の躰とかぎったわけではなかった。月に二度か三度、金を払って射精に至る。

思い返せば、未紀子と暮している時、週に二回は抱いていた。

いま、未紀子はどうやって性欲を処理しているのか。時々浮かんでくるその思いは、すぐに心の底に押しこめた。私が強硬に主張して、離婚したのである。つべこべ考える立場に、私はいなかった。

江利子が、私の部屋に来たいと言ったことは、一度もなかった。まして船などにはまるで関心を示さず、私が生活の半分近くを船で過していると言っても、いまだに本気にせず、冗談と思っているふしさえあった。

私自身についても、それほど知りはしない。弁護士であること。離婚歴があること。娘がひとりいるということ。知っているのは、その程度だろう。私が一見貧乏臭い暮しをしているのも、慰謝料を支払わなければならないからだ、と勝手に決めていた。

噂話など好きなくせに、ほんとうに自分に関りのある人間については、細かいことまで知るのをこわがっているようにさえ感じられた。だから、孤独が際立って私には見えるのかもしれない。

いつものように、日曜の正午前に、私は江利子の部屋を出た。江利子は、ドアのところまで送ってくる。もう帰っちゃうのね、などと一応は言う。しかし、私が長居をすれば、迷惑そうな表情をするに決まっていた。

ある一線以上は、決して踏みこませず、相手にも踏みこもうとしない女だった。毎週土曜に逢うことは決まっているのに、必ず土曜の午後に、逢えるかどうかという電話をしてくる。この一年で、私に用事があって逢えなかったのは、一度きりだ。

車を転がすと、私はマリーナへ行き、船の中の服を整理した。まだ梅雨は明けていないが、時々夏のような陽射しもあり、日曜のマリーナは人が多かった。

二年いると、自然に顔見知りも多くなる。話しこむようなことはあまりないが、挨拶《あいさつ》程度はする。どこで、どういう魚が釣れているかと、情報を聞くこともある。

私が、三日月のオーナーではなく、クルーだと思っている人間も、少なくないようだ。それはそれで、気楽なことではあった。

陽が射してきたので、私はマットなどを甲板に出し、干した。梅雨の間は、できるだけまめにやることだ。去年は、梅雨時のカビでひどい目に遭った。

エンジンも含めて、船の調子はどこも悪くない。いささか老いぼれてはいるが、歳相応の走り方しかさせないので、無理がかかることもないのだ。

私は午後いっぱいをかけて、エンジンの調整をした。といっても、素人にできる程度のことで、オイルや冷却水、Vベルトの点検、二次冷却のインペラーの点検といった程度のことだ。

それから船内で簡単な夕食を作り、酒を飲みながら食った。そのころになると、マリーナの人影もほとんど消えていた。

6

月曜日、私はスーツにネクタイという恰好《かっこう》で一番に銀行へ行って金を下ろし、裁判所に払いこんだ。病院で二件の証拠保全だから、かかる金は百万とちょっとというところだ。私の負担である。池田は、手続だけは迅速にやったが、一銭も負担しようとはしない。本来なら、これに弁護士の着手金なども加わる。自分で自分に金を払うのもおかしなものだった。ただ池田は、依頼人には着手金もたっぷりと提示してはいるだろう。それで、成功報酬の割合を、できるだけあげようとしたはずだ。

午後から、執行だった。裁判所の執行官二名と技師、それに私と、二台の車に分乗して最初の病院に乗りつけた。

患者でごった返している待合室を通り抜け、院長室のドアをノックした。返事を待たず、踏みこんだ。院長は、テーブルで鰻《うなぎ》を食っているところだった。

「須崎正也の証拠保全の執行です。動かないように。こちらからお願いすること以外、なんの指示も出さないように」

箸《はし》の上に鰻を載せたまま、院長は口を開けて私たちを見あげた。

「婦長を、ここへ」

「しかし」

「裁判所の証拠保全です。おたくの病院には、なにひとつ拒絶する権利はありません。不服ならば、法廷で争うか、不服申立をあとでやるか、名誉毀損の訴訟を起こすか、取り得る方法はいくつかあります」

「うちの、弁護士を」

「証拠保全には、裁判所の執行官が立合えばいい、ということになっています。その後の対応を弁護士と協議されるのは、いっこうに構いませんが」

院長は、五十代で、どこか尊大な雰囲気を漂わせていた。

「婦長と言ってもだね、君」

「こちらでナースステイションの機能を停止させ、証拠を保全する方法もあります。できるかぎり、穏便にと思ってお願いしているのですがね」

「そんなことをしたらだな」

「それでは、ナースステイションへ」

「患者が、見ているのだぞ」

構わず、私は部屋を出ようとした。

「待て。呼ぶ。いま呼ぶから」

「緊急に。用件は言わず、呼ぶだけにしてください」

婦長が、駈けこんできた。緊急に院長室に呼ばれることなど、滅多にないのだろう。

「証拠保全です。須崎正也のカルテほか、すべての資料を」

「はい」

婦長には、証拠保全の経験があるようだった。顔色は変ったが、神妙にしていた。

執行官がひとり付いて、ナースステイションへ行った。すべての資料が運ばれてくるのに、それほどの時間はかからなかった。

「これは、裁判所の正式な証拠保全です。洩れているものは、ありませんね」

「ありません」

婦長の唇が、かすかにふるえていた。証拠保全をされてしかるべきことがあった、と物語っているようなものだった。そして、カルテをはじめ、すべての資料が破棄されてはいない。

悪質なケースになると、誤診や医療過誤の自覚をした時点で、資料を破棄する病院もある。そうなるといささか面倒で、破棄されているということを、こちらで証明しなければならない。

「部屋をひとつ提供しなさい。写真技師が、レントゲン写真その他を、すべて複写します。ほんとうに、これだけですね」

「私が診《み》た患者ではない」

「あなた個人について、証拠保全をしているわけではない。あなたが院長をしている病院の診察記録を、証拠として保全するんですよ。いいですね。その後、この病院が取り得る手段は、いくらでもあります」

「こちらへ」

婦長の方は、肚《はら》を決めているようだった。会議室らしいところが、ひとつ提供された。テーブルに押さえた資料を並べ、写真技師が私にむかって頷いた。

私は、執行官のひとりと、もうひとつの病院に走った。

その病院では、即座にナースステイションに踏みこみ、それから私が院長室へ行って、証拠保全の執行を告げた。

ナースステイションの看護婦たちは、凍りついていた。院長が自ら私についてきて、指示に従うように言った。

病院同士の、横の連絡は馬鹿にできない。しかし、診断書は二つとも取ってあるし、証拠保全も間に合ったようだ。

先制のパンチは、鮮《あざ》やかに当たった。次は、当たった場所が急所かどうか、ということが勝負だった。

一時間ほど待つと、写真技師もやってきた。部屋をひとつ提供してもらい、押さえた証拠をしっかりと記録した。

執行官も技師も事務的に仕事をこなし、私は紙袋ひとつの証拠をぶらさげ、ひとりで依頼人の息子が入院している病院に行った。

まだＩＣＵに入ったままで、意識は回復していないらしい。

担当医は、すぐに会ってくれた。

私は二つの病院の証拠保全の事実を告げ、患者が運びこまれた時と現在までの状態を、詳しく訊き出した。ここでは、証拠保全の執行は必要ではなく、任意でカルテのコピーを貰えばいいだけだった。

私は一応、前の二つの病院の対応の誤りについて証言して貰えないか、と頼んでみた。

「私が患者に接した時点からの、事実だけはお話しできます。前の病院でどうこうと証言するのは、御容赦いただきたいですな」

「患者が、こんな目に遭っていても？」

「うちでは、最善を尽します」

証言が得られると、期待したわけではなかった。医師同士の相互扶助の精神は、こと誤診に関しては強固なのだ。

「今後、どうなりますかね、須崎正也は？」

「さきほども、御両親が見えましたが、肺の自発呼吸の度合いが強くなっていますので、酸素の量を徐々に絞っているところだ、と申しあげました」

「意識は？」

「軽々しくは言えませんが、脳にこれといった損傷は見つかりません。回復する可能性はある、ということです」

「意識が戻ったら？」

「できるかぎり早く、一般病棟に移すということでしょう。ＩＣＵ症候群などというものは、意外にあとあとまで響きますから」

「ＩＣＵ症候群というのは？」

「ある種の、拘禁ノイローゼと言ってもいいでしょう。肉体にもダメージを受けていますから、健康体の時よりもひどい症状が出る可能性があります」

「後遺症は？」

「青井さん、でしたね。脳など、まだ解明されていないことの方が、多いのですよ」

「突然、意識がなくなる。躰が動かなくなる。そういうことも、考えられますね」

「それよりもっと、事故当時の記憶が欠落しているとか、そういう可能性の方が高い、と私は考えていますが」

医師の話に、大抵は断定がない。特に訴訟にでもなりそうな雲行の時は、あらゆる可能性を並べ、それ以外のことも起き得るなどと言う。つまり、なにが起きてもおかしくないということだ。

この医師など、まだましな方だった。

夕方、船へ戻った。

私は、二つのカルテの解析をはじめた。カルテはほとんどドイツ語で書かれていると思いがちだが、意外に日本語も混じっているものだ。最初の病院は、肋骨の単純骨折。しきりに胸痛を訴える、とある。レントゲンによる頭部、胸部の検査については、異常なしの所見。二つ目の病院も、やはり肋骨の単純骨折。頭部MRI、胸部レントゲンは、ともに異常なし。事故による全身打撲で、精神的にショックを受けている。

三つ目の病院では、心停止、肺の損傷が明確に記されていた。これだけでも、二つの病院の責任は追及できる。診断の材料となった証拠も、すべて保全した。

法廷での争いにはならない、と私は判断せざるを得なかった。多分、両方とも示談を申し入れてくるだろう。その場合は、患者の状態がどうかということになる。心停止で、除細動器、つまり高圧電流によるショックで回復というのは、絶対的なカードだった。一度は死んだ、ということなのだ。

これまで私は、医療過誤の裁判をいくつかこなしてきた。法廷に持ちこまれたものはすべて微妙で、こちら側の要求がすべて認められるということはなかったが、部分勝訴というかたちで、慰謝料はかなり取った。生命の値段は、やはり安くないのである。

今度の場合の示談交渉は、病院にとってはかなり厳しいものになる。ひとつの病院から二千万という池田の皮算用も、実現性がないわけではなかった。

医療過誤の裁判で、ペアを組んだ老医師は、いまも現役で健在である。心停止までの苦痛を、生々しく証言してくれるだろう。

船が、かすかに揺れた。

船室《キャビン》のドアがノックされたので、私はドアを開けた。

由美子が立っていた。私立の女子中の制服姿で、鞄《かばん》もぶらさげている。

「どうした？」

言うと、由美子の眼から涙が流れ出してきた。

「入りなさい」

私は船室《キャビン》に由美子を入れると、ドアを閉めた。また少し大きくなった。そう思った。その分、女らしくもなっている。

「なにか飲むか？」

由美子にハンカチを渡そうとしたが見つからず、私は洗いたてのタオルを膝に置いた。由美子はそれを取り顔を押さえたが、なにも言わなかった。

「ここへ来て泣こうと思ったのなら、それだけの理由があるんだろう。まず、泣きたいだけ泣くといい」

由美子が、タオルを私に投げつけてくる。

「パパ、いつだってそうだ。なんでもわかってるような顔をして」

「なにもわかっちゃいないさ。特に、おまえのことは、なにもわからん。だから、落ち着いたら話を聞く。そういうことだ」

「そういう言い方が、なんでもわかっているようだって言ってるの」

「悪かった。とにかく、涙を拭《ふ》け」

私はもう一度、タオルを由美子の膝の上に置いた。それから、冷蔵庫から水を出し、ブリキのカップに注いでテーブルに置いた。ソフトドリンクというものを、私は滅多に飲まない。

由美子は、中学一年だった。名門と言っていい、私立の試験に通った。受ける直前に、由美子は私に会いに来て、私は合格のためのおまじないをしてやった。合格の知らせは、手紙で来た。入学祝いに腕時計が欲しいと書いてあったので、買って送った。中学生の由美子には、私は一度も会っていない。

「学校で、なにかあったのか？」

由美子が、首を横に振った。その仕草は、小学生のころと変らなかった。

「わかった。ボーイフレンドと、なにかあったんだろう」

由美子の首は、動かなかった。

「振られたか？」

「そんなんじゃない」

「言ってみろよ。黙ってちゃわからないからな」

「きのう」

由美子が言う。

「きのう、会ったんだな、佐伯一成《かずなり》君と。日曜だったもんな」

由美子のボーイフレンドの話は、手紙で知っていた。教師のあだ名まで、私は知っている。

「パパ、カズの名前、憶えてたの？」

「佐伯一成だけじゃなく、何人もの友だちの名前や、先生の名前も知っているよ。手紙に詳しく書いてある」

「読んでくれてるの？」

「当たり前じゃないか」

「中学に入っても、会おうと言ってくれなかったわ」

「会いたかったのか。それは済まなかった。会いたい時は会いたいと、由美子は言ってくると思っていたよ」

由美子が、カップのミネラルウォーターに口をつけた。

「あたし、家へ帰りたくない」

「なぜ？」

「ママに会いたくないから」

「なにがあったんだ？」

「きのう、カズが家に遊びに来た。ママもいたんだけど、もう会っちゃいけない、と言われた」

未紀子が、一方的にそんなことを言うとは考えられなかった。子供の教育などに関しては、常識的すぎるほどの女だった。

「なにか見られたんだな、ママに」

「わかるの？」

「なにを見られた。おまえ、もしかして」

「もしかして、なによ。パパまで、そんなこと言うの？」

「おまえ、中学生だぞ、まだ。もしかすると、その佐伯という小僧と、セックスしたのか？」

「いやあ。どうして、そんなこと言うの。クラスで、体験した子がいないわけじゃないけど、いくらなんでも早過ぎる」

「何歳になったら、やっていいと思ってるんだ」

「わからないよ、そんなこと。あたしはただ、ちょっとキスをしてみただけなんだから」

「キスをしただと。そうやって、すぐにセックスをはじめるんだ。なにも考えていない、子供のうちからな」

「ちょっと、どんな感じかと思っただけよ。ママは、キスするところだけ見て、もう会っちゃいけない、と言ったのよ。カズだって、あんなに叱らなくったっていいのに」

私は、落ち着こうとした。未紀子は、キスの現場を見て、多分取り乱したのだろう。

「わかった。だけど、パパだってキスぐらいいいとは言えない」

「あたしが誘ってみたの。キスってどんな感じかって。カズはいやがったのよ。でも、どんな感じか知りたかった。一緒に暮してたころ、パパとママは、よくキスしてたじゃない」

私は、息を吸い、吐いた。未紀子とは、由美子の前でも軽いキスはよくした。結婚してから、ごく自然にそうしていた。

「どうってことなかったろう」

「そうね。だけど、ぞくっとした」

「はじめてだからさ。それに、パパとママがキスしてたのは、どんな感じか確かめるためじゃなく、愛情表現だったんだ。おまえ、佐伯君を愛しているのか？」

「わからない、そんなこと」

「じゃ、一度でやめておけ」

「なんで？」

「二度目からは、愛情表現になる」

「そういうことか」

「ママは、びっくりしたんだ。ママも、キスは愛情表現だと思っているから」

「そうね」

携帯電話が、ポケットの中でふるえた。

「吉村ですが」

こんな時に、金貸しからの電話だった。

「お目にかかって、話し合いをしたいんですがね」

「話すことは、ありませんよ。私は返事を聞きたいだけなんですから」

「そうおっしゃらずに。話し合いの余地がないなんていうのは、私に対して残酷すぎると思われませんか？」

「じゃ、明日、どこかで」

「うちの事務所というわけには？」

「いいですよ。午前十時」

「お待ちしております」

どんなかたちで待っているのか、私は束の間、考えた。行ってみれば、わかる。

「今日は、ちょっと遅くなる。ママに、そう電話しなさい」

「なぜ？」

「パパのステーキ、おまえに食わせてやる」

「ほんとに」

「ただ、ママには内緒にしてくれ」

「ママは、まだ会社よ。お手伝いさんに、そう言っておくわ」

由美子は、私の携帯電話から、自宅にかけた。お手伝いと言ったが、口調は丁寧だった。こんなところは、しっかり未紀子が躾《しつけ》をしているのだろう。

「食事は、お手伝いさんか、いつも」

「土曜日と、日曜日はママが作ってくれる」

「そうか」

由美子が、はじめて笑った。それだけで、私はちょっと切ない気分に襲われた。

「肉が、ちょうどいい具合に熟れている。うまいステーキだぞ。ところでおまえ、この浮桟橋《ポンツーン》に、どうやって入った。鍵がかかってただろう?」

「マリーナのおじさんに、頼んだ。ねえ、パパ、この船、動くの?」

「当たり前だろう」

「いつか、乗りたいな、由美子」

いつでも乗せてやる、と言いかけた言葉を、私は呑みこんだ。聞えなかったふりをして、私は冷蔵庫の肉を出した。

第二章

1

私が入っていくと、吉村は立ちあがり、愛想よく笑った。ソファを勧めてくる。いやな予感がした。

「実は、大変いいお知らせでしてな」

「というと？」

「すべての問題が、解決しました」

田所が、吉村が使っている連中に捕まるヘマをやった。それ以外には、考えられなかった。いや、ヘマとは言えないのかもしれない。田所にとっては、私と出会うのとは較べものにならない、幸運が転がりこんできたに違いないのだ。

しかし、いままで巧妙に逃げ回っていた田所が、なぜ捕まったのか。それだけ吉村が、腰を入れて捜したということなのか。

負けた、と思うしかなかった。私が目的を達成するまで、田所をどこかに隠しておくなどということは、できるわけがないのだ。

煙草を喫って、気持を落ち着けようという気にもならなかった。

「説明を、伺いましょう」

「田所氏と私の間にあった、貸借関係がなくなった。つまり、債権、債務は消滅したということです。田所氏は、自分の借金をきれいにしてくれたのですよ」

「そうですか」

「これが、私が出した領収証の写し。こっちが、貸借関係が消滅したという、田所氏と交わした確認書です」

見るまでもなかった。なにか仕掛けをしたのではなく、実際に田所の借金は消えているはずだ。大きな徒労だった。いくらかの、恨みを買った。田所には感謝されてもいいところだが、殴られたことぐらいしか憶えていないだろう。

「それじゃ、この件は」

「青井先生に、わざわざ来ていただくこともなかったのですが、書類で確認していただきたい、と思いましてね」

「わかりました。立派な書類です」

確かに、私が田所から取った、ちょっと不自然な依頼書と較べると、非の打ちどころがないものだ。

「すべて、なかったことに」

吉村は、穏やかに笑っていた。

こういうことがある。それは予測の中に当然入っているが、可能性としては数パーセントだった。それが、当たった。つまり、私にツキがなかったということだ。

「青井先生、そちらはほんとうに、私に廃業させるつもりだったんですか？」

「さあね。やれるところまで、やってみようと」

「そうですか。今回、これ以上私は深入りいたしません。ただ、後ろにおられる方に、伝えておいていただきたい。背筋が寒くなるようなことは、一度で勘弁していただきたいと。これでも血圧が高くて、かっと興奮することもあるんですよ。今回は、保険もかけていなかったので、私の失敗でもありますから」

保険というのは、多分、背後の組織のことだろう。吉村は、企業舎弟というわけではなく、自分で多少の人数を抱えているようだ。あるいは、追いこみの依頼だけ、という関係なのかもしれない。

私がひとりでこういうことをやっていると知られれば、無事では済まない。殺される可能性も、少なくない。

私は、自分の身を守るということについて、ほとんど無関心と言ってよかった。だからいつも、ひとりで動いていると、平然として言う。それが、どうも逆の作用をしているということに、最近、気づきつつあった。ひとりでこんなことをするということが、信じられない人種ばかりを相手にしているからと思えた。

だからといって、それを利用しようという気にもなれなかった。どこかで、ズタズタに切り刻まれて殺される。そんな死に方を、無意識のうちに求めている、という気がする瞬間もあるのだ。

「青井先生、なにか飲みものでも？」

「いえ。私は、これで帰ります。帰していただけるならですが」

「勿論、御自由にお帰りください。ここで先生をお帰ししないというようなことをやれば、苦労が水の泡です」

「よく見つかりましたね、田所氏が」

「そりゃ、私も必死ですから。廃業しろと言われた時の青井先生の凄味《すごみ》、忘れられません。いろいろと、気を使って商売をしなけりゃならないんだと、痛感しました」

私は、腰をあげた。

疲労困憊《ひろうこんぱい》というほどではないにしても、無駄足はずいぶん使ったことになる。

「いろいろと、お手間をかけさせました」

「いや、これで終れば安いものだと、うちの顧問弁護士も申しておりました。青井先生は、これまでに業者を二つ潰しておられるそうですね。それも、裏をほとんど出さないかたちで」

これまで、確かに闇金融の業者を、二つ潰した。しかしその業者は、社名と場所を変え、また営業をはじめている。私のやっていることは、壮大な無駄と言ってもいいし、馬鹿げたひとり芝居と言ってもいい。

それでも弁護士の間では、私が得体の知れないバックに守られて動いている、というふうにしか見えないのだろう。

「じゃ、これで」

私は、敗北したことを認め、吉村に深々と頭を下げた。吉村も、同じように頭を下げていた。

私は、すっかり老いぼれた軽自動車に乗りこむと、マリーナのある方向にむかい、途中で思い直して、池田の事務所へ行った。

池田は来客中で、私はイソ弁を相手にしばらく雑談していた。池田の仕事は相変らずで、会社の顧問や、土地関係の係争や、商取引についての損害訴訟、驚くことに医療過誤の病院側の弁護士までやっているようだった。

「いまの来客、離婚問題なんですがね。金持で、億単位の慰謝料を取れそうなんです」

上田というイソ弁は、いつも刑事を扱いたいと言っていた。それなら事務所の選び方を間違ったわけで、やめれば解決する問題だった。やめないのは、やはり金に眼がくらんでいるからだろう。

「池田の下にいりゃ、仕事は覚えられる。金持との人脈はできる。法廷の外での、薄汚ないやり方ってやつも、しっかり身につく。いいことずくめじゃないか」

「青井さん、どうして事務所を持たれないんですか。いまは、植草先生のところの所属ですよね。前は、いい事務所をお持ちだったのに」

「事務所を構えると、守りに入る。俺の先輩が言ったことだがね。こんな事務所にいたら、堕落するだけだぜ。守りに入ってもいいから、おまえも事務所を構えるんだな」

上田は、私の口の悪さには馴れている。

「植草先生のところ、最近は公害訴訟なんかも引き受けておられるんですね」

「志は立派だが、才能がないな、やつは」

「金儲けの才能ですか？」

「事件が面白いかどうかを、嗅ぎ分ける才能さ。国選でつまらないものを押しつけられたり、スリリングな法廷になりそうなものを、眼の前で逃がしちまったりする」

田所の件も、植草が持ってきた仕事だった。さすがに自分でやる気にはなれず、私に声をかけたのだ。私がもの事をややこしくするのはわかっているはずだが、田所の場合はその方がいいと判断した気配もある。

「ところで、青井先生の奥さんって、クボ・エンタープライズのオーナー社長なんだそうですね」

「元の女房さ。俺は捨てられた」

「そうは聞かなかったな。奥さんが事業を継いで仕事をはじめたら、むくれて家出したって話でしたよ。高校生がグレたようなもんだって、うちの先生も笑ってました」

「余計なことなんだよ。離婚なんて、本人同士しかわからない事情があることぐらい、弁護士なら知ってるだろう」

「それをぼくに話してくれた人、あんな仲のいい夫婦はいなかったのに、と言ってましたよ」

「外からは、そう見えたんだろう。おい、上田。いまの話題、もう二度と俺の前で出すなよ。次はおまえ、一発ぶちかますぞ」

「青井さんがやってたの、相撲じゃないんでしょう。ラグビーでしょ。ぼくだって、サッカーやってたんですから」

毎朝、一時間走っている。それを、ほとんど欠かしたことがない。学生のころ駈け回っていただけの男とは、だいぶ違うはずだ。

「お帰りみたいですね」

上田が、奥のドアを見て言った。ドアが開き、出てきたのは四十そこそこという感じの女だった。身につけているのは、ほとんどブランド品だろう。池田の依頼人にぴったり、という感じだった。

「運転手付きの車、待たせてんですよ。国産の一番でかいやつで、ベンツじゃないんですけどね」

池田は、その女を外まで送ったようだ。上田が、エレベーターに通じるドアの方を見ながら、ちょっと肩を竦《すく》めた。

「おまえ、うまく立回って夜のお相手でもすりゃ、パトロンになってくれるかもしれないぞ。そうなりゃ、いいところに事務所を構えられる。刑事だけ扱ってても、食わして貰える」

「ホストですか、ぼくは」

池田が戻ってきたので、私は奥の部屋へ行った。

「証拠保全は終ったんだろう、きのう」

「示談を成立させるまで、顔を見せるなっていう言い方だな」

「いい客には、おまえが胡散臭《うさんくさ》く見えるらしい」

「客ねえ。確かに、いまの女は依頼人じゃなく、ホストクラブの客って感じだった」

「もういい。それで？」

「金の交渉に来た」

「五百だ。たとえ一千万しか取れなかったとしても、俺は五百だ」

「血も涙もないな。交渉の余地はなしか」

「当たり前だ。一千万しか取れなかったら、おまえの取り分はない。諸費用は、相手方と相談しろ」

「五百しか取れなかったら？」

「五百だったら、全部俺だ。五百以下だったとしても、全部」

「わかったよ。五百だな。俺も五百以上はビタ一文払わんからな」

「ま、せいぜい頑張れよ。諸費用を回収するだけじゃなく、いくらかは儲かるようにな。祈ってやるぜ」

「ずいぶんと、御機嫌斜めだな」

私は、煙草に火をつけた。この事務所の灰皿には吸殻があったためしはないが、いまは口紅のついたセーラムが三本もある。香水の匂いも、かすかに漂っていた。

「俺を、使用人扱いしやがる」

「あの女か。エステで磨きあげた白い肌。いくらか肥っちゃいるが、床上手って感じもある。いいんじゃないか？」

「なにが？」

「いや、別に。金のためだろう、おまえの大好きな」

「青井、言っておくがな、仕事以外のことで、俺の事務所に出入りするな」

「金の話も、仕事のうちだろう？」

「だから、五百万。わかったら、もう消えちまえ。俺はこれから法廷が入ってる。おまえのような、暇な弁護士とは違うんだ」

「怖いな。退散するか」

私は煙草を揉み消し、立ちあがった。

今日の第一回目の勝負は完敗だったが、二回目は一応勝ったという気がする。

朝一番に行って、資料を預けてきた医師のところに、車を向けた。途中で、カレーライスを腹に押しこんだ。

野村医院というのが、私が通っている病院だった。といっても躰が悪いわけではなく、医療過誤の追及に協力的な医師がいるということだ。誤診という意見書をいくつか書いて貰ったことがあるし、一度は法廷で証言をして貰ったこともある。もっとも、そのための礼金は、しっかり要求する医師でもあった。

昔ながらの、町医者のたたずまいだ。門があり、横に診療科目を示した札がかけてある。入口は床屋のような感じで、ねじり棒でも回してみたらどうかと、冗談を言ったこともあった。床屋のねじり棒は三色で、赤が動脈、青が静脈、そして白が繃帯《ほうたい》の意味がある、と野村は真剣な表情で言った。床屋が外科医を兼ねていたこともある、ということなのか。

待合室では、全身が萎《しぼ》んだような老人が、ひとりで待っていた。私は、看護婦にちょっと手で合図した。看護婦だけは一年ほどしか保《も》たず、そしていつも若い。

老人が診察室に呼ばれ、五分も経たずに出てきた。暗い顔をしている。病気じゃないんだから。自分が歳をとってるってことを、きちんと考えなくちゃ。野村の声が追ってきて、老人の表情はいっそう暗くなった。

私の名が呼ばれた。

入っていくと、野村はレントゲン写真に見入っていた。五十三歳という話で、口と顎先に蓄えた髭には、半分以上白いものが混じっている。

「ああいう老人には、なにか病名をつけてやった方がいいんじゃないですか。ずいぶん暗い顔をして、出てきましたよ」

「憂鬱なことを言うなよ、おい。八十七歳で、いつ死ねるのかと、週に一度は来て訊くんだぞ。昔のように躰が動かないから、もう死ぬはずだってな」

「なら、精神安定剤だな」

「一週間分、まとめて飲まれちゃかなわんからな」

私は、背凭《せもた》れのない、患者用の丸椅子に腰を降ろした。野村が、椅子を私の方へむけた。

「これが、肋骨骨折だと」

「素人には、よくわかりませんがね」

「肺が潰れてる。死んだのか?」

「いま、ICUに入ってますが、死ぬほどのことなんですか?」

「放置すれば、死ぬね」

「一度、死にましたよ。心臓が停ったんだから。電気ショックで、回復したみたいですけど」

「確かに、肋骨は一本折れてる。しかし、肺と較べたら、怪我のうちにも入らん」

「すぐに治療していたら？」

「ＩＣＵに入ることは、多分なかっただろうな。いや、入ったとしても、二日以内の呼吸の管理で出られただろう」

「じゃ、責められるべき、誤診ですな」

「それも、二人も写真を見てる。こいつらの頭に、電気ショックをかけた方がいい」

「わかりました」

「意識は？」

「ありません。ただ、脳に損傷は見えないので、回復する可能性はある、といまの病院じゃ言ってます。なぜこれがわからなかったんだと、両親にも言ったそうです」

「治療もな、意識があるとないじゃ、大違いなんだよ」

「そんなもんですか」

「少なくとも、このデータを見たら、緊急事態だと認識するのが医者だな。まず、全体的なものの把握の仕方が、中途半端だ。意識があって苦しさを訴えるというのは、大丈夫ってことじゃない。脳に大きなダメージがなかったということだ。レントゲン、ＭＲＩ、ともに正常だからな」

「つまり、どういうことです？」

「脳が大丈夫でも、心臓が破裂したら死ぬだろうが。出血が多くてもだ。それを、二人とも見ていない。脳が大丈夫で、意識がある。それで、すべて判断しちまってる」

「わかりました。専門的なことは、例の如く文書でお願いしますよ」

「二十万だ」

「十万でどうです。こういう医者には、先生だって腹が立つでしょう？」

「それとこれは別。二十万円。前金だぞ」

「わかりましたよ」

私は、用意していた封筒を差し出した。

「なんだ、ちゃんと用意してきてるじゃないか」

中身を確かめ、野村が言った。

「まあ、一応は値切ってみたってわけで」

「しかし、この誤診はシリアスだぞ」

「シリアスじゃない、誤診なんてのがあるんですか？」

「あるさ。貧血を脳梗塞と間違ったりな」

「逆だと、シリアスになりますね」

「これがそうだ」

野村は、その場で五万円の領収証を書いて差し出した。

「相変らず、ひどいなあ」

「小遣いぐらいは、俺も欲しいんだよ。うちみたいな流行《はや》らない開業医は、患者から貰う礼も、菓子折ぐらいのものなんだぜ」

野村の書いた意見書は、きわめて論理的で、法廷に持ち出したら、相手を黙らせる重みは充分にあった。それを考えると、実際は高いものではない。

「名前だけはみんな知ってても、なくなっちまった病気もある。そういうものは、若い医者など臨床例を知らないんだ。完璧に診断しろと言うのは、無理だな。結核なんかも、それに近かった」

「外科的なものは、別でしょう。こんなふうな交通事故とか」

「より細分化されている、とは言える。俺が関心があるのは、誤診だけだ。医者も、わからない時は、わかる医者に助けを求めるべきなんだ。そういう時代になってるよ」

「一度、訊こうと思ってたんですがね」

私は、煙草に火をつけた。野村が、デスクの抽出から灰皿を出し、自分もくわえた。臭い消しのスプレーも、灰皿と一緒に入っている。

「どうして、意見書を書いたりするのか。医者仲間から疎外されないか。そんなことだな。答は、簡単。臍《へそ》が曲がっているからだ」

「同じだな、俺と」

「そう思うなら、今度、一杯奢れ」

「だけど俺が訊きたいのはそんなことじゃなくて」

私は、声をひそめた。

「どうして、しょっちゅう看護婦が変るんです。しかも、みんな若くていい玉だ」

「羨《うらやま》しいのか？」

「いくらか」

「ここに勤めたいという、若い看護婦が多い。つまり、列をなしてる。だから、できるだけ早く交替させる」

「面倒が起きたら、いつでも言ってください。結婚とか認知を迫られたり、慰謝料を請求されたりしたら」

「別の弁護士に頼む」

野村は、二度結婚して離婚し、独身が一番だ、という考えを持っていた。それがどこまで本心なのかは別として、私にはわかるような気がした。

野村医院を出ると、私はマリーナにむかった。

ポケットで、携帯電話がふるえた。摑み出し、番号通知を見て、私はしばらく戸惑った。未紀子からだ。戸惑っている間に、右折する交差点に差しかかり、右折し終った時は電話は切れていた。

なにか、大きな失敗をしたような気分に、私は襲われた。

だから次に電話がふるえた時は、番号通知も確かめずに出た。未紀子からではなく、依頼人からだった。弁護士が、見舞金を持ってやってきたという。固辞したが、強引にそれを置いていったので、どうすればいいかという問い合わせだった。

「そちらへ伺いますから、封筒のまま保管しておいてください。決定的に不利だから、御両親を丸めこもうとしている。ここで示談なんかに応じたら、息子さんが病院で苦しんでいる意味もなくなります。もし示談にするにしても、こちらのペースでやります。わかりましたね。すべては、代理人に任せた。それ以上の答えをしてはいけません」

証拠保全の費用や手間が無駄になる。いや、仕事で連敗することになる。

私は、信号で車をUターンさせた。

それから、二つの病院の院長に電話を入れ、二時間後にそちらへ行く、と伝えた。

未紀子からの電話は、一度きりだった。

2

その日の夕刻、私は見舞金を届けた病院に出向いた。

院長と弁護士のほかに、事務長の名刺を持った男も、応接室で待っていた。

「証拠保全をしたあとに、見舞金というのはちょっと困ったことですね」

封筒をテーブルに置き、私は言った。厚さから見当をつけて、百万というところだろう。額も、見舞金から逸脱している。

「いや、青井先生に無断だったというのは、申し訳ないかぎりです。病院側も慌《あわ》てておりましてね。きのう、詳しくデータを検証して、これは大変に申し訳ないことをした、という結論が出まして、早速、顧問である私がお見舞に参上しました。別に他意のあるお金ではございません。無論、領収証なども頂く気はなく、ただ気持を表わしておこうと思いましてね。院長のポケットマネーです。つまり、院長の気持というわけで」

「私が、代理人です。意味はおわかりですね。今後一切、こういうことはやめていただきたい」

「まことに、申し訳ございません」

弁護士は平身低頭しているが、試みのひとつが崩れてしまっただけだ、と思っているだろう。

悪辣《あくらつ》なやり方をする人間だと、さまざまな方向から手をのばす。例えば、家族の人間関係、雇用関係、そんなものを辿《たど》り辿って、何度か接触し、同情を買う。思い通りの示談に持ちこめれば、その費用など安いものなのだ。弁護士を解任させることまで、やりかねない。

「今後は、接触は私を通していただきたい。見舞金を置いていかれた場合は、供託金として保管させていただきます」

「そんなことはおっしゃらずに。こちらは、はじめからなんとか示談にしていただきたい、と考えておりますので」

私は、煙草に火をつけた。応接室なので、灰皿が置いてあった。

「どんなもんでしょう。示談交渉というわけには参りませんか？」

事務長が言った。

「データを全部見て、私もこれは申し訳ない事態になった、と思わざるを得ませんでした。院長として、責任を感じております。事務長の言う通り、すぐにでも示談の交渉を」

院長は煙草を喫うようだった。

「なにか、誤解しておられますね」

私が言うと、煙草に火をつけかかった院長の手が止まった。

「データを御覧になったのでしょう？」

「はい」

「愕然とされませんでした？」

「それは」

「それなりの責任を、院長は痛感しております。ですから、お見舞という気持にもなったわけで」

弁護士は、瀬踏みをしながら喋っている。こちらが、どのあたりを落としどころと考えているのか。どの程度の金を取ろうとしているのか。

「示談にする気は、ありません」

「しかし、ですな。現実問題として」

「そう、現実問題として、おたくは患者を殺したんですよ。家へ帰って寝てろなんて言ってね。そのほぼ二十分後には、患者の心臓は停止しています」

院長が、うつむいた。

いま入院中の病院に、状態の確認は行ったのだろう。心停止がどれほどのものか、少なくとも弁護士よりは認識し、心理的なショックも受けているはずだ。

「裁判をされるおつもりですか？」

弱々しい声で、院長が言った。

「訴え方にもいろいろありますが、これは殺人に近いものだったと、当方は理解しております。肺のあれだけの損傷を、肋骨骨折で済ませ、家へ帰れと言ったのですからね」

「前の病院の診断が、微妙に影響したようです」

「そういうことがあるのですか。前の病院で耐えきれない不安と疑問を抱いたから、こちらへ来たのですよ」

「まだ、若くて」

言いかけた院長を、弁護士が止めた。余計なことを言って、裁判になった場合の不利を招きたくない、という配慮が働きはじめたようだ。

「殺人とおっしゃいましたが」

「に近いもの、と申しました。そう理解していると」

「それは、不当な攻撃に当たりますよ」

「近いもの、と言っても？」

「医師は、仕事で診療したのですよ」

「医師免許を持たない者が診療したとして、患者が死ねばこれは殺人です」

「無免許の医師だったと言われているのですか？」

「まさか。ただ、やり方は無免許の医師ですらやらないほど、乱暴なものだった。そういう人間に免許を与えた国家にも、責任はあるかもしれません」

「青井先生。それは大上段にすぎはしませんか？」

「気持の問題を、いま申し述べております。それほどの怒りがあると」

私は、煙草を消した。院長は、火のついていない煙草を、まだ指に挟んでいた。

「とにかく、今日のところはこれで。突然の見舞金など、家族の怒りを大きくするだけだ、と申しあげておきます」

「しかし、これから医療費なども」

「それは余計なお世話というものでしょう。まだ、後遺症の有無さえも、見きわめていないのですから。いずれまた、連絡をして私が参ります」

腰をあげた。弾かれたように、三人が立ちあがった。

「青井先生、これまで医療裁判の経験をお持ちですね。二度ほど。二度とも、完全に勝っておられる。しかし、時間はかかりましたな」

「だから」

五十年配の弁護士の顔を見、私は笑ってみせた。

次に訪ねた病院でも、アポイントを取ってあったので、応接室に案内された。

こういうことについての経験は、乏《とぼ》しいようだ。院長の尊大な態度は、まだ完全には消えていなかった。

「最初に運びこまれたのが、ここなんですよ。その認識はお持ちですね」

「バイクでの骨折事故なんか、日常茶飯事でしてね。まずは、頭。うちではそういう方針でやっています」

「頭さえ無事なら、あとは大した検査の必要もない、ということですか？」

「必要な検査は、いたしますよ」

「その検査の結果、治療の方針が立つわけですよね。ここで立てられた方針は、痛いのぐらい少々我慢しろということだった。つまり、治療したんじゃなく、叱った」

「そりゃ、痛いと泣き叫ぶ患者も、少なくないんですよ」

「だから、死にかかった人間も、我慢しろと？」

「死にかかったたって、あんた。とにかく、診断というのは、医者によって所見が違う場合がほとんどなんだから」

「心停止」

「え？」

「まだ御存知ないようだから、一応、お伝えしておきます。あの患者は、心停止で、電気によって回復しています。つまり、一度死んだも同然ということでね」

院長の顔色が変った。

こちらの病院の方が、ずっと無防備だった。

ただ、慌てるとなにをはじめるかわからないところは、ありそうな気がする。私は、二、三、行動について釘を刺した。

「ところで、示談でいくら払えばいいんですかね」

「示談のつもりはありません。裁判ということになります」

院長が、黙りこんだ。私は軽く頭を下げ、応接室を出た。

こちらの仕事は、うまく行きそうだった。午前中の敗北を、私は忘れることにした。

運転中に、電話がふるえた。

未紀子からだった。

交差点も信号もなかった。おまけに私は、用事を一件思い出し、電話をしようとしていた。携帯電話は、私の掌の中でふるえたのだ。息を一度吸い、私は通話のボタンを押した。未紀子の声が流れてくる。

「きのう、何日だか知ってて？」

「七日」

「何月の？」

「七月。七月七日だな」

「そのつもりで、あの子は行ったのに」

「なんだ、由美子のことか。言うな、と口止めしておいたのに」

「だから、なにもわかってないの、あなたは。そういうところ、昔からよね。あたしだって、恐る恐るキスの真似事をしてる子供を見て、本気で怒るほど硬直した母親ではなくてよ」

「泣いてたんだ、俺の顔を見て」

「言いたいことを、言い出せなかったからよ」

「かなりのこと、言っていったがね」

信号が赤になり、私は車を停めた。外の陽射しは、まだ夏のものではなかった。ただ、陽は長い。曇っていなければ、暮れなずむという感じになる。

「きのうがなんの日だか、まだ気がつかないの？」

「七月七日。七夕ってやつか」

「そんなことに、願をかけたりする。そういう歳ごろよ。かなりシリアスに願をかけたんで、いざあなたの顔を見ると、言い出せなくなって泣いてしまった」

「待てよ。キス事件じゃないことがあった、という口ぶりだが」

「今夜、時間はある？」

「あるといえば、ある。自由業みたいなもんだからな」

「じゃ、一緒に食事をして」

「食事なら、事業関係の人間とした方が、建設的だろう」

「こんな時に、皮肉しか言えないわけ？」

信号が青になり、私は車を出した。

「どんな時だ？」

「ちょっとばかり、ひとり娘が傷ついてしまっている時」

「俺が、傷つけたのか。プレゼントでも用意しておくべきだったのか？」

「鈍感ね。七夕に父と母が逢って欲しい。そう思いながら、言い出せなくて、落ちこんでしまったのよ、由美子は」

そんな子供のようなことが、と言いかけて、由美子はまだ中学一年生なのだ、と私は思い直した。しかし、だからどうすればいいのか。

「まあ、あなたが焼いてくれたステーキなんか食べて、船に乗せて貰う約束までして、結局はいい思いで終ったみたいだけど」

「なら、いいじゃないか」

「あたしが、よくないわ。あたしはきのう、会社でずっと待っていたの。由美子と食事しようって約束してたから。あまりに遅いんで家に電話をすると、お手伝いの人が食事はいらないって連絡があったと言うし」

「叱ったのか？」

「約束を破ったことについては、叱ったわ。そしたら、七夕の話をしたの。キス事件で、あなたとあたしが話し合う。そんな逢い方でもいい、と思ったみたいなのね。キスについてまではあなたに喋ったけど、それ以上は言えなかった」

泣いていた。それに自分は、タオルを放ってやっただけだ。

「約束を破ったと叱ったあと、こんな話をされたあたしの気持になってみてよ。食事を奢りなさいという権利ぐらい、あるでしょ？」

「確かに」

「じゃ、今夜」

「わかった」

私は、よく行く洋風の居酒屋の名を言った。そこには、一度未紀子を連れていったことがある。離婚してから、二度、未紀子とは食事をした。由美子の学校をどうするのか。親権についての確認。いずれも、逢う理由は由美子のことに限られていた。しかし、由美子の話はひと言、ふた言で、相談というよりも報告に近く、電話で充分に事足りるものだった。

報告することをしてしまうと、未紀子は自分のことを喋り、それから私に質問を浴びせる。二回とも、そうだった。

私はマリーナに戻り、船で服を着替えた。かなり汗をかいていたのだ。

煙草を一本喫った。未紀子はいつも、私が断れないタイミングで、電話してくる。いや、私がそう思いこんでいるだけなのか。

船の戸締りをすると、後部甲板《アフトデッキ》から浮桟橋《ポンツーン》に降り、私は駐車場の方へ歩いていった。周囲は、ようやく暗くなっている。

約束の時間より十分ほど前に、私は居酒屋に着いた。検問をよくやっている道なので、私はマリーナの近くで車を捨て、タクシーに乗ってきた。

生ビールと枝豆を註文し、店に置いてある夕刊を拡げた。新聞は取っていない。船のラジオで、ニュースを知るぐらいだった。それで、世の中の動きはほぼわかった。

奥のテーブルで、私は十五分の間にジョッキ一杯の生ビールを飲み、夕刊にほぼ眼を通していた。

未紀子が、むかい側に座った。ずっと以前から、未紀子は待合わせにはいつも五分遅れてくる。正確に五分だから、それはそれで時間には神経質なのだ。

「ビールね、あたしも」

未紀子は、白いタンクトップの上に、半袖のブルゾンふうのジャケットをひっかけている。店に合わせて服を選んだことが、よくわかった。

「由美子、どうしてる?」

「あたしとの約束を破った、ペナルティね。もっとも、平日はほとんど夕食時に家に帰れないんだけど」

「ペナルティか」

「抜け駆けして、あなたが焼いたステーキを食べたってペナルティもあるわ」

私は、料理を三品註文した。

「中学生になってから、はじめてだよ、会ったのは」

「大きくなったでしょう、躰だけは」

それ以上、未紀子は由美子の話はしなかった。私の仕事の話になった。

「相変らず、お金にならない仕事ばかりやってるそうね」

「たまには、金になる」

「うちの顧問を引き受けてくれれば、あとは好きな仕事をして暮しててていいのに」

「また、その話か」

未紀子の父が亡くなったあと、事業を継いでくれと私は頼まれ、断った。義父は急死だったが、それなりに優秀な社員はいたし、ずっと一緒に事業をやってきた、片腕のような専務もいた。

そういう理由を並べて私は断ったが、ほんとうはもう少し複雑な心理が働いていた。自分の事業を継がないでくれ、と義父にはっきりと言われていたのだ。弁護士を続けていればいいだろう。能力はあるくせに、君は事業を潰す。私には、それがはっきり見える。

死ぬ二ヵ月前、実家で二人きりになった時のことだ。なにか、予感があったのかもしれない。そして、私の中にある、私自身でさえ気づかなかったものを、しっかり見抜いていたのだ、としかいまは思えなかった。

なにかきっかけがあれば、踏み出した足を違う方向にむけてしまう、という自分の危うい性向に気づいたのは、義父の死後のことだった。それは未紀子に出会う前から、私の内部で長い時をかけて大きくなってきたものかもしれない。事務所をきちんと構えた弁護士でありながら、有罪の人間を無罪にすることに、暗い喜びを感じている自分を発見したのもそのころだ。

未紀子が、飾りもののような社長に就任した。はじめは、確かに飾りものだった。いくつか不審感を抱くことがあり、私が経理上のことについて調査し、長い間義父の片腕だった専務の横領をあばき出した時も、飾りものだった。その横領については、法律的な部分も含めて、すべて私が処理した。しかし、会社の輸入食材部門が、ひどい状態になっていた。そこだけ切り離すことを私は勧めたが、未紀子は自分の判断で建て直しをはじめた。その時、未紀子の経営者としてのセンスが卓抜であることが、私にも周囲にもわかった。

未紀子は、倉庫にあった輸入食材のすべてを、試供品としてこれまで取引のなかったレストランに配った。それから新たに受け付けた註文品で、倉庫を一杯にしたのだ。輸入食材部門の赤字は、多分、もう消えているだろう。

それから、ワインの輸入をはじめた。三ヵ所あった直接販売店を、全国十二ヵ所に増やした。どちらも軌道に乗っているという。

ほかにカルチャースクールで、料理の教室を六ヵ所開いた。それでも、レストランの経営は、勧められても関心を示さないという。

輸入しているものは、ほかにもあった。イタリアの台所用品などで、デパートで人気を呼んでいるようだ。もともとは、車とブランド品の輸入会社だったものが、いまは車からは手を引き、扱うブランド製品もひとつだけになっているという。車のショールームだったところは食材店になり、服やバッグを並べていたところには、自社ビルを建設中だという話も聞いた。

それでも未紀子は、事業のパートナーとして、私を欲していた。ほんとうは、由美子の父親を欲しているのではないかと、時々思うこともある。

なぜ未紀子と逢ったのか、私はビールを口に運びながら考えていた。由美子が泣いた、と聞いたからか。

料理が運ばれてきた。

ひとつの皿に、二人で箸をつける。結婚していたころから、居酒屋などではそうだった。

「こわいな、あたし」

なにが、と訊くことはしなかった。離婚した時から、未紀子はずっとそう言い続けている。義父が亡くなってから、三年。離婚してから二年。変るには充分な時間だ、と私は思う。しかし私が変ったことを、未紀子はこわいと表現しているようだった。

「どこへ行くのよ、あなたは？」

「行先は、決めてない」

「自分でも、わからないのよね」

「歩いてるってことは、わかってる。人は、みんなそうだろう」

「尊敬に値する弁護士だって言ってた人がいた。地方の弁護士だけど。危険きわまりない、と言った人もいる。二人とも、あたしたちが夫婦だったことを知らずに、言ったんだけど。暖かい家庭の愛情の中で育ってこなかったんじゃないか、とも言われたわ」

「当たってるかもな」

「本気で言ってるの。お母さま、時々電話をくださるわ。いつか、あの子も改心するからって」

改心という言葉が滑稽で、私はちょっと笑い声をあげた。私の父は、十六歳の時に死んだ。母はいま七十二歳で、兄の家族と一緒に暮している。

未紀子が、焼魚の背の方を突っついた。腹骨の方を食うのは、いつも私だ。

それから私はさらにビールを三杯飲み、未紀子は二杯目に少し口をつけただけだった。残った未紀子のビールも、私が飲んだ。

外へ出た。

「タクシーが拾えるところまで、送ってね」

未紀子が言った。自分で運転している、メルセデスの新型のクーペには、乗ってこなかったようだ。出社する時は、平凡な黒塗りの国産車が迎えに来る、と由美子が言っていた。

大きな通りへ出て、私はタクシーを停めた。

「じゃ」

未紀子が言い、私はただ軽く頷いた。

3

毎朝、一時間走っている。だから体力は衰えていない。大学時代に、ラグビーをやっていた時のままだ。自分にそう言い聞かせているが、ほんとうのところは週三日しか走らないことが多い。ただ、三日というところに私は線を引いているようで、四、五日になることはあっても、二日になることはなかった。そこそこの体力は、維持しているはずだった。

走っている時は、なにも考えない。軽いストレッチをして、すぐに走りはじめる。いくらか性格が影響しているのかもしれないが、速度は少しずつ速くなる。途中でダッシュを加えたりする。一時間経ったころには体力がかなり限界に近づいていて、歩くのさえ面倒になり、タクシーを拾ったりする。

マリーナの近辺は埋立地で、民家が多いわけでもなく、走るには絶好の場所だった。マンションの近辺になると、密集した民家の中を走ることになる。ダッシュなどもやりにくかった。マンションの部屋にはダンベルが置いてあり、筋力トレーニングをすることはよくあった。

走っていると、つまらないものが躰から削げ落ちていく。かつては持っていた、野心の残滓《ざんし》。正義感。通俗的なものへの執着。ほとんど私の躰の一部になっているようなものが、その間だけは消えているのだ。走り終えると、迷っていた犬が戻ってくるように、また躰の中にいるのに気づく。ただ、以前と較べると、ずっと小さなものになっていた。

大学を卒業する年に、司法試験も合格した。難関と言われるが、そうではなかった。いかに馬鹿になれるか、というところがある。創造などとは無縁で、複雑だがどこまで根気よく反復できるかが勝負だった。それは、あらゆるスポーツのトレーニングに似ている。考え抜き、知恵を搾り、なにがなんでも自分の主張に論理性をつけようとする。それは、弁護士になってからやることだった。

船へ戻ってきた。

マリーナのシャワールームを使った。ふんだんに湯が使えるからだ。

昨夜、未紀子がなぜこわいと言ったのか、私は湯を浴びながら考えはじめた。なにが、こわいのか。私が、際限なくどこまでも突っ走ってしまうことか。私が変ったことを言っているのなら、そろそろ馴れてもいいという気がする。

こわいと言った未紀子の言葉のニュアンスが、いままでとはいくらか違っていたのだろうか。どちらにしろ、離婚しているのだ、と私は思った。思いながら、髭《ひげ》を当たった。今日は、法廷がひとつある。植草の事務所を通して受けた、国選の仕事だった。私は、思考をそちらへ持っていこうとした。

被告は、窃盗《せっとう》の常習者で、盗んだ車に堂々と乗っているところを、現行犯に準ずる扱いで逮捕された。通常なら、被告の育った環境や、その時の生活状態、精神状態などをできるかぎり同情を買うように語り、情状が酌量されるかどうかがポイントの裁判だった。しかし私は、罪状について真向から争い続けてきた。普通だと、弁護士も投げるケースだ。前科四犯でもあった。

被告に、罪状を否認させた。そこで、検事は焦りはじめた。出来レースのはずが、真剣勝負を挑《いど》まれたようなものなのだ。

車が盗まれた時間、被告は競馬場にいた。そういうことにした。その競馬に、被告はかなりの金を注ぎこんでいたのだ。車はコンビニの駐車場にキーをつけたまま置かれ、わずかな時間の間に盗まれていた。その被告の、常習的な手口でもあった。だから警察は有無を言わせず逮捕し、検察もお座なりな取調べで安易に起訴をした。

罪状そのものを争った場合、緻密《ちみつ》な捜査と取調べに欠けていたのだ。

接見の時に私は示唆を与え、被告は罪状認否で自供を翻し、否認した。

その瞬間から、こちらが優勢に立ったと言える。前科四犯で、実際に盗難届が出ている車に乗っていた。その車を、どこでどうやって手に入れたかが、裁判の行方を大きく左右するはずだった。私の観察通り、被告は虚言癖を持っていて、頼まれて運転していたのだ、と言い放った。頼んだのが誰かはわからないが、とにかく五千円のアルバイトだった。被告がむかっていた場所は、中古車輸出を扱う小さな会社だった。盗難車を扱っている、という噂もある会社で、自供でもそこへむかっていたとはっきり言っている。ただ、五千円のアルバイトとして頼まれたのだ。盗難車かもしれない、という疑いは抱いていたが、五千円は欲しかった。

競馬場でのレース展開は、はっきり憶えていて証言できた。その日の、ジョッキーの帽子の色も、いくつか憶えていた。おまけに、調書にはエンジンのかかった車を見つけたと書いてあったが、エンジンを切ってキーだけ付けた状態だった、と被害者は言っていた。そのあたりに、取調べの時から有罪と決めこんで、漫然と調書を作成したというのが出ていた。取調べの警察官の言う通りに自供した。どうせ前科四犯では、なにを言っても信じて貰えないだろうと思った。そういうことまで、自分で考えて言った。

警察と検察の予断。法廷の雰囲気は、なんとなくそうなっている。私も、前科者を安易に扱いすぎたこと、なにも信じて貰えないと被告がはじめから諦めていたことを、何度もくり返し強調していた。

裁判で、被告は純白になる必要はない。灰色で充分なのだ。調書の信憑性を疑う材料がひとつでも出れば、前科者だということが逆に有利に働く場合もある。私はうまいところを突き、裁判馴れした被告は、私の目論見《もくろみ》以上の嘘を並べたてた。

今日の判決では、多分、無罪が出るはずだ。もっと重要な事件を担当したかった、という気持が丸見えの若い検事には、ちょっとばかり手痛い黒星になるだろう。

新聞の片隅にも載らない判決だが、私は窃盗常習者に、自由をプレゼントすることになる。つまり捕えられた盗っ人を、娑婆《しゃば》に引き戻すということをやるのだ。

自虐的な喜びに似たものが、間違いなく私の内部にはあった。窃盗犯でこんな具合だと、殺人犯ではどういうことになるのか。

髭を当たり終え、ついでに私は頭も洗った。

脱衣場にある扇風機を全開にし、火照《ほて》った躰をしばらく冷やした。

船に戻り、コーヒーを淹れ、冷蔵庫の中のもので、簡単な朝食を作った。

このところ、食う量を少し減らしていた。未紀子が作ったものを食っていたころと較べて、いくらか肥《ふと》ってきたという自覚がある。外の食事が多いし、そうではない時は、あまり栄養のバランスなどを考えず、自分で作るのだ。

トーストに卵、ベーコンはなし。それにありあわせの野菜。コーヒー。それだけにした。

未紀子はなにがこわいのだ。トーストを齧《かじ》りながら、また考えはじめた。自分で考えてどうなるものでなくても、私は考え続けた。由美子は、こわいとは言わなかった。やさしくなった気がする、と言ったのだ。小学生のころの由美子を、私はよく叱っていた。ひとり娘で、どうしても甘やかすことになるだろう、と思ったからだ。義父は、なにかあるたびに由美子を屋敷に呼び、それこそ舐《な》めるようにかわいがっていたものだった。義母は、由美子が八歳の時に長く患《わずら》って死んだ。私たち一家が、義父と一緒に屋敷で暮すという話が出た。断ったのは義父だった。

私たちの家族のことを考えてだ、と未紀子は思っていたようだが、私はすぐに理由が別にあることを知った。義父には、すでに十年近い関係になる愛人がいた。その女を家に入れる機会を狙っていた、ということだったのだ。ただ、未紀子が激しく反対することはわかっていたのだろう。男同士の話として、私が相談を受けた。しばらく時間が欲しい、と私は言った。義父は頑健だったし、急死するなどとは、周囲も自分も思っていなかった。

義父の死後、愛人のことに始末をつけたのは私だった。慎《つつま》しやかな、四十をいくつか越えた婦人で、すでに経済的なことは充分にしてあり、手切金とも言うべきものを私は渡しただけだった。未紀子に内緒で、その婦人を義父の亡骸《なきがら》と対面させたのも、私だった。

私のどこがこわいと言うのか。食事が終るまで、私は考え続けていた。

次に逢った時は訊いてみよう、と私は食事を終え、汚れものを洗っている時に思った。

次にまた逢うという発想が、離婚という事実を考えたらおかしなものだということはわかっていたが、必ず逢うことになるだろうという気はしていた。私を事業のパートナーにすることを、未紀子はまだ諦めていない。

歯を磨き、スーツを着こみ、髪をちょっと整えた。

それから私は、用意してあった書類の入ったバッグをぶらさげた。弁護士の間では、意外なほど風呂敷というものが流行っている。私の知るかぎり、昔からだ。時によって、書類の量が大きく違う。そのすべてに対応できるからなのだろう。私は、風呂敷を使ったことはない。持ってもいないのだ。

自分の軽自動車で地裁の近くまで行き、有料駐車場に入れ、あとは歩いた。

開廷まで、しばらく待った。やがて、被告人が連れてこられる。私は軽く頷いてみせた。検事もやってきた。法学部の学生らしい青年が二人、傍聴席にいるだけだった。

判決は淡々としたもので、乗っていた盗難車を被告人が盗んだと断定できる証拠はない。また自供についても、いくつかの事実との矛盾点があり、信用できない。それらの理由によって、無罪、というものだった。

被告人は深々と頭を下げ、若い検事は憎々しげに私を睨みつけた。

私は裁判所の前で、自由の身になった盗っ人と別れた。別れ際に求められた握手にも、応じなかった。

小雨が降っていた。私は駐車場まで濡れて歩き、車に乗りこんだ。

途中で野菜や卵などの買物をし、マリーナに戻った。

着替えをし、冷蔵庫に買ってきたものを収《しま》いこみ、コーヒーを淹れたところで、携帯電話が私を呼んだ。表示された番号は、知らないものだった。名刺には、植草法律事務所と私の携帯の番号が刷りこんである。植草の事務所にかかってきた電話は、大抵私の携帯に回されることになるのだ。

病院の弁護士からだった。依頼人の息子が、最初に運びこまれた病院だった。依頼人に接触して、私が代理人だと言われたのかもしれない。

口調は、事務的だが丁寧で、すぐに会って話をしたい、というものだった。丁寧な中に、強引さが滲み出している。

昼食後、マリーナの近くでなら、と私は応じた。

私は、ゆっくりコーヒーを飲み、多少ましなズボンの上に薄手のウインドブレーカーをひっかけ、マリーナを出た。そば屋で、ざるを一枚だけ食った。痩せようと今朝思ったばかりなのだ。

イタリア料理店にむかいかけた足を、なんとかそば屋にむき直らせたのだった。

午後一時半に、ちょっと洒落《しゃれ》たカフェテラスへ行った。相手は私のことをわからなかったが、私は弁護士バッジを見てすぐにわかった。声をかけると、私の身なりを見ていくらか驚いた表情をした。

「船から来たものですからね、そこのマリーナです」

納得したように弁護士は頷き、立村《たつむら》という名の名刺を出した。

「早速ですが、青井先生」

「その前に、私の依頼人に直接、接触されましたね？」

「青井先生が代理人ということを、私の依頼人は失念しておりましてね。つまりパニックというやつで、患者さんの実家で、青井先生が代理人ということを知った次第で」

「いくら、呈示されました？」

「それは」

「言っていただきたいですな」

「五百万です。いや、見舞金として」

「見舞金の常識を、大きく逸脱していますよ。いいですよ、勝手に交渉なさっても。それならこちらは、先にやってもいいのですから」

「先に、なにを？」

「刑事に持っていきます。つまりおたくの依頼人は、正式に刑事告発されるわけです。まあ、示談は示談として進めていただくとして」

「待ってください」

「まあ、待ちましょう」

五百万でも、私の依頼人は話を蹴った。だから立村は、私と急いで会いたがったのだ。

註文したカプチーノが運ばれてきた。

私は受皿ごと持ちあげてそれを啜《すす》りながら、立村を観察した。弁護士にも、いろいろタイプがある。一匹狼のようになってから、私にもそれが見えてきた。

どちらかというと、小心なタイプだろう。だから小狡《こずる》いことはやる。大きくこちらをひっかけることは、考えてもできないだろう。私にとっては、扱いにくいタイプではなかった。

「どのあたりを、落としどころと考えておられます？」

「裁判所が判断したところが」

「青井先生。私も代理人として参っているのですから」

年齢は、私より四つ五つ上だろう。司法試験に青春を捧げたというところか。こういう男は、最終的には自己保身に走る。

「患者の容態が、まだはっきりしませんのでね。つまり交渉の余地は、保全してある証拠しか現在はないということです。心臓が停止した。一度、死んだということですな」

「時間を、いただけますか？」

「ＩＣＵの患者の容態がはっきりするまで、私も急ぐつもりはありません」

「自発呼吸が回復しつつあるそうで」

「だからといって、心臓が一度停ったという事実は消えませんよ。蘇生したのは、患者の運です。その運によって、病院側まで保護されるということは、ありません」

「承知しております。ただ、患者さんに光が見えてきた、と私は申しあげているわけです」

それから私は、しばらく立村と、医療過誤とは関係のない裁判の話をした。別れ際、立村がコーヒー代を払おうとした。私は断った。執拗さを見せようとしたが、口調を強くすると、それで諦めた。

雨は、まだ降っていた。

私は船に戻り、保全してある証拠のコピーを検討した。それ以外に、いまやるべきことはなにもなかった。

「近くにいるんだが」

植草から電話が入ったのは、夕食の仕込みをしている時だった。

用件の見当はついた。

私は、浮桟橋《ポンツーン》に入るための、金網の扉のそばで、植草を待った。外からだと、カードキーがなければ入れないのだ。現われた植草は、スーツ姿で傘を差していた。

「まったくもの好きだよ、おまえは」

「船の上も、悪くはないんだ」

「そんなことじゃない。今日の裁判」

船室《キャビン》のソファに腰を降ろすと、呆れたように植草が言った。卒業して、司法試験に通るまで四年かかった。現役の学生で合格した私に対しては、四年間溜めこんだコンプレックスを持っている。

「いいのか？」

「なにが」

「検事はもとより、弁護士も、判事でさえも間違いなくやったと思ってる。それなのに、無罪となってしまう」

「俺にじゃなく、システムにケチをつけろよ。それから、警察と検察のお座なりなやり方に」

「それでも、俺は釈然としない」

「国選を回してきたの、おまえのところだ」

「まったくだよな。しかし、裁判が終った時、地検の検事正から電話を貰った。法律の目的はなんだ。法の使徒のやるべきことは。そう言われたよ」

「自分とこの小僧を、締めあげるんだな」

「そりゃもう、内臓が飛び出すぐらい、締めあげられてるだろうさ。それだけじゃ足りなくて、俺にまで電話をしてきた。おまえ、検察を敵に回すのか？」

「いつだって、敵だろう、やつら」

「隙があった。検事正はそう言ってた。しかし、おまえを許す気もないとな」

「許されたくもない」

私が出した缶ビールのプルトップを、植草は苛立ったように引いた。

「次は、殺人犯の国選でも回してくれ」

「そうするよ。現行犯で逮捕されたやつの」

「面白いな。執行猶予を取れるかどうか、あらゆる手段を使って勝負してやる」

植草が、肩を竦めた。優秀ではないが、実直な弁護士。正義という概念は、決して虚構ではないと信じ続けている。世の中の何人かを、理不尽な不幸から救ったこともあるはずだ。

「飲まないか？」

「飲んでる」

「酔うまでさ」

「いいな。しかし、俺は早く帰ると女房に約束した」

私は、ちょっと肩を竦めてみせた。反応は、なにも返ってこなかった。

4

村木商店から、電話が入った。

一年半ほど前の、私の依頼人である。倉庫の土地の境界が侵されている、という案件だった。裏の家の庭が、少しずつ倉庫にむかって拡がってきて、ついには倉庫の壁が境界という恰好になってしまった。村木は、何度か内容証明を打ち、庭の植木の撤去を求めたが、一切無視されて、堂々と庭の一部に加えられていった。土地台帳を見ると、二メートルほどの侵食である。ただかなりの長さに及び、面積にするとそれなりのものがあった。

私は、裁判所の執行命令を取るだけでなく、不当に侵食された分の地代の請求も含めて、先方の代理人と交渉した。村木がほんとうに腹を立てていて、裁判も辞さないという姿勢だったから、私は強気で押し通し、迷惑に対する慰謝料までふんだくった。そのわずかな慰謝料を、村木は過大に評価していた。溜飲《りゅういん》が下がった、という効果があったようだ。

内容証明を打ってあったからだ、と私は正直に言った。それでも慰謝料の十万円を、村木は丸々私にくれた。

塗料の卸《おろ》しで、かなりの規模の商売をやっていた。私はもう自分の事務所を畳んでいたが、それまでの顧客は結構いて、そのひとりの紹介だった。

「お久しぶりですね、社長。また、庭が倉庫を呑みこみそうになってるんですか？」

「社長じゃなく、会長。ちょっと憂鬱なことでね。うちの従業員が、子供をはねちまった。むこうから、慰謝料がどうのと言ってきてね。子供は一時重体だったが、いまは回復にむかっている」

息子に、社長を譲ったのだろう、と私は思った。すでに、七十に近づいているはずだ。

「どれぐらい、要求されているんです？」

「ひとりの男が、一生かかって稼ぐぐらい。最終的には、もっと安くなるとは思うが、うちの従業員にも同情すべき点はあってね」

「わかりました。いまから、行きます」

依頼は、慰謝料を値切ってくれということだろう、と私は解釈した。事務所を畳んでしまった私のような弁護士にはめずらしい、直接依頼だった。

久しぶりの、まともな仕事かもしれない。しかし私には、まともにやろうという気があまりなかった。この二年で、弁護士としていくつものものを失った。失って惜しいと思っているものは、なにもない。

村木商店は、マリーナからそれほど遠くなかった。隅田川沿いにあり、敷地のほとんどは倉庫が占めていた。それに駐車場と、事務所の小さな建物がくっついている。

村木は、事務所にいた。私が入っていくと、小さな応接セットのソファを勧め、インターホンで誰かを呼んだ。応接セットは布製で、一年半前よりいくらか古びていた。配達用の小型トラックが二台、ワゴン車が二台、従業員が四人という規模は、変っていないらしい。保管に手間のかかる商品もあるらしく、倉庫の中には温度と湿度を調整した部屋もある。

「子供を、はねちまいましたか」

「いま来るが、本人もショック受けててな。おまけに相手方が弁護士なんか出してきて、慰謝料の額が、冗談じゃないんだ」

「いくら、要求されてるんです？」

「八千万」

「それはまた。死んだんですか？」

「気軽に言ってくれるじゃないの。重傷ですよ、重傷。おまけに、後遺症が出る可能性もある、と病院で言われてる」

「後遺症を想定した上での、八千万なんですね」

「そうだろう。とにかく、本人は蒼くなって、もう人生の終りだって顔してる」

事故の状況は、本人から訊いた方がよさそうだった。村木の頭には、子供をはねたという事実しかない。

入ってきたのは、三十前後の、大人しそうな男だった。高校を出てから、十年以上ここで働いている、と村木が説明した。

「会長は、黙っててくださいね」

村木に釘を刺して、私は川名という社員から状況を訊いた。

災難のような事故だった。

犬を散歩中だった少年が、犬がいきなり飛び出したので、捕まえようと自分も飛び出し、川名の車にぶつかっていった。犬が飛び出したのは、むかい側の歩道を、生理中の雌犬が散歩中で、撒《ま》きちらすフェロモンに少年の犬は我を忘れたということらしい。

私は川名から、細かいところをすべて訊き出し、私を代理人に選定させると、一度村木商店を出て、事故を扱った所轄署に行った。

検分書から調書まで、私はすべて克明に読み、必要なものはメモにとった。

「まあ、かわいそうじゃあるけど、子供をはねちまってるからねえ」

警官は、事件になるなどということを、一切考えてはいないようだった。

私はもう一度、村木商店に戻った。

「どこまで、やる気がある？」

倉庫にいる川名を呼んで貰って、私は訊いた。事故は三日前で、それ以後川名は運転をしていないらしい。

「どこまでって言われても、俺には」

「つまり、裁判にする。すると、どちらかが判決を受け入れられないと思ったら、控訴ということになる。最高裁まで、やる気があるか？」

「そんな」

「何年もかかる。しかし、一生かけて慰謝料を払っていかなくても済む。悪く転んで、見舞金十万だね」

「そんなことって、あるんですか。それに、最高裁なんて、俺には考えられないです」

「誰だって、考えられないさ、こんな状況になるまでは。それに判決が確定するまで、君は普通に仕事ができる。会長、川名君を馘《くび》にはしないですよね」

「そりゃしないが、最高裁までっていうのは、大袈裟じゃないかね。それに、費用だって半端なもんじゃないだろう」

「大部分は、弁護士費用ですよ。だから、要りません」

「そんなこと言ったってな」

「裁判に出廷する日の手当として、一回一万円でどうです」

「着手金とか、礼金とか」

「一切、要りません。俺は、いつか交通裁判の不条理に挑戦したいと思ってたんです。川名君の事故は、そのいい案件です。だから、俺が勝手にやることなんですよ」

「庭の時も変ってると思ったけど、あんたほんとにおかしな弁護士だな」

「自分でも、そう思ってますが。川名君に、最初にひとつだけ断っておく。最高裁まで行って負けたら、実刑を食う可能性はある。情状が酌量されることはない。つまり、最高裁に来るまで、君は反省してないということになるから。その場合は、最大で半年の交通刑務所だ。しかし、慰謝料は、劇的に安くなる。あるいは、払う必要もなくなる」

「半年、刑務所に行ったらですか？」

「最悪の場合、そうなると言っている」

私は、煙草に火をつけた。度し難いという表情で、村木が私を見ている。川名は、じっとうつむいていた。

「裁判って、何回ぐらいあるんでしょうか？」

「判決まで十回、どっちかが控訴して、さらに十回だな。最高裁は、証人を呼んだ裁判などやらん。高裁の判決の妥当性を審議するだけさ。だから、二十回」

川名は、一日一万円の日当を計算してしまったようだった。

「二十万円」

呟くように言う。

「安すぎるでしょう、それでは」

「だから、君のためにやるんじゃなく、俺が以前から感じていた不条理を糾《ただ》すために、俺の意思でやることなんだ。ただ、やる以上は最後までつき合って貰わなけりゃ、意味がない。もっとも、相手の方が音《ね》をあげてしまう可能性は、充分にあるんだが」

「つき合いますよ。結果、半年刑務所に行くことになったっていいです」

村木が、やれやれという表情をしている。

「会長、いま一時間ぐらい、時間を貰ってもいいですか？」

「いいよ。好きにしなよ」

「俺、残業やりますから」

事故の時どういう対処をし、見舞に行った時、どんな会話を交わしたのか。そういうことは、訊いておかなければならない。

勝手にやれというように、村木がデスクに戻った。

私は川名に質問し、詳しくノートをとった。事故の説明については、所轄署の検分書と、大きな食い違いはなかった。

ノートには、事実しか書かない。ただ事実も、見方によって意味が変ってくる。考えられる見方も書くので、記述は自然に多くなり、六頁ほどに及んだ。

それから私は、二、三の合意事項を、川名との間で確認した。

村木商店を出ると、私は一旦マリーナに戻り、昼食を作りながら、事件の全容を整理した。整理する必要もないほど単純なことだが、検討をくり返すことで頭にイメージが浮かぶほどにすべきだった。

昼食を終えた時、もう一方の依頼人から電話が入り、息子が自発呼吸を回復したと聞かされた。

「ちょっと、おかしなことを口走るんですが、命の方は大丈夫なようです。先生が、鎮静剤を打たれました」

おかしなことを口走るのは、ＩＣＵ症候群のひとつだろう。ある種の、拘禁ノイローゼと言ってもいい。

「夕方、病院に来られますか？」

「夕方一時間ぐらいなら、私も家内も」

水商売の父親と、昼間働いている母親の、わずかに重複する時間帯が、そこなのだろう。私も、息子の容態の推移は、しっかり把握しておかなければならなかった。

それから私は、川名の案件の、相手方の代理人に電話を入れ、面会のアポイントを取った。

七月の上旬が過ぎても、まだ梅雨明けの気配すらなかった。また、細かい雨が降りはじめている。梅雨というより、秋に降る霖《りん》雨《う》に似ている、と私は思った。

相手方の弁護士の事務所は、銀座にあった。場所が銀座というだけで、事務員ひとりいない小さな事務所だった。月に一、二件の、金を取れる仕事をするタイプの弁護士だ、と私は判断した。五十年配で、どことといって特徴はなく、日向葵《ひまわり》のバッジを見なければ、会社の管理部門の課長という風体だった。

私は、川名がはねた少年の容態を訊き、お座なりの見舞を言った。それから、交通事故全般について、ちょっと話をした。横倉という弁護士は、私が慰謝料の話をはじめるのを明らかに待っていたが、悠然と構え、慌てても苛立ってもいなかった。

「少年の父親には、経済的な力はあるようですね」

「それが、今回の件となにか?」

「支払い能力がないのに、請求をくり返すのは徒労というものですから」

「どういう意味かな。ちょっと理解できなかったんだが」

「いいんですよ、能力さえあれば」

「しかし、請求とは、なんの請求のことなんだね」

私は、この件については、警察のケアレスミスを衝《つ》いたり、情状作戦を採ったりということを、一切考えていなかった。あくまで、社会通念と正面から対峙《たいじ》する、という姿勢なのだ。

「ひとつ誤解があるようなので、お断りしておきます、横倉先生。告発するのはあくまでもこちら側で、あなたではない」

「どういう意味か、まだわからないな、私には」

「少年は、道路交通法に違反して、事故を引き起こした。それによって自らも傷ついたが、相手にもショックを与え、精神的な苦痛を負わせた。そういうことです」

「なにを言ってる、君は。子供が、車にはねられているのだぞ」

「子供がはねられたということを、情緒的にとらえるのはやめて、事実としましょう。たとえば間違って子供が線路に入り、電車にはねられて死んだとする。これで、電車の運転手が罰せられることはない。むしろ、電車の運行を妨げたとして、損害賠償さえ要求される」

「馬鹿馬鹿しい。電車は線路を走っているんだ。なにを考えているんだね」

「車は車道を走り、人は歩道を歩いている。車道を横切るために、横断歩道もあれば信号もある。そういうことでしょう」

「やめたまえ。法規が違うことぐらい、弁護士なら知っているだろう」

「私は、道路交通法と申しあげています」

「子供が、現にはねられているのだぞ」

「だから、それを情緒的にとらえるのではなく、事実として分析し、どちらに非があったかはっきりさせよう、と言っているのです」

「付き合えんね、そんなことに」

「どちらにしろ、刑事告発はします。少年の家族としても、弁護士を立てざるを得ないでしょう。それが別に、あなたではなくてもいいのですよ、横倉先生」

「なにを考えてる、君は。正気かね」

「道交法違反の行為が、威力業務妨害を招き、一生癒し得ないような精神的苦痛を与えた。客観的に事実を見ると、そういうことになりますよ」

横倉が、煙草に火をつけた。慰謝料の交渉をすればいいと思っていたものが、とんでもなく面倒な問題を突きつけられた、という表情だった。

「常識と、良識を疑うね」

「私もですよ。なんの過失もない人間に、八千万の慰謝料請求とはね。同じ弁護士として、恥しいという気もします」

「こっちも、裁判に持っていくしかなくなるがね」

「望むところです」

「子供が、はねられているのだ。勝てるとでも思っているのか」

「ひとつだけ、申しあげておきましょう。事故というものについてです」

私も、煙草に火をつけた。外のうっとうしい雨は、まだやんでいないようだ。

「平地を、重さ一トンの物体が、時速五十キロで動いている。これは、止まれません。その場で止めろと言っても無理な話で、不可能ですね。唯一止める方法は、それよりも堅牢なものにぶつかること。それ以外では、人間の力では止められない。止まるまでに、最低二十メートル必要なんです」

「だから」

「人間の力でできないことについて、人間に責任を問えますか？」

「屁理屈だな」

「それが屁理屈かどうか、ここであなたと議論する気はない。自動車事故については、人間の力で不可能なことについても、前方不注意などという責任が問われる。運転者の責任は、遅れずに最大限のブレーキを踏むことで、それをしたあとの責任は発生しません。私は、そう思う」

「多くの判例があり、みんな有罪になっているよ」

「法律が悪いんです。人をはねたら、理由のいかんを問わず、有罪。補償の義務も生じる。これは、自動車が贅沢品で、金持しか乗っていなかったころの法律ですよ。車に乗っているのは金持で、歩いているのは貧乏人。それなら、金持が怪我をした貧乏人に、少しぐらいのことはしてやってもいいだろう。そういう発想で作られた法律ですよ。ところがいま、どういう状況です。みんなドライバーであり、歩行者でもある。つまりいつだって、被害者にも加害者にもなり得る、という時代に入ってしまっています。今回の事故で、子供をはねた川名氏が、金持と言えますか」

「御高説は、拝聴した。君も法曹なら、悪法でも法は法だ、という言葉を知らないわけがあるまい」

「知ってますよ」

「多くの判例の前で、もう一度言ってみろ」

「判例など、ほとんどありませんな」

私は煙草を消した。

「最高裁の判例など、ほとんどありません」

最高裁という言葉に、横倉は明確な反応を示した。そこまで、本気でやるのか、という表情だった。

「なぜ、ないのか。最高裁まで闘おうとした人間が、極端に少ないからですよ。みんな、どこかで鉾《ほこ》を収める。これぐらいの示談金なら、仕方がないと諦めてしまう。ほんとうは、基本的人権にまで関ってくる問題なのにです。人身事故の場合、責任がなくても、罪の意識を持たされてしまう。情緒的にです。だからほとんどは、加害者が妥協してしまったケースでしてね。弁護士だって、最高裁までやりたがりはしない」

横倉が、また煙草をくわえた。私がなぜこんなことを言っているのか、測ろうとしている眼になった。慰謝料を値切るため。この男は、どうせそれに結びつけてしか考えはしないだろう。

私は、膝に両肘《りょうひじ》をついて、身を乗り出した。

「電車の中で、女に痴漢と叫ばれたら、大抵の男は竦みあがる。駅で降ろされ、事務所へ連行され、認めなければ逮捕ということになる。大抵は、認めるんです。絶対にやっていないと言えば、裁判で争うしかない。これも実は、情緒的なものが、加害者を責めあげるんです。世間体とか、自分の属している集団で孤立してしまうとか。それで示談に応じる」

「痴漢が、なんの関係があるんだね？」

「人身事故の加害者も、痴漢に仕立てあげられたようなものなんです。ある部分ではね」

「それは君、被害者を当たり屋だと言っているようなものだぞ。馬鹿も休み休み言え。それとも、代理人の正式な発言として、記録しておこうか」

「ある部分では、と申しあげました」

鋭いところもある。こちらの言葉に隙が出るのを、見逃さない神経はいつも働かせている。しかし、手強いというほどのものではない。所詮は、慰謝料八千万などと吹っかけてくる男だ。

「ある部分とは？」

「人間の反応として許容される範囲内での、緊急ブレーキ以後に起きたことについて、責任を取らされる。これは、やっていないのに痴漢に仕立てあげられる、ということに似ているんですよ」

「もういい。時間の無駄だ。私の方から、条件を言おう。三千万に下げようじゃないか。それより下というわけにはいかないが」

「そんな額、冗談じゃない」

「じゃ、君の方から提示してみろ」

「私の方は、裁判所の判断を仰ごうと思います。怪我をしたわけではなく、精神的苦痛だけなのだから、算定が難しい」

「怪我をしていない？」

「少年の父親が、私の依頼人に払う慰謝料の話ではないんですか？」

「もういい、帰れ」

横倉は、はじめて表情に怒りを滲み出させた。

「代理人同士の話し合いだということを、お忘れなく」

「君の意見は、わかった。反社会的で、非人間的な意見だと、私は感じた」

「責任のない人間に、情緒的な自責の念を持たせ、八千万の慰謝料を請求することも、私には非人間的に感じられますね」

「依頼人と話をして、それからもう一度、話し合いをしたいと思う」

横倉は、すぐに冷静さを取り戻した。

私は頷き、腰をあげた。

「しかし君は、この件を本気で訴訟で争おうというのか。なぜなんだ？」

「やってみたいんです。ただそれだけのことですよ」

「君の依頼人に、それほどの財力があるとは思えんがね。だからこちらも、一応算定した慰謝料を、交渉の余地はあると考えていたんだが」

「私の依頼人に、財力はありますよ。私が求めている報酬を払うだけの財力は」

私は頭を下げ、横倉の事務所を出た。

外では、小雨が続いていた。肌にまとわりついてくるなま温かさをふり払うように、私は車まで駈けた。

5

もうひとりの私の依頼人の息子は、ICUを出されていた。

はじめに、担当医に会った。ICU症候群が出ている以上、一般病棟の方がベターだ、と医者は言った。

「すべての管理はできませんが、患者さんはもうしっかりと意思表示ができる状態に戻りましたから」

「潰れていた肺は、戻ったんですか？」

「人工呼吸器で動かしている間に、少しずつ戻ってくる兆候はあったんですが、こちらとしても不安でしてね。意思表示ができるまで、というふうに考えていました」

依頼人の息子は、これまで喋ることはできなくても、筆談は時々はできたようだ。ただ内容には脈絡がなく、ＩＣＵ症候群が進んでいる、と判断せざるを得なかった、と医者はつけ加えた。

「それで、もう喋れるんですか？」

「自発呼吸を取り戻しましたのでね。ただ、御両親と一緒に、部屋に入られた方がいい、と思います」

言われた通り、私はナースステイションの前のベンチで、依頼人を三十分ほど待った。その間、公衆電話で、植草に電話を入れた。交通事故をひとつ扱うということを、事務所のボスに報告はしなければならない。

「こっちから、訴える？」

私は、横倉に喋ったのと同じ内容を、もう少し簡潔に伝えた。呆れたような声を出していたが、植草は途中から笑いはじめた。

「おまえのことだ、本気で言ってるんだろうな」

「やるよ」

「多少の協力はできるかもしれん。俺が個人的にだな。事務所としては、所属弁護士がやっている、という認識を持つ、というところまでだ」

「また嗤《わら》われるのかと思ったぜ」

「ある部分で、おまえの言っていることは正論だ。しかしな」

反社会的。いまの私を形容するには、ぴったりの言葉だった。しかし植草は、はっきりとそうは言わなかった。

「金になる仕事、少し回そうか？」

「いや」

「最高裁まで、道は遠いぜ」

「まあ、やってみる」

電話を切った。

病院では、煙草を喫う場所がどこにもなかった。私は、耐えていた。約束の時間より五分ほど遅れて、依頼人はやってきた。

すぐに、病室に入った。

まだ鼻に管を入れて、多少の空気は送っているようだが、口に人工呼吸器を押しこまれている、ということはなかった。

父親の方が、私を青年に紹介した。

「事故前後のことを、憶えているかね？」

「あんなことになる、なんて考えてなかったけどね」

「最初に運ばれた病院の対応は」

「ひでえもんです。あいつら、人殺しだ」

「肋骨を折ってるから、痛いのはあたり前だと言ったんだよね」

「俺は、痛いなんて言わなかった。息が苦しいって言ったんだよ」

「次に回された病院でも、同じことを言われ、追い出されるように出て、帰り道に死んだ」

「そうだ、俺は死んだんだよ、一度。ちくしょう、ほんとの人殺しじゃないか」

「最初の病院、二つ目の病院。これは明らかに誤診をやった。そして、君は死んだ。一度、完全に死んで、生き返ったのは君の運だ」

「ちくしょう」

「病院側との、慰謝料の交渉については、私が責任を持ってやる。すでに、いろいろな証拠も押さえてある。いいね、私がやって」

「そりゃ、いいですよ」

「むこうがなんと言ってきても、私が交渉した方が、慰謝料の額はずっと多くなる。だから、少し時間がかかっても、我慢してくれ」

「あいつらの顔、思い出しただけでもムカつく。ふんだくってくれよ」

私は頷き、ゆっくり治せよ、と曖昧な見舞を言い、病室を出た。

「礼儀を知らない子でして。先生には、ボランティアみたいにして、やっていただいていますのに」

母親が、何度も頭を下げた。

私は別に、青年に会いたくてここへ来たわけではなかった。意識が回復したのなら、相手方の人間が、見舞と称してやってこないともかぎらない。

「すでに、進行している話なので、息子さんがどう言おうと、決して示談に応じないようにしてください。多分、そういうことはない、と思いますが。なにかあったら、すぐに私に電話をください」

念を押しておきたかっただけだ。そのために、私はここへ来て、両親と息子に会った。田所についてのツメの甘さが、かなりこたえているのかもしれない。最後のところでひっくり返されるのを、私は明らかに恐れていた。

雨の中を運転し、マリーナにむかった。

途中で、酒と食材を買った。

船に戻ると、私は炊飯器をセットし、飯が炊きあがるまで、フライブリッジに昇って、航海計器の点検をした。すでに薄暗くなり、明りも点《つ》けているので、調理用の電熱プレートを使うと、ブレイカーが落ちる。

航海計器に、異状はなにもなかった。

私は船室《キャビン》に戻った。炊飯器は、ようやく湯気を噴きはじめた、というところだ。

私は学生のように、今日のノートの整理をはじめた。

ひとりの、ごく普通の人間が、なんの責任もなく、一生かかっても払いきれないような慰謝料を抱えさせられる。その姿が、ノートに浮かびあがってきた。

それでも私は、川名を助けようとしているわけではなかった。そのつもりでやるわけではない、ということだ。社会の通念になっているもの、既成の価値観、道徳的思想。そんなもののすべてを、ぶち毀《こわ》したいだけなのだった。自分の手では、全体から見ると無に等しいものしか、毀せないことはわかっている。

俺は、俺を毀したいのか。ふと、私はそう考えた。しかし、なぜ自分を毀さなければならないのか。それほど、自分というものがいやなのか。自分を毀したところに、なにがあるというのか。

思念が、堂々めぐりをはじめる。

私はノートを閉じ、別のファイルを拡げた。

何度も読んだので、頭には入っている。なにかにぶつかり、進みあぐねているわけでもない。そのファイルから出てくるのは、二つの病院が払う、なにがしかの慰謝料というやつだけだ。

炊飯器が、終了の合図を出した。外はもう、すっかり暗くなっている。

私は冷蔵庫の食材を調べ、夕食になにを作ろうか、まったく考えていなかったことに気づいた。そんなことは、あまりない。夕方になると、大抵はそれが仕事の主婦のように、献立を考えている。

新しい食材も買ってきてあるので、そのうち思いつくだろう。私は、酒を飲みはじめた。ウイスキーも、氷も買ってきてある。

マリーナは静かだが、さまざまな音が聞えてくる。舫《もや》いの軋《きし》み。ヨットのステイとマストが触れる音。波の音。浮桟橋《ポンツーン》の板の触れ合う音。

耳を澄ませても、遠い街の喧噪はあまり聞えてこない。いや、海の音に紛《まぎ》れてしまっているのか。

一番冴えて聞えるのは、氷がグラスに触れる音だった。

第三章

1

全身が、汗にまみれた。

走りはじめて、十五分ほど経ったころだ。

暑い季節になっても、私は長袖のトレーナーだった。冬は、この上にヤッケを一枚被るだけだ。トレーナーは、擦り切れてくる。ほとんどが、洗濯で傷むのだ。船に七枚ほど持っているトレーナーは、毎日替える。しかし、まめに洗濯しているわけではない。汗で濡れたトレーナーは、ハンガーにかけておく。そして次のを使う。一巡するころには、最初のものは乾いているのだ。自分の部屋に持ち帰って洗濯をするのは、ひと月に一回ぐらいのものだ。下着は毎日替えるので、ストックは二週間分以上あり、減ってきたら洗濯をする。

トレーナーも下着も、船に置いてある数の方が多かった。部屋ならば、いつでも洗濯はできる。

　このところ、私は三日連続で毎朝走っていた。きっちり一時間走る。その距離はずっと長くなった。自然にペースがあがっている、ということだ。途中で加えるダッシュの数も、多くなった。

　私は高校時代からラグビーをやっていて、ダッシュはそのころのトレーニングの名残りだった。私の属したチームは、全国制覇をするほど強くはなかったが、なぜか私には大学からスカウトが来た。これまでの人生で私の勲章といえば、そのことぐらいだった。

　息が、切れてきた。ほぼ二十分すぎで、一度息が切れる。そして三十分を過ぎると、なんとなくという感じで、呼吸は楽になってくる。

　私は、五十メートルほどのダッシュを、二本くり返した。いつもは十分以上かけて抜けるところを、それだけで抜けた。

　三十五分走ったところで、引き返す。同じ道で、十分短縮してマリーナに戻るのが、このところの目標だった。しかし、きのうも一キロ以上残して、一時間に達した。残ったところは、普通に歩くのである。

　なぜ走っているのか。ピッチをあげながら、私は考えた。多少、肥ったような気がするからか。体力が下降線を辿っていている、という自覚があるからか。

　そういうことではない、と走りながら私は思う。自分の肺を、爆発させてしまいたい。心臓を、毀れるぐらいに打たせたい。筋肉という筋肉を、苛められるだけ苛めたい。

　それでなにかが見えるなどとは、思っているわけではなかった。一時間、私はただ衝動に襲われているだけなのだ。

なにかを、毀したい。社会を、世間というやつを、毀してみたい。のうのうと生きているやつの人生は、何度か毀した。自分が持った、家庭というやつも、毀した。そのくせ、私自身は毀れはしないのだった。

肉体なら、毀せる。そう思う。一時間は、肉体を毀してやろうという衝動を、実行している時間だ。一時間というところが、私の臆病さなのか。二時間、三時間続ければ、ほんとうに毀れるかもしれないのだ。

ピッチをあげているので、苦しくなってきた。思考が、飛び飛びになる。景色は、フィルムの巻き戻しのようなものだ。それも、すぐに見えなくなってくる。私は多分、視界の中のごく限られた部分を、ただ見続けているだけだろう。

あと十分。十分で、マリーナまで帰ることができるか。賭けのような気分だった。ただ、賭けるものは、なにもない。

マリーナの手前二百メートルのところで、一時間に達した。賭けに負けた、と私は思った。二百メートルを、呼吸を整えながら歩いた。トレーナーは、汗で重たく感じるほどに濡れている。

クラブハウスの前で、私は五十回の腕立伏せをやり、ストレッチに移った。筋肉を苛めたいといっても、走る前にも入念なストレッチをやるのだ。そのあたりの矛盾を、私はうまく言葉で自分に納得させることができないでいた。

「イナダがあがりはじめてるよ、青井さん」

声をかけられた。いくら変人だと思われていても、二年もいると声をかけてくる顔見知りはで

煤煙

ご購読ありがとうございました。下の項目についてご意見をお聞かせ頂きたく、ご記入のうえご投函くださいますようお願いいたします。

---

a　**ご職業**　1大学生　2短大生　3高校生　4中学生　5各種学校生徒　6教職員　7公務員　8会社員(事務系)　9会社員(技術系)　10会社役員　11研究職　12自由業　13サービス業　14商工従事　15自営業　16農林漁業　17主婦　18家事手伝い　19無職　20その他(　　　　)

b　**ご購入の動機**

1書店の店頭で見て　2新聞雑誌等の広告を見て(紙誌名　　　　)
3書評を見て(紙誌名　　　　)　4人にすすめられて
5その他(　　　　)

c　**北方謙三さんの本の中で、一番好きな作品は何ですか。**

d　**最近お読みになった本で面白かったものをお教えください。**

氏名《フリガナ》　　**生年月日(西暦)**　19　年　月　日　　**性別**　1男　2女

郵便番号　〒□□□-□□□□
住所

電話番号

メールアドレス

今後、講談社から各種ご案内やアンケートのお願いをお送りしてもよろしいでしょうか。承諾いただける方は、下の□の中に○をご記入ください。

□　講談社からの案内を受け取ることを承諾します。

郵便はがき

112-8731

料金受取人払

小石川局承認

1172

差出有効期間
平成17年8月
7日まで

〈受取人〉
東京都文京区
音羽二―一二―二一
講談社文芸図書第二出版部
「煤煙」係　行

★この本についてお気づきの点、北方謙三さんに寄せるご感想などをお教えください。

きる。私も、世間話程度のことを、拒む気などはなかった。

「今日は、東京湾の外まで出てみるつもりだけどね。船は多いだろうなあ」

「表層で、釣れてるの？」

「いや、潜行板なんかを使った方がいいみたいだな。ルアーでやるんならね」

私は、ルアーしか使わない。そして、自分が食う分しか釣らない。

日曜日だけあって、マリーナにはすでに人の姿が多くなっている。昨夜は船に泊った人間も、結構いるようだ。

マリーナのシャワー室で汗を落とし、私は船に戻った。

金曜は、二つの病院の代理人と話をした。きのうは、江利子の部屋に行っただけで、今日は外出の予定はなかった。

明日、病院側と話をすることになっていた。最初の病院は、早く結着をつけたがっている。二番目の病院の方は、まだはっきりと方針は出してこない。金曜の話し合いでは、私は訴訟という線を崩さなかった。

なにか、忙しいことがあるのね。

昨夜、蒲団から出て服を着はじめた私に、江利子がそう言った。土曜日の夕方に行き、日曜の午前中まで部屋にいるというのが、習慣のようなものだった。その習慣を守れない理由など、なにもなかった。

ただ昨夜、射精を終えてしまうと、私はいきなり走りたいという欲求に襲われた。朝になったら、絶対に走ろうと思った。走るか走らないかは、いつも朝に決めていたことだったが、私は昨夜それを決めてしまったのだった。

船室《キャビン》で、ハムを挟んだパンとコーヒーの、簡単な朝食をとった。

出航していく船が増えていて、そのたびに私の船もかすかに揺れた。晴れ渡るというほどではないが、梅雨の合間の青空が見える日だった。

私は、以前から買ってあった、小型のテープレコーダーの包装を解き、電池を入れた。テストをしてみる。性能は充分だった。腰のベルトにでもつけておけば、会話ぐらいは難なく取れそうだ。

なぜ、テープレコーダーなどを買ったのか、ちょっと考えた。

数ヵ月前のことだ。私は、ある金融業者と話をしていた。かなり切迫した話で、私の依頼人が自己破産するかどうか、という瀬戸際だった。自己破産という行為に逃げこむ人間の代理人は、すぐに降りることにしている。その依頼人は、自己破産という道を考えながらも、なんとか踏み留っていた。私は、違法な利子の軽減を求めるだけでなく、違法行為のペナルティとして、利子そのものをなくさせようとしていた。元本だけを返済するという交渉に、金融業者が乗れるはずもないことはわかっていた。それでも、さまざまな法律を楯に、私はそれを押し通し、呑ませた。その過程で、ヒットマンを送るとか、東京湾に沈めるとか、散々なことを言われたのだ。あの会話をすべて録音しておけば、充分に刑事事件の証拠となったはずだった。

だから、面白がってテープレコーダーを買ったが、そのまま忘れていた。最近になって、やはり録音しておきたいやりとりが出てきたので、思い出したのだ。

車のグローブボックスには、いつも使い捨てのカメラが入っている。写真が証拠になる場合も、少なくないのだ。

しばらく、自分の声を録音して、私は遊んだ。それから、マリーナのクラブハウスの前にたむろしている連中のところへ行き、釣りの話をした。

「へえ、青井さん、底物にも興味が出てきたの？」

「もともと、興味はあるよ。いまトローリングの季節だから、逆に底物を狙ってみたいわけさ。道具、どんなのが必要かな？」

「釣る魚にもよる。ムツとか、そんなものを狙うんなら、電動リールだね」

「浅場は？」

「そりゃ、適当に。中型のスピニングで充分だね。ま、釣りだけは、なにが起きるかわからないけど」

「太い糸じゃ、浅場は駄目なのかな？」

「無理、無理。トローリングじゃ、リーダーの方が太いだろうが。リーダーは言ってみりゃハリス。底物じゃ、ハリスは細けりゃ細いほどいいね。トローリングと逆なんだからさ」

さらにしばらく釣りの話をし、それから私は船に戻り、テープを再生してみた。明瞭に会話は入っている。

弁護士とはなにか、ということについて私は喋りはじめた。価値紊乱《びんらん》者、秩序破壊者、刑事犯罪の合法的共犯、論理を武器にした脅迫者。それらについて、ひとつひとつ理由も語っていく。弁護士の仕事のすべてを、私は語っているわけではなかった。やりようによっては、たやすくそうなれるということについて、淡々と語っているだけだ。社会的にしろ人間的にしろ、正義という概念を弁護士がふり回すのは、自己正当化にすぎない。それは法律の上に立った正義で、そして法律は必ずしも正義だけではなく、便宜のために作られたりする。

再生したものを聞いているうちに、私は自分が語っていることに興味を失った。
言わずもがな。植草などが聞くと、そんなふうなことを言いそうだ。

昼食前に、電話があった。

「ごめんなさいね、このところ頻繁に電話してるみたいで」

未紀子の声を聞いた瞬間、私は予期せぬ強い情欲に襲われて、戸惑った。週一度の江利子とのセックスは、かなり濃厚なもので、私にはそのペースが適度と言えた。そして昨夜、江利子を抱いたばかりなのだ。

そう思っても、未紀子の姿態がなまなましく思い浮かんで、私は勃起を抑えられなかった。未紀子は、どんなふうにして情欲を処理しているのか。それを考えると、さらに情欲が高まってきた。

「由美子に言わせるのは、卑怯かもしれないと思った。だから、あたしが電話したの」

「なんなんだ？」

「三人で、食事をしたい。それをパパに言ってもいいかって、あたしに許可を求めてきたわ」

「それで？」

私は、情欲の気配が言葉の中に滲み出さないように、注意深く言った。

「どうしたの？」

「なにが？」

未紀子に悟られたかもしれない、と思った瞬間に汗が噴き出してきた。

「由美子の気持を、あたしが伝えてる。あたしは、気を利かせたつもりよ。あたしには駄目と言えても、由美子には言いにくいでしょう、あなた。それだけのことで、それで、なんて訊くの、あなたらしくないわ」

汗と一緒に、情欲も消えていった。

「すまん。ちょっと別のことをやっていたんでね」

「返事は？」

「急ぐなよ。ちょっと考える」

「あたしは、こんな電話をすることで、やましい気持になりたくないの。娘の意思にかこつけているみたいで、いやだわ」

それでも、由美子から直接頼まれると、私が困惑することはわかっているので、未紀子が自分でかけてきたのだ。大して考えたりせずに、そんなことができる女だった。

「三人では、食事はしたくない」

「わかった。あまり傷つかないように、うまく言っておくわ」

「由美子は、俺たちが元の鞘に収まればいい、と思っているのか？」

「別れた理由が、わからないんだもの。その点に関しては、あたしもはっきりと言葉で自分を納得させられないわ」

「俺もだよ」

未紀子が、黙りこんだ。私の、次の言葉を待っている気配だった。

「しかし、別れたかった」

「言葉にすると、そういうことになるわけ？」

「だとしか言えないな」

「やめましょう、この話。電話なんかで喋ることじゃないって気がするし。由美子と二人で食事をすることは、構わないのね？」

それも困る、と口から出そうになったが、由美子の涙が思い浮かんできた。

「明確な返事がないと、あたしも由美子になにか言ってやれないわ」

「当面は」

「由美子と二人の食事ならいい、ということね。もうひとつ、訊いてもいい？」

「ああ」

「あたしと二人での食事は？」

「やめておく。特に、話さなければならないことはないし」

「話があれば、仕方がないということね」

「逆手を取るなよ。別れた亭主と食事をして、なにが愉しい」

「あたしは、別れたつもりはないの」

「戸籍を見てみろ」

「形式でしょう、あなたが大嫌いな」

「この二年で、ひどく辛辣《しんらつ》になったな、君は」

「あなたの論理の破綻《はたん》を、笑ってやりすごす理由はないもの」

「別れると言った時から、俺の論理は破綻しているのさ」

「開き直らないで。あなたらしくない」

「俺は別に、言葉で君を納得させようとは思っていない」

「あたしも、言葉で納得する気はないわ。あなたが別れると言い出した時、あたしはなにも言わずに頷いた。絶対にそうする、と決めてしまった少年のような眼をしていたから。なにを言っても、無駄だと思ったから」

そのあたりの思いきりのよさは、いつも私を圧倒した。思いきる前に、ああだこうだと考えるのが、私という男だった。それが、いまはかなり思いきりがよくなっている。

「抱くだけなら、会ってやってもいいぜ、未紀子とも」

「そう」

未紀子は、しばらく沈黙していた。

「どうした。クボ・エンタープライズのオーナー社長を馬鹿にするな、ぐらい言ってみろよ」

「そんなんじゃないわ」

「じゃ、なんだ？」

「濡れてきたの。二年ぶりだな」

よしてくれ。言葉にはならなかった。私はただ戸惑い、テーブルの煙草に手をのばした。火をつけ、煙を吐く。

「悪徳だと思っているの」

「なにを？」

「自分の性器に手をのばすのが。だから、オナニーもできない」

露骨な言葉に、私はただ少女のようにうろたえていた。煙を吸い、吐く。それを二度くり返すことで、なんとか落ち着きを取り戻した。未紀子の、猛々しい燃え盛るような陰毛が思い浮かび、私はまた勃起を抑えきれなくなっていた。

「またな」

「安心したわ」

「なにが？」

「もう、二度と電話してくるな、と言われるかと思ってた。またな。いい言葉よね」

電話が切れた。

次の瞬間、私は勃起した自分のものを、手でしごいていた。船室《キャビン》に精液を撒《ま》き散らし、しばらく唸り声をあげ続け、それからようやく、私は落ち着きを取り戻した。

2

病院の、院長室での話し合いだった。

相手側は、院長と担当医と事務長、それに代理人である。私はひとりで、四人とむき合って座った。

この病院は総合病院で、入院設備も整っているし、救急指定にもなっているが、個人経営で、院長が理事長も兼ねていた。都内の高級住宅地に、四百坪の敷地の自宅。運転手付きの大型のメルセデスでどこへでも出かけ、都の医師会の中ではかなりいい顔である。軽井沢とハワイに別荘も持っている。

そういうことを、私は一応調べあげていた。

医師の総数は十二名。ほかに技師や看護婦や事務員を入れると、ちょっとした企業だった。院長に息子はおらず、娘が外科医と結婚している。私の依頼人の息子を診察したのは、その娘婿の医師だった。外科の主任などという肩書も持っているので、臨時雇いの医師の責任という逃れ方も難しい。

資産は相当なものだろう。院長は医師としてより、経営者としてすぐれた手腕を持っているようだ。

「医療について、こちらにミスがあったことは、病院側でも認めています。裁判の回避ということで、話し合いたいのですが」

「示談にしようと、正式に申しこまれているということですな」

「その通りです」

「話は、早い方がいい。余計なことは省きましょう。このミスに関して、病院側はすべてひっくるめて、いくら払おうと考えておられるのですか？」

弁護士が、院長の方にちらりと眼をくれた。

院長は、私を睨みつけている。担当医も事務長も、うつむいていた。

「いくら、欲しいんだね？」

「欲しいわけじゃありませんよ。こちらの希望を申しあげましょうか」

「ああ、言ってみてくれ」

「この病院が、地上から消えてなくなること。担当した医師は免許を返上し、院長はむこう五年間、医療行為には関わらないこと」

院長は、しばらく沈黙していた。担当医と事務長は、これ以上はないというほどうつむき、弁護士はおろおろとしている。

私は、煙草に火をつけた。

「青井先生、ひと言申しあげますが」

「君は、黙ってろ」

院長が、いきなり弁護士を怒鳴りつけた。

「病院が消えてなくなるだと。冗談も休み休みに言え。たかが、小僧ひとりがバイクで怪我しただけだろう」

「この病院で、きちんとレントゲン写真の解析をやれば、いやちょっと聴診器を胸に当てただけでも、患者はあんな目に遭わなくて済んだはずです。心停止なんてね。レントゲン写真を出すところへ出せば、すべてはっきりすると思うのですがね」

「出すところとは、どこのことだ？」

「無論、裁判所ですよ」

「君は、私に恨みでもあるのか？」

「なにも。この事件の依頼を受けなければ、多分、一生会うこともなかったでしょう」

「たかがバイクの小僧だぞ」

「また言われましたね。これで二度目だ」

「なにが？」

「たかがバイクの小僧だと」

「ああ。あんな小僧とこの病院を、秤《はかり》にかけられると君は本気で思っているのか？」

「思ってませんよ。こんな病院より、人ひとりの命の方が、ずっと大事だ」

「もう一度、言ってみろ」

「何度でも、言いますよ」

「正義派を気取ってるのかどうか知らないが、医師会を通して圧力をかけ、おまえの弁護士資格など剝奪《はくだつ》してやる」

「おう、またまずいことを言われましたな」

「院長」

弁護士が、身を挺するようにして遮《さえぎ》った。

「ここは、私が話を」

「君は、甘く見られている。私や私の友人は、弁護士会の大物を何人も患者に持っている」

「青井先生。今日はここまでで、話は次にということで」

「今日、最終的な話し合いをする、ということだったのではありませんか。最終的な話は、院長の弁護士に対する暴言、恫喝で決裂というふうに、私は解釈しますが」

「待ってください」

弁護士の口調は、院長を黙らせるほど強いものだった。

「具体的に、示談金の御相談をしたいと思います。裁判というのは、双方にとって不毛であると思います。われわれは示談を望み、青井先生はこうして出てこられた。できるかぎり感情的にならず、金額面などを話し合いたいのですが」

弁護士は、院長の方をむき直った。

「院長も、おわかりのはずですよね」

「わかってる。言葉が過ぎたようだ」

「それでは、慰謝料というかたちで、いくらお払いするか、ということになるのですが。青井先生は、どうお考えでしょう？」

「とにかく、心停止があったのですから。ほんとうなら、死んでいた」

「しかし、いまは意識が回復し、一般病棟に移られていますよね」

「確かに」

「重篤な後遺症も、いまのところ考えられませんね」

「退院すれば、多分、健常者でしょう」

「心停止まで行ったということ。その後のＩＣＵでの治療の肉体的ダメージと精神的なダメージ。それらを総合して、こちらの考えた額を申しあげますが」

促すように、弁護士が院長の方を見た。

「二千万。そんなところではないかと、当院は判断している」

「心停止が、二千万ですか？」

「亡くなったわけじゃない。きわどかったが、持ち直され、健康を回復される」

金の交渉に入って、院長は冷静さを取り戻していた。いくらまでなら出す気があるのか、私は測りはじめた。

金に関しては、どこかしたたかという感じが剝き出しになっている。

「これは、私が作成した、告訴のための資料です。証拠保全がなされていますので、ひとつとして推測はありません。はじめは、刑事告訴ということになります」

「罪状は？」

弁護士が、書類を手にとった。老眼鏡をかけて読みはじめる。

「殺人未遂。これは、あんまりではありませんか。どう考えても、業務上過失傷害が妥当なところですよ」

「傷害ねえ。心停止を、裁判所がどう判断するか、ということになりますが」

「民事の案件にもなさるのですな。慰謝料として、八千万。これも、通常の考えでは、高額すぎます」

「刑事告訴は、医者に対する警鐘という意味もあります。民事の方は、受けたダメージを克明に計算した額です」

「交通事故で死亡した場合」

「待ってください。これは、交通事故当事者間の話し合いではありません。あくまで、病院と患者の話し合いです。怪我であろうと病気であろうと、誤診における苦痛を純粋に計算すべきです」

「ならば、誤診を責められているわけだな」

院長が言った。

「担当医を馘首《かくしゅ》する。それをつけ加えて、二千万」

「医師免許の返上をつけ加えて、七千万ですかね」

免許という言葉に、院長の眉がぴくりと動いた。

肚の探り合いがしばらく続いた。

三千万ぐらいが落としどころだろう、と私は思ったが、五千万からは譲らないという姿勢を見せた。

「これは、提案なんだが」

院長の眼が、ちょっと光った。

「三千万で、手を打ってくれんか。不満なのはわかる。だから慰謝料は二千万。裏で、君に一千万渡す」

「院長」

弁護士が、声をあげた。相手の失策で、額をもう少しあげられる、と私は思った。

「税金もなにもかからん。君の依頼人にも内緒だ。悪い話じゃあるまい」

弁護士が、うなだれた。

「いま、なにを話し合っているか、よく認識しておられないようですな。いまのあなたのひと言は、いくつもの罪状にあてはまるし、倫理的にも許されることではない。不動産取引をしているわけじゃないんですよ。あなた方の誤診について、いくらぐらいの慰謝料が適当かという話し合いだ。その代理人を買収しようというのがどういうことか、わかっておられませんね」

「院長、ちょっと別室へ」

弁護士が、強引に院長を立たせた。

ドアの外で、やり合うような声が聞える。待っている間、私は煙草を一本喫った。若い担当医と初老の事務長は、顔を伏せたままだ。まだ、私とはひと言も言葉を交わしてはいない。

五分ほどして、二人が入ってきた。

「青井先生、いまの院長の発言は、発作的に混乱したものです」

「そうかどうかは、裁判所に判断を委《ゆだ》ねたいですな。きちんと、記録してあります」

腰につけた、テープレコーダーを、私は見せた。弁護士は一瞬言葉に詰まり、それから話し合いの道義に反する、と言いはじめた。私は、煙を吐きながら、なにも言わなかった。録音などなしにする、とはじめに決めたわけではない。だから、弁護士も道義的な問題としか言えずにいる。

「買収は、道義に反するどころではないでしょう」

弁護士に言うだけ言わせ、私は呟いた。

「五千万と言われていますが」

道義の話を、弁護士は打ち切った。

「八千万、慰謝料を求めておられる。裁判所が満額回答をするとは思えません。半額で、なんとか収めていただけませんか？」

四千万。弁護士が予測しなかった院長の暴言によって、見込みより一千万上乗せになった。

「わかりました。慰謝料四千万で、すべての結着をつけましょう」

「じゃ、すぐに文書を」

弁護士は、院長のさらなる失言を恐れるように、腰をあげた。

別室で、形式通りの書類を作成した。

それで終りだった。池田に五百万。私が五百万。依頼人には、まず三千万入る。次の病院では、成功報酬はすべて私のものということになる。いくら取ろうと五百万を貰う、とは池田自身が断言したことだ。

私は、病院の駐車場に駐めた、軽乗用車に乗りこんだ。

もうひとつの病院は、多分三千万で結着がつく。七千万入っても五百万しか取れない池田は、地団駄を踏むだろう。そう考えても、別に快感などなかった。

午後一時を回っていた。

私は、途中でカレーライスを食い、車を村木商店に回した。

川名は、荷積みと配達の手配をすべてやらされているようだ。

「たまんないですよ。毎日、電話があります。なんで見舞に来ないのかってね。見舞ぐらい、行った方がいいんじゃないでしょうか？」

「子供の状態は？」

「わかりませんよ。見舞に行ってないんだから」

「電話は、かかってこないようにする」

「できますか、そんなこと」

私は頷いた。代りに、私の方に電話がかかってくるだろう。そのあたりからはじめて、相手方と接触してもいい時期だった。

「今夜、夕めしでも食わないか。俺は、先方の弁護士と会ってくる」

「悪いことをしたとは、思っていません。しかし、運は悪かった」

川名は、何度も自分にそう言い聞かせ続けていたのだろう。これからは、川名にしっかり自分の意思を持たせることだった。

「運が悪いだけで、一生、稼ぎを人に持っていかれるのか。それでいいのか？」

「よくないです。だから、俺は先生の言う通りにしますよ」

週に一度は会う。はじめのころは、それが必要だろう。二、三ヵ月経てば、思い出した時に会うぐらいでよくなる。

「運転、したっていいんだぜ」

「まだね、まだちょっと」

私は頷き、夕食の場所を告げると、車に乗りこんだ。運転しながら、横倉に電話をし、面会の約束をとりつけた。

3

デスクに拡げられた書類に、私は眼をやった。横倉は、司法修習生にでも戻ったように、古い判例の検討をしていたようだ。私の眼から隠そうとはせず、ただ苦笑した。

「判例にかんばしいものはない、ということは、青井先生も御存知ですよね」

「まさにそこが、今回の私の争点です」

判例を変えるとなると、最高裁の判断を仰ぐことになる。つまり、示談の意思など微塵もない、と改めて伝えたようなものだった。判例を調べれば、理不尽としか思えないものが相当にある、ということはよくわかるはずだ。

たとえば、自殺のために車の前に飛び出したという事故でも、運転者の責任は皆無ではないとされている。絶対に不可避なものについても責任を問われるなら、車を所有すること、運転をすることそのものが犯罪だとも言える。ならば、車を製造した人間の責任、売った人間の責任はどうなのか。

法律としては、明らかに整合性が欠けている。車に関する法律では、そういうものが多かった。責任を追及されるべき人間がほかにいる、という主張も可能なのだ。

たとえば、日本の高速道路では、最高でも時速百キロしか出せないのに、国産車は百八十キロでやっとリミッターというものが利いて速度があがらなくなる。輸入車にはリミッターがついていないので、二百キロ以上出るものも多い。百八十キロで走れるものを作った責任、二百キロを超えて走る車を輸入した責任というものはないのか。

「徹底的に争ったケースが稀である、ということはおわかりでしょう、横倉先生」

「まあね」

「弁護士はやりたがらず、事故を起こした者は過失の有無に拘《かか》わらず、情緒的に責任を感じさせられる。だから、訴訟になっても、大抵は途中で示談だ」

「勝てる見込みがないから、訴訟を断念する。逆に、被害者側から起こした訴訟は、大抵は勝っている」

「勝てる見込みがあるかどうかは別として、被害者側の訴訟は勝っている場合が確かに多いですよ」

私は煙草に火をつけた。灰皿は見当たらなかったが、いざとなれば船上で使う携帯用のものを持っている。横倉が息をひとつつき、立ちあがって戸棚からブリキの灰皿を出した。

「横倉先生、ひとつ申しあげておきますが、こちらは被害者としての立場から、訴訟を起こそうとしているのですよ。加害責任を軽減したいなどとは思っていません。もともと、加害責任がある、とは考えていないのですから」

「そこが、無茶な論理だと言っている」

「無茶かどうかは、裁判所が判断することでしょう」

横倉は、ちょっと考えるような表情をしただけだった。こちらが本気だということで、肚を決めたのかもしれない。

「ところで、多田氏、つまり被害者の父に当る方ですが、もうすぐここへ来られることになっています。会われますかな?」

「ほう、加害者の親族がね」

「息子さんは、まだベッドの中です。それを加害者としたことについて、かなりの怒りを抱いておられます。つまり、感情的になっておられるということで。私は、当然だと思っていますがね」

「是非、お目にかかりたいですね」

「感情的になっておられる、と私は言いましたよ。それでもいいから会う、と青井先生は答えられた」

「侮辱的な発言も、予想できるということですな。それを取りあげて、どうこうしようという気は、私にはありませんよ。ただ、会っておくのは悪いことじゃない」

横倉は、用心深さを隠そうとはしていなかった。私は、短くなった煙草を消した。

「私の方が年長だし、弁護士としての経歴も長いので言わせていただくんだが、あなたがやろうとしている裁判は、もう少し人が傷ついていない時、試みてみるべきことではないかな」

一理はあった。同時に、私がやろうとしている裁判が、決して無茶なものではない、と横倉も認めていることでもあった。

「横倉先生、人が傷つくというのは、なにも怪我だけじゃありませんよ。心が傷つくこともある。人生そのものが傷つくこともです。その傷は、躰の怪我より癒えにくい、という場合もあります」

「難しいな」

私は、もう一本煙草に火をつけた。

「弁護士を長くやってきたがね、根源的な問題を考えることは、久しくなかった。法のありようとか、そんなことを考える前に、どう法を扱うのか、という技術ばかりを追い求める。弁護士はそれでいいはずなんだが、時として、技術がすべてと思ってしまう。ちょっとだけ評判を集めてみた。君は医療過誤についても、熱心にやっているらしいね」

「これも、示談というケースが多くて、なかなか裁判には持ちこめないんですが」

「最近の二件の裁判は、完全勝訴じゃないか」

「まあ、そうでした」

「しかし、金銭的なことで、君が報われたことはあまりない」

「金のためにやってるわけじゃない、と気取るつもりはありませんが、正直言って、労力に対する対価としては、情なくなるほどですよ」

横倉が、正直な感慨を語っているのか、これまでとは違うフィールドに私を引きこもうとしているのか、判断はできなかった。私が持っていた最初の印象より、いくらかましなのかもしれない。

それから横倉は、私も知っている古い医療裁判について語り、その弁護団のメンバーのひとりだった、と言った。

人間はさまざまだ。ただそう思っただけだ。さまざまな人間がいるというのではなく、ひとりの人間にさまざまな面がある。

ドアが開いた。

入ってきたのは、四十歳とも五十歳とも言えそうな、いくらか頭の薄くなった男だった。組織というものに、しっかり組みこまれているという感じはなく、ひとりきりで生きているという印象もなかった。

「おまえか、青井ってのは？」

「多田か、おまえ」

「なんだと」

初対面の挨拶としては、いささか戦闘的だった。私は、そのままの組み合い方で行くことにした。

「てめえは、どういうつもりで、うちの息子が加害者なんて言いやがんだ。脳味噌が腐ってやがるんじゃねえのか」

「てめえの脳味噌はどうなんだ。俺のが腐ってるなら、てめえのは融けてるな」

「喧嘩売ってんのか、この野郎」

「この野郎、売り言葉に買い言葉ってことも、わからねえのか」

「うちの息子にゃな、危ない目なんか一遍も遭わせずにやってきたんだ。それが、てめえ」

「犬を散歩させるのは、危なくないのか。なんで、大人がついていてやらなかったんだ。おまえの責任で、俺の依頼人は一生の重荷を背負うところだった。まあ、それは回避できそうだがな」

「青井先生」

罵り合いの中に、多少の意味が滲み出してきたと判断したのか、横倉が制止した。

「まったく、てめえのような男が、なんで弁護士やってられんだ」

「てめえ、よく父親やってるな」

多田が、いきなり私に摑みかかろうとした。

横倉が、抱き止めていた。

「いけません、多田さん。絶対に手を出さないでください」

「この野郎に、言いたいことを言わせておくのか」

「吠えたのは、てめえの方だろう」

「もうやめてくれないか、青井先生。君のやっていることは、挑発して手を出させようとしている、としか思えない」

「わかりました。もうやめますが、私の依頼人に電話をするのも、やめさせてくれませんか」

「いいです。やめさせます。何度か、電話が行ったんですね？」

「それによって、精神的に参っています」

「わかりました。多田さんも、挑発に乗らないでください。いいですね。挑発して暴力を振わせれば、相手方の今後の交渉は、ずっと有利になるんですよ」

多田は、荒い息をつきながら、私を睨みつけていた。

「大丈夫だ。頭、冷やしますから、先生、手を放してください」

横倉が手を放しても、多田はもう飛びかかってこようとはしなかった。ソファに座りこみ、睨むように私を見あげている。

「川名行雄の代理人で、青井と申します」

多田は、黙って名刺をテーブルに置いた。

多田工業専務取締役、というのが多田の肩書だった。親族が役員に名を連ねている、それほど規模の大きくない会社だろう、と私は見当をつけた。

「あんたにひとつ訊きたいんだがね、弁護士先生。運転してて、人をはねて、はねたやつがなんではねられた方を訴えるんだね。どう考えたって、筋は通らないよ。泥棒が居直ったより、もっとひどい」

「多田さん、喋る言葉には気をつけてください。できれば、私を通して。泥棒が居直ったと、ダイレクトに言っちゃいけません。たとえて言えば、と付けるんです」

「なにかつまんないねえ。ひどくつまんないことのような気がする」

「同感ですな。多田さんは落ち着かれたようだし、少々の言い方について、私はどうこう申しません。あまりひどい時は、取り消してくれと言います。よろしいですか、横倉先生？」

「あなたがそう言われるなら」

私は頷き、煙草をくわえた。

「運転はされますか、多田さん？」

「するよ、安全運転だがね」

「安全運転というのは？」

「制限速度を、きちんと守る。なにかあったら、すぐに停る」

「事故のあった道、制限速度は五十キロですよね」

「そうだ」

「片側一車線で、事故当時は対向車線はいくらか混んでいたが、こちら側は流れていた。そうですよね。その時、私の依頼人は、ほぼ時速四十五キロで走っていました」

「わかったよ、あんたの言おうとしてることは。人間の力じゃ停められなかった。だから運転手には責任がない。そう言いたいわけだろう？」

「責任はある、とされるんですよ。いまの法律じゃそうです。無過失責任というやつでね。過失はないが、責任はある。しかし、どう考えてもおかしなもんでしょう、これは。私はそういう法律に正当性があるのかどうか、争ってみたいんですよ。法の基本概念は、故意、未必の故意、過失に対しては、罰すべきだということなのに、まったくの無過失でも、責任だけは取らせる。これはおかしい。詳しいことは、横倉先生に聞いてください」

多田も、大きく息をつき、煙草をくわえた。感情が鎮まると、ものわかりが悪い男というわけではなさそうだった。

「もうひとつ、なぜ事故が起きたか、ということです。いろいろ事情はあるにしろ、お子さんの飛び出しです。六十メートル先に、信号があり、横断歩道もあった。しかも現場にはガードレールもある。それを越えて、飛び出した。これは明確に法律に違反します。道路交通法というものですが。事故そのものは、お子さんの法律違反によって起きた。したがって、訴えられることになるのです」

「理解できないね。どう考えたって、明夫が訴えられるというのは、理解できない。一時は意識不明で、どうなるかと思った。いまも、病院のベッドだ。それが訴えられるとは」

「親御さんの気持はわかります。それとはまた別に、法律的な問題は成立する、と言っているんです。その判断については、結論は出ていません。情緒的な部分を排除して私は考えようとしているんですが、親御さんの気持は逆撫でしているでしょう。細かいことは、代理人同士で話す。判断は裁判所。そういうことにしていただきたいですな」

多田は、じっと私を見つめてきた。

かすかに、憐むような光を、私は感じた。

「人間としての、あんたを疑うね、私は。さっきは摑みかかったが、恥しいことをしたとは思っちゃいない。ただ、摑みかかったりすることもなかった。あんたと話をすることは、もうないと思う。ただ、私は明夫を守るよ。親としてね。暴力からは、息子を守る」

それきり、多田は私の方を見ようとしなかった。

人間ではない、と私は言われているのだった。それが私の肌を刺す感覚は、悪いものではなかった。私は横倉と、ちょっとだけ法律論を交わし、腰をあげた。多田は、出ていく私の方に、眼をむけようとしなかった。

陽は落ちたが、外は蒸暑かった。エアコンを全開にしても、私の軽自動車の中はなかなか涼しくならない。

私は常磐《ときわ》の自宅に戻り、Tシャツにコットンパンツという姿に変えて、川名と約束した居酒屋にむかった。

川名は、泡の消えたビールのジョッキを、眼の前に置いていた。私も、ビールを頼んだ。枝豆と豚の肋肉《ばらにく》の角煮。それでしばらく飲み続け、川名の仕事の話などをした。川名は倉庫の作業の専従になっているが、それで給料が減るということはないらしい。

「躰はきついですよ。馴れりゃ、どうってことはないんでしょうが」

「運転すりゃいいじゃないか」

運転する者は、配達だけでなく営業もこなしている。扱っているのが特殊塗料なので、問い合わせ先に回ると、営業になることも多いという。

「社長、いや会長か、なんと言ってる?」

「裁判については、全部先生にお任せして、仕事はきちんとやれと言われました。ひと月ぐらいは、倉庫にいていいと言われてるんですが」

「配達や営業の方が、ずっと楽なんだろう？」

「そりゃ、もう」

「人をはねたのが、トラウマになっちまったか？」

「運転してなくっても、思い出します」

「無過失だ。しかし、責任は問われる。そんな不条理がどこにある。だから、裁判で争おうというんだ。仮に負けて慰謝料ということになっても、示談の百分の一で済む。そうはならない、と俺は確信しているが」

川名が、枝豆に手をのばした。ようやく、ビールが減ってきている。私は、すでに二杯目だった。私は、料理をもう一品、追加註文した。

「子供の父親から電話がかかってくることは、もうない」

「ほんとですか？」

「これから、時々裁判所に行くことになるが、それ以外の時は、事故のことは忘れろ」

「気は楽になると思います、多分」

「突っ走ってくる車の前に、いきなり飛び出す。これは飛び出した方が悪い。ヨーロッパなんかじゃ、傷のついた車の修理代まで請求するぐらいだ。日本は、そのあたりまできちんとやろうとする人間が少なくてね」

「なぜなんですか？」

「弁護士が、やりたがらない。時間と手間がかかりすぎる、ということかな。そのくせ、大した金にはならんし」

金の話になると、川名はうつむいた。

「いいか、川名君。俺には俺で、弁護士として実績を作る、という目的がある。だから、俺に感謝する必要もなにもないが、途中で降りられると困る。その場合は、かかった費用の請求はするよ」

「えっ、いくらぐらいですか？」

「それは、どの段階で降りるかにもよる。まあ、示談金として相手方が要求してくるものの、五分の一にも満たないとは思うが、君は示談金とともに、俺への費用も払わなけりゃならなくなる」

「やりますよ、最後まで。とにかく、そういう弁護士さんがいらっしゃるなら、やれるところまでやってみろというのが、郷里の両親の意見でもあります」

「経済的な面については、君が不安を抱かないように、覚書を作っておこう。それには、違約条項についても入れておくぜ。君が途中で降りた場合は、通常の弁護士報酬を支払うことになると」

「ほんとうに、この間の条件でいいんですね？」

「俺が、自分のためにやることだと言っているだろう。君はただ裁判の継続の意志を持ち続けてくれればいい。法廷での話は、相手方の父親の電話のように、不愉快なものではないはずだ」

川名には、気の弱さが見え隠れしている。こういう男は、金の縛りぐらいはかけておくことだ。

「ところで、おい、恋人なんかはどうしている？」

「俺は、別れなけりゃならないだろう、と思ってました。だけど、運が悪かっただけだからってことで、いままでと変りません。むしろ励ましてくれてます。青井先生のことも、話してあって、そっちの方では運がいいんだと言われました」

「そうか。うまくやれよ。いますぐは考えられないだろうが、結婚したっていいんだ」

「彼女も、そう言ってます」

川名の表情が、かすかに明るくなった。

ジョッキを三杯空けたところで、私は握り飯を註文した。

川名と別れると、私はマンションに帰り、洗濯機を回した。ついでに、掃除機もかける。洗濯は時々やるが、掃除はいつも熱心だった。

まだ、梅雨は明けていない。一度豪雨が来て、それで明けるということだろう。

洗濯と掃除を済ませると、やることはなにもなくなった。

私は冷蔵庫から缶ビールを出し、ソファに腰を降ろした。テレビはあるが、もうひと月以上スイッチを入れていない、という気がする。情報は、すべて新聞かラジオに頼っている。

人間ではない、というようなことを、多田に言われた。じっとしていると、それが思い出されてくる。犯罪者を、犯罪を犯したとはっきりわかっていて、解放してやったことが何度かある。それも、弁護士の仕事だとすると、それも人間的ではないということにならないか。

気にしているのかもしれない。多田が摑みかかってきた時、殴られていれば、いくらか心理状態は違っただろう。最後は、私を見ようともしなかったのだ。

気にしている自分に、腹が立ってきた。ほんとうは、とっくに人の視線などどうでもいい、と思い定めたのではなかったか。人がどう見ようと、歩き出してしまった道なのだ。引き返す気などなかった。

ビールが、苦い。腹に食いものを詰めこんだあとのビールは、躰に吸いこまれていくという気もしない。

飲む気をなくして、私はビールをテーブルに置き、煙草に火をつけた。

4

風が、全身を打った。

爆音も一緒だった。

バイクの、後姿が見えた。そう思った時、バイクはクイックターンをし、再びこちらにむかってきていた。私に対する敵意に似たものを、はっきりと感じた。

走りはじめて十五分ほどで、ようやく全身に汗が滲み出していた。

バイクがむかってくる。大きくなる。また全身が風に打たれた。フルフェイスのヘルメットである。顔など見えるはずもなかったが、誰なのか私は考えようとした。

両側は工場の塀で、もう少し走ると運河沿いの道になる。二日前に、大型トラックがなぜかガードレールを突き破り、運河に突っこんだという道路だ。ようやく明るくなったばかりのこの時間、走っている車も、人の姿もほとんど見かけなかった。

後方から、またバイクが来た。構わず、私は走り続けた。害意はあるが、躰すれすれでかわし、私をひっかけようとしているようには感じられなかったからだ。

首に巻いたタオルは、汗を吸ってすでに濡れている。私はそれを引き抜き、手に持った。背後から来たバイクが、私の躰を掠《かす》めて飛んでいく。トレーナーの袖に触ったかもしれない、と思えるほどの近さだった。

クイックターンで、また戻ってくる。執拗だった。私は、塀に躰を寄せるようにし、それでも走り続けた。

バイク。直線で突っ走ってきて、私のそばで抉《えぐ》るように塀に寄ってきた。とっさに、私は男にむかってタオルを投げた。狙った通り、ヘルメットに貼りついたようだ。爆音ではない音がし、ふりむくと、倒れたバイクが横滑りしていた。

私は、運河沿いの道までダッシュした。

しばらくして、バイクが追ってくる気配があった。その時、私は運河沿いのガードレールを越えたところに、立っていた。

そばまで来たバイクが、停る。エンジンが切られたので、私はガードレールを跨《また》ぎ、道路に立った。

「てめえ」

ヘルメットの中から、くぐもった声が聞えた。喧嘩になりそうだった。十数年、私は人と殴り合いをしたことはない。平静に立って、ヘルメットは両側の視界を遮るのだろうか、と考えている自分が、いささか不思議でもあった。

「新車に傷がついたぞ、この野郎」

男が歩み寄ってくる。長身だが、骨格は華奢《きゃしゃ》だという気がした。恐怖は、ほとんど感じていない。

いきなり、殴りつけられた。手袋をした拳が当たったのは、口のあたりだ。それでも、頭の芯に響いた。口に指をやると、血に触れた。血の色が、私のなにかを覚醒させた。

二発目に来たパンチを、私は横に跳んでかわした。ヘルメットの視界はやはり悪いようで、男は躰全体で私を追うようにしていた。三発目のパンチ。私はまた横に跳び、男の腰を蹴った。それほど強く蹴ったわけではないのに、男は呻き声をあげ、しゃがみこみそうになった。

「てめえ、こうなったら、絶対バイクの修理代を出させてやるからな。死ぬぞ、てめえ。ぶち殺すぞ」

喚《わめ》き声は、ヘルメットの中でやはりくぐもっていた。暴力を専門にしている人間ではない、と私は思った。口数が多すぎる。圧倒してくるような、迫力もない。そしてパンチは、私が立っていられる程度のものだった。嫌がらせだけのつもりが、バイクに傷がついて逆上したというところだろう。

逃げる気になれば、いまなら難しくない。この先には、バイクの入れない路地もある。しかし、私は立っていた。どうなってもいい、という思いが、このところたえずどこからか滲み出してくる。相手が、圧倒的な恐怖感を与えてきていたとしても、それは変らないだろう。

「てめえにはな、落とし前をつけさせようと思ってたんだ。もう、待つことはねえや。いま、この場でぶちのめしてやるからよ」

また、パンチが来た。かわすことを予測していたのか、拳は私の躰を巻くように追ってきて、肩に当たった。その時は、もう二発目が来ていた。頰骨のところに当たったが、私は倒れなかった。頭の芯がしびれたようになっただけだ。

「くたばれよ、この野郎」

膝蹴りは、はずれた。男は、私のトレーナーの肩を摑んでいた。気持の底が、すっと色褪《いろあ》せたように、白く冷たくなった。

私は、男の腰に両手を回していた。やはり、華奢な躰だった。持ちあげるようにして、私は突っ走った。塀に、男の背中がぶつかった。引き戻し、もう一度突っこむ。男が、ヘルメットの中で嘔吐した。吐瀉物《としゃぶつ》で、男の視界はさらに塞がれたようだ。股間を蹴りつけると、男はあっさりうずくまった。

ヘルメットを、捥《も》ぎ取った。

まだ若い男だ。苦しそうに、顔を歪《ゆが》めている。腹を、さらに二度蹴った。うずくまった男を見降し、私は大きく息を吐いた。乱れるというほどではないが、私の呼吸は荒かった。新しい汗も噴き出してきた。

私は、袖で顔を拭った。血が、ブルーのトレーナーを汚した。

バイクの方へ、私は歩いていった。持ちあげようとしたが、それは重たすぎて動かなかった。四百五十ccのバイクだ。私はスタンドを畳み、ハンドルを握って押していった。

トラックが突っこんで、ガードレールが倒れてしまっている場所。そこで、私はバイクを運河の方へむけた。

「俺の、バイク」

男が、這うようにして追ってきていた。

私は、男がそばに来るのを待って、運河にむかってバイクを押した。倒れたガードレールを乗り越え、護岸の斜面を倒れず走り、水の中に突っこんだ。

男が、叫び声をあげた。そこそこの水深はあり、バイクは完全に水に没した。

「新車が、駄目になっちまったな、おい」

私は、男に近づいて言った。

「ちくしょう、てめえ」

男が摑みかかってくる。私は左の拳で腹を、右で顎を殴った。自分でもびっくりするほど、きれいに決まった。男は膝から崩れ、路面にうつぶせに倒れた。

男の躰の周囲を、私はしばらく歩き回った。

それから、まず男の腹を蹴りつけた。音をたてて息を吐き、男は背を丸めて全身を痙攣《けいれん》させた。涎《よだれ》が、糸を引いて路面に滴っている。首のあたりを蹴りつける。男の躰が転がり、仰むけになった。

「立てよ、おい。立って、殺し合いをしようぜ」

男は、呻いているだけだ。

「俺を殺すんじゃやなかったのか」

ボールを蹴るように、私は男の脇腹を蹴った。男は一度躰を横にし、それからまた仰むけに戻った。

「バイクがなきゃ、殴り合いもできないのか。おまえ」

股間を蹴った。それから頭の方に回り、顔を続けざまに三度、軽く蹴った。男は、両手で防ぐような仕草をした。

腹の真中を、蹴りあげた。一片の容赦もせず、二、三歩助走もつけたので、男の躰は路面から一瞬浮かびあがったように見えた。

「立ってみろ、おい。少しは、根性を見せてみろよ」

男は動かない。

「立って殴り合うのがいやだっていうなら、その恰好のまま死んじまえ」

男の躰が、かすかに動く。喋りながら、私は無防備な男の躰を、時々蹴った。

「さっきの威勢は、どうしたんだよ。じっとしてりゃ俺がやめるなんて、考えるなよ。死ぬまで蹴り続けてやるからな」

私は、男の顎を蹴りつけた。男の首が、一瞬のびたように見えた。それから、見開いた男の眼が、白くなった。

呻き声が出、男の躰が痙攣したのは、だいぶ経ってからだ。呼吸が激しく、男の胸板が上下している。さっきこういう動きがまったくなかったのは、呼吸をしていなかったからかもしれない。顎を蹴られて、そんなふうになることがあるのか。

もしかすると人殺しになったかもしれないと思っても、大して心は動かなかった。こんなふうにして人を殺し、刑務所で一生を終えるのが、私には似つかわしいという気分すらどこかにある。

男の顔が、濡れていた。血で汚れたところを、洗うように涙が流れ落ちている。それを見て、私は不意につまらない気分に襲われた。こんな男の涙など、見たくはなかった。

私は、男の躰のそばにしゃがみこみ、ベージュの繋ぎのポケットを探った。数千円の金が入った財布。運転免許証。

免許証の写真は、どこにでもいるごく普通の青年に見えた。

「山上だと」

名を見て、私は呟いた。

「おまえ、K病院の山上と、なにか関係があるのか？」

男は、顔を横にむけた。

「そうか、あの山上先生の縁者か。仕事とはいえ、ひどいことをしたと、俺は思ってる」

横にむいた男の顔が、私の方にむいてきた。

「事故だよな。不可抗力だ。それでも、責任を取らされる。医者もつらいな」

山上は、私の依頼人の息子を、最初に診察した医師だった。K病院の院長の娘婿で、いずれはあそこを継ぐのだろう。

「あんた、本気でそう思ってんのか？」

「仕事は仕事だからな。俺も、つらい」

山上は、すぐに誘導に乗ってきた。

「兄貴はよ、あれで何年かはほとんどただ働きってことになった。四千万を返すまでだ。冗談じゃねえぞ。俺の学費だって、払ってくれてたのによ」

「おまえの、バイク代もか？」

「そうだよ。いい給料だったんだ。それが、あの院長の野郎、全部兄貴に払えと言いやがった。ほとんど、養子みてえなもんなんだぞ。好きでもねえ女と、結婚してよ」

「そうか。勘違い兄弟ってやつか」

「なにがだよ？」

「院長を恨んでる兄と、弁護士に仕返ししようとする弟のことだ。おまえら、ほんとのクズだな」

「あんた、いまかわいそうだって言ったじゃないか」

「クズの上に、馬鹿か。弁護士の誘導尋問に乗せられて、ペラペラ喋りやがって」

「そんな」

言った山上の顔の真中に、私はパンチを叩きこんだ。ちくしょう、と呻くような声を山上は出した。私は腰をあげ、山上の腹を蹴りあげた。

「いいか、おまえの兄貴は、医者になんかなっちゃいけなかったんだよ。懸命に勉強して、国家試験には通ったんだろうが、適性は欠いていたんだ。世の中の害にしかならないんだよ」

山上が嗚咽《おえつ》しはじめた。私はもう一度、山上の腹を蹴りあげ、それから煙草を出してくわえ、火をつけた。山上は、盛大に腹の中のものを吐き出している。

「よりによって、俺にバイクで嫌がらせをするとはな。おまえら兄弟の人生を、ここで終りにしてやる。医療過誤で人を殺しかけた兄と、見当違いの相手に仕返しをしようとした、不良の弟。二人で、落ちていけよ。そういう人生が、似つかわしいんだから」

嗚咽が続いた。

「おまえ、人生が甘いもんだとは思うなよ。でかい病院を継ぐ男の弟だって、ちょっとばかり安心してなかったか。就職なんてできなくても、いつか病院の事務長ぐらいにはなれるってな」

顔を蹴った。山上は転がり、躰を丸くしてふるえはじめた。

「兄貴からは、医師免許を取りあげてやる。おまえはなにも持ってないだろうから、躰のどこかを差し出せ。脚一本でもいいし、腕でもいい」

「やめてくれ」

声も、ふるえていた。

「誰がやめるか。兄貴の方は、後回しだ。法廷に引き摺り出して、刑務所に行かせなけりゃならないからな。弟に人殺しをさせようとした。それだと、医師免許も取りあげられて、ちょうどいい」

腹を、三度続けざまに蹴った。呻きと悲鳴をあげるだけで、もう言葉は出せないようだった。さらに軽く蹴ると、山上は躰を転がした。ガードレールの突き破られたところ。護岸の斜面。そこに蹴りこんだ。斜面を滑りながら、山上は運河の中に落ちていった。

水に落ちて、しゃんとなったのか、山上は腰ほどの深さのところに立ちあがった。茫然としているが、そのうち斜面を這いあがるぐらいはできそうだ。

バイクで運河に突っこんだ。そんなふうに見えるだろう、と私は思った。

なぜか、私は不意に山上に対する関心を失っていた。

歩き、早足になり、それから走りはじめた。すぐに、いつもの調子に戻った。マリーナに着いた時、私はもう山上のことを、頭の隅に押しやっていた。

クラブハウスでシャワーを使い、乾いたTシャツと短パンに着替えた。

このところ、あまり面倒だと感じず、朝食を作っている。魚の干物と味噌汁のこともあれば、トーストとハムエッグの時もある。

私はコーヒーを淹れ、野菜を刻んで炒め、フライドエッグも作った。トーストは焦げないようにそばに立って見張っていた。

後部甲板《アフトデッキ》にそれを運び、朝の光の中で朝食をはじめた。

朝、飲むにしては、コーヒーがちょっと濃すぎた。砂糖はまったく入れないので、香りがほのかに感じられる程度が、ほんとうはいいのだ。しかし、それ以外は上出来だった。

皿を洗うと、陸電のケーブルをはずし、久しぶりにエンジンをかけた。梅雨の間の晴れ間なのか、それとも本格的な夏になったのか、小気味がいいほどの陽射しだった。

舫《もや》いを解き、微速で船を出し、広い海域に出てから、防舷材《フェンダー》を収納した。ひとりでこんなことをやるのにも、すっかり馴れた。

フライブリッジに昇り、速度をあげた。

釣りをしようという気は、起きてこない。沖にむかって、光の中をどこまでも走っていたい、という衝動のようなものがあるだけだ。

前を行く貨物船を抜き、私は少し舵を右に切って、本船航路からはずれた。航路内は船が多いし、スピードの制限もある。

二時間ほど、私はそうやって走った。観音崎をかわし、剣崎もかわすと、外海ということになる。それでも、海は静かだった。

携帯電話が、私のポケットの中でふるえた。電源を切っておかなかったことを、私はいくらか後悔した。

「パパ」

仕事の電話ではなかった。由美子の声は、いつものようにどこかに甘えるような響きがあった。

5

私の車のまわりに、婦人警官が立っていた。

見ていると、パトカーがもう一台やってきた。住宅街の中の通路で、個人で立てた駐車禁止の札もない。

私は、依頼人になりそうな老婆と、会ってきたところだった。植草の紹介だったので、会うだけは会ってみようと思って、車でやってきたのだ。

高級と言われる住宅街の中の、一戸建てにひとりで暮している老婆だった。通いの家政婦が、午前十一時から午後七時まではいる。要するに優雅な身分で、しかし孤独というやつだった。

私はひとしきり身の上話を聞かされ、それから遺言状の作成と、財産の管理を任せられる人間かどうか、テストを開始すると言われたのだった。ほかを当たってくれ、と私は言った。依頼人になってくれれば、かなりの報酬が期待できるが、私のような弁護士がやる仕事ではなかった。

意欲も湧かなかった。

「なにか、用事かね？」

車のそばに立っている婦人警官に、私は言った。

「この車の、持主ですか？」

「そうだよ」

「駐車違反ですね」

「だから？」

「だからって、あなた」

「ここは無余地ではないし、黄色い線が引いてあるわけでもない。ほかの車の通行を妨げているわけでもない」

「住民の迷惑になっているんですよ。通報があったの。呼び出したけど、運転者が現われない。だからレッカー移動しようとしていたところです」

私は、老婆の家とひと筋違いの道路に車を駐めておいた。老婆の家の前の道路は余地がなく、こちらの方が二メートルは広かったのだ。

「レッカー移動はしますよ。もう、レッカー車を呼んだので、移動は開始されているんですから。それから、切符ね」

「笑わせるなよ」

「なんですって」

私の対応に、婦人警官は明らかに気分を害したようだった。

「運転免許証を出してください」

私は笑い、運転免許証を婦警の眼の前に突きつけた。婦警が手を出そうとしたので、私はそれをひっこめた。

「なにしてるの。ふざけているんですか？」

私はキーを差してドアを開け、グローブボックスから使い捨てのカメラを出した。婦警を撮る。道路の状況も撮る。

「やめなさい。免許証と言ってるでしょう」

腰につけたテープレコーダーもスイッチをオンにしていた。

「ちょっと。どういうつもりよ。免許証、出しなさい」

「さっき、見せたじゃないか」

成行を見守っていたパトカーからも、警官が二人降りてきた。

「おいおい、免許証と言われているんだろう、あなた」

年嵩《としかさ》の警官の方が言った。私は、婦警二人と警官二人に取り囲まれる恰好で、カメラを持って突っ立っていた。

「さっき、提示した」

「見ていたがね、ちらりと出して引っこめただけだ」

「その女のおまわりさんが、俺の免許証を強奪しようとしたのでね」

「なにを言ってるの、あなたは。いい加減にしなさいよ。あたしは、きちんと提示してくれと言ったわよ」

私はもう一度免許証を、婦警の前に突き出した。

「触るな」

口調が強かったので、婦警の手が止まった。

「なにを言ってるのよ」

「提示している。提示というのは、こういうことだ。読みたいところがあったら、読め」

「あのね」

「おまえ、さっきから俺の免許証を強奪しようとしているな。ほんとに警官か。警察手帳を提示しろ」

「なんですって？」

「警官だという、身分を証明しろと言っている。いいか、俺は免許証の提示を求められたから、きちんと提示した。そして、おまえの身分がわかる警察手帳を提示しろと言っている。提示してみろ。提示したものに俺が手を出したら、どうする。事件だろう。提示というのは、そういうことなのだ」

「なにか、ちょっと反省もしていないようだね、あなた。署に来て話をしようか」

年嵩の警官が言い、私はそちらに指を突きつけて笑った。

「いまの発言、取消せ。連行すると言っていることだぞ。罪状は？」

「あんたが、トラブルを起こすから」

「俺が。起こしているのは、おまえらだろう。この道は、住民の所有物か。ほかにも車が駐っているが、住民ならいいのか？」

「それはね」

「取消せと俺が言ったことは、取消した方がいいぞ。署に来て話をしよう、という発言を取消すんだ」

「取消す」

なにか異常な気配を感じたのか、年嵩の警官はそう言って黙りこんだ。

「あんたね、公務執行妨害ってことになるわよ」

「公務、と言ったな。いま公務の執行中だと。まず警察手帳を提示しろ。それから、どういう公務の執行中に、どういう妨害を受けたか言え。はっきりとだ。言ったことを、撤回しようなどとは言わせないぞ。犯罪捜査規範の、交通違反についての条項を言ってみろ。本物の警察官なら、言えないはずはないよな。さあ、言え。言ってみろ」

「なんで、あたしが」

「公務執行妨害というのは、充分に逮捕要件になる。俺が逮捕要件を満たすと、おまえは言ったんだ。だから、犯罪捜査規範について、訊いてる。交通違反者の逮捕については、第二百十九条にある」

轢き逃げなどを除いて、交通違反に関しては逮捕は行わない、と決められた条文だった。事故はまた違うし、逃亡すればこれは交通違反ではなく、別の罪になる。

「あたしは、警察官なのよ」

「だったら、手帳の提示。おまえらがいつも、免許証の提示と言って、提示させただけでなくそれを取りあげ、心理的な圧迫をかけるような真似はしない。とにかく、テレビドラマでも、婦警はそんな恰好をしてるよ。逮捕するんなら、身分を証明する方が先だ」

「なにも、逮捕するとは言ってないでしょ」

「公務執行妨害は、逮捕要件を満たす。現認できる状況下だから、令状はいらない。口で言ってやらないということは、これまたどういうことか、説明してやろうか」

「わかりました、もういいです」

年嵩の警官が、婦警との間に入るようにして言った。もうひとりの警官と婦警は、困惑した表情で事態を見守っているだけだ。

「わかったとは、どういうふうに？」

「ですから、なにもなかった。もう、行ってくださっていい」

「ふむ。署まで来て話をするかと言ったり、公務執行妨害だと決めつけたりしたあとで、なにもなかったか。なにがあったかは、ちゃんと記録されている。写真は、念のためもう一度撮っておく」

私は、腰につけたテープレコーダーを見せた。それから、カメラを構える。

「なによ。なんで、写真撮るのよ」

「ほう、やっぱり偽警官か。もし君が本物なら、公務中は肖像権はない」

「悪いことしたの、あんたでしょう」

婦警は、くやし涙を浮かべていた。

「俺が、どこの誰に、どういう迷惑をかけた。それを、具体的に言いなさい。住民からの電話で、たまたま道路に車を駐めた人間を、逮捕する。これは、とんでもないことなんだよ」

「まあ、勘弁してやってください。職務に熱心だっただけなんですから」

「交通警官の、特に婦警の職務熱心が、実は社会に多大な迷惑をかけている。そんな週刊誌の記事を読んだことがあるが、あながち見当はずれでもないのかな」

「あたしは、間違ってません」

叫ぶように婦警が言い、嗚咽しはじめた。

「やれ、やれ。もっとやっつけてやれ」

声が聞えた。野次馬が、十数人集まっている。声はその中から出たようだ。

「もう勘弁してください。泣いてるじゃないですか」

「なにを言ってる。いまのも取消せ。泣けば、おまえらは勘弁するのか」

私は、大声を出した。

「そうだ。今度、違反した時、泣いてみせてやろうか」

野次馬の声だった。

「どうすれば、よろしいですか。泣いていると言ったことは、取消します」

「その婦警に、謝罪させてくれ」

「それは」

「いままでのやり取りは、すべて録音してある。写真も揃っている。法廷で、具体的なことを、ひとつひとつはっきりさせて、黒白をつけるかね？」

「弁護士さんですか？」

「この際、俺の職業がなにかということに、どんな意味があるかね？」

「それは」

「謝罪で、すべて事を収めようと言っているんだよ、俺は」

婦警は、しゃくりあげながら、私を睨みつけている。

「謝りなさい。あとは、署に帰って、話をしよう」

「そんな」

「いいから、謝ってくれ。頼むから」

婦警は、まだ私を睨みつけながら、涙を流している。

「命令だぞ。謝りなさい」

しばらく時間が経って、婦警は私に頭を下げた。申し訳ありません、という細い声も聞えた。

「じゃ、帰らして貰う。とんだ時間を食っちまった」

私は、車に乗りこんでエンジンをかけた。さすがにやりすぎだと思ったのか、野次馬からは拍手ひとつ起きなかった。

私はしばらく市街地を走り、それから高速道路に乗った。

池田の事務所が入っている超高層ビルは、相変らずとりすました女のように、海際に建っていた。ここには地下三層にもなった駐車場があり、来訪の目的がしっかりしていると、受付でちゃんとゲイトを開けてくれる。

池田は、自分の部屋で待っていた。

「領収書をくれ。印紙代はそちらもちで」

私は、テーブルに紙袋を放り出した。池田は、それにちょっと眼をくれ、考えるような表情をした。

「青井、二つの病院から、総額で七千万取ったんだってな」

「そりゃ、おまえにゃなんの関係もない」

「あるさ。俺が繋いだ仕事じゃないか」

「だから、約束のものは持ってきた」

「少し色をつけろ。おまえの取り分は、いくらであろうと、自分の取り分は五百と言ったのは、おまえだ。五百しか取れなかったら、全部自分だとも言った」

「それも、おまえには関係ない。いくらであろうと、三千万はあるんだろうが」

七千万というのは、正しい情報だった。こちらの取り分は二千万。池田に五百万で、私は千五百万だった。

「おまえが二千五百万というのは、いくらなんでも取りすぎだろう」

池田は、こちらの取り分が三千万と見ているようだった。

「俺が五千万であろうと一億であろうと、おまえは五百万。濡れ手で粟の五百万さ。さっさと領収書を書けよ」

「納得できないな」

「自分が言ったことに、納得できないだけさ、おまえは。証拠保全の費用から、弁護士費用まで、一切のリスクは俺に負わせておいて、いまさら納得できないか。それじゃ、これも俺が持って帰る」

「待てよ、おい」

私が紙袋をポケットに戻すと、さすがに池田は慌てたようだ。

「おい、それは受け取っておくよ。第一回目の入金としてな。俺はいま、上乗せの話をしているんだよ」

「断る。この五百万も、渡さんよ。どうしても取りたかったら、裁判で取れ。供託金にしておく。心配しなくても、使いこみはしねえよ」

「ふざけるなよ、青井」

「別に、ふざけちゃいないさ。おまえの方こそ、口に気をつけろ。あんまり、情無いことを言うんじゃない」

「なんだと、貴様。この世界で、仕事ができないようにしてやろうか」

「弁護士だよな、おまえ。いま言った意味がどういうことか、わかってるよな？」

「言葉の綾だ」

いくらかたじろいで、池田は言った。

「とにかく、裁判を起こせ。俺も、法廷でおまえとやり合うのが、愉しみだよ」

「待てよ、青井。それでいい。それだけ、置いていけ」

「断る。俺は、おまえと法廷で争いたい」

私は立ちあがった。池田も慌てて腰をあげる。部屋を出ていこうとする私の腕を、池田の手が摑んだ。

「放した方がいいぞ、池田。俺はいま、監禁の恐怖を感じている」

池田が、弾かれたように手を放した。弁護士だけあって、言葉への反応は速かった。

「俺を、怒らせるのか？」

「勝手に怒れよ。俺は五百万、おまえに渡そうと思って持ってきた。ところがおまえは、頼んでいるにもかかわらず、領収書は書かん。そして、納得できないと言う」

「書くよ。いま書く」

「もう、遅い」

「本気か。本気じゃないよな？」

「この五百万は、おまえが裁判に勝たないかぎり、おまえの手には渡らん」

私は、池田の部屋を出た。

「なんだよ、おい。なんなんだよ」

事務所のドアのところまで、池田は追ってきた。

「おい、事務所のスタッフに、みっともないところを見せるのか。さっき頼んだことを、もう一度、ここで言ってみるか？」

「おまえ」

「言っちゃいけないことを、おまえは言ったんだよ」

私は大声で言った。声は、事務所じゅうに響き渡ったはずだ。廊下へ出たが、エレベーターのところまでは、池田は追ってこなかった。

私は一度、自分の部屋に戻った。

冷蔵庫を開け、缶ビールを一本出す。私の古い軽乗用車は、暖房はともかく、冷房はあまりきかない。梅雨は明けたらしく、陽盛りの中で渋滞にひっかかったりすると、車内は蒸し風呂のようになるのだ。

ソファに寝そべって、ビールを飲んだ。

電話がふるえた。二度着信があったことは確かめていたが、私の方からかけはしなかった。植草からだ。

「例の婆さんから、しつこく電話があってな。どうしても、おまえを顧問弁護士にしたいそうだ。悪い話じゃない」

「なんで、俺なんだ、植草？」

「おまえが、交通警官とやり合っているところを、全部見ていたらしい。その時のやり方が、お眼鏡《めがね》にかなったってわけだ」

「勘弁してくれ」

老婆は、もうテストをはじめていたのかもしれない。警察に電話してパトカーを呼んだのが、あの老婆だったというのも、考えられないことではなかった。

「駐禁を取りそうになっていた婦警を、徹底的にやりこめて、泣かしちまった」

「大人気ないな、おい」

「まったくだ」

「一応、断ってみるが」

「なにかあるのか？」

「いや、なにも。ただ、簡単に諦めるタイプではない、という気がする」

同感だった。孤独な分だけ、変ったものを好む、というところがあるのかもしれない。それにしても、テストを一発で合格するとは、考えてもみなかった。

「おまえが、引き受けりゃいいだろう」

「実は、そうしようとした。半分合格の、半分落第ってやつだ。誰かこの人を、と推薦する資格だけ、与えられた」

「それで、俺なのか」

「あの婆さん、実は結構な会社のオーナーでね。子会社も四つばかり抱えている。経営にはノータッチだが、気に入られりゃ、そこの顧問弁護士という道もある」

「なおさら、願い下げだな」

「そういう仕事も、していた方がいいという気がしてな」

私が、川名行雄の起こした事故の、無過失責任そのものの是非を法廷で争おうとしていることについて、植草は否定的ではない。ただ金にはならず、厖大《ぼうだい》な手間だけがかかることも、よくわかっているはずだ。

「当面は、大丈夫なんだ、植草」

「そうか。余計なことだったか。俺は断っておくが、それ以上はできない。婆さんが、どうしてもおまえという気で押してきたら、おまえが断るしかない」

「たまらんな」

「同情すると言いたいところだが、俺はテストに一週間以上かかり、しかも半分しか合格しなかった。おまえは、一瞬のうちに合格なんだ。きっと、婆さんはピンときたんだ。俺は、おまえが断ったと伝えるだけだな。しかも、逆効果になりそうな気がする」

私も、そうかもしれない、という気になった。それはそれで、仕方がないと思うしかなかった。

電話を切ると、私はもう一本、缶ビールを飲んだ。それから、隙間が大きくなった冷蔵庫に、ビールを足した。十ケースほどまとめて酒屋に届けさせたので、まだかなりの量が残っている。

それから私は、ワイシャツを着て、ネクタイを結んだ。

ようやく、陽が落ちはじめていた。マンションを出ると、通りかかったタクシーをすぐに停めた。これで、汗まみれにならずに済んだ。

店のマネージャーは、笑顔で私を迎えた。

知らない店ではなかった。ただ、二年以上は御無沙汰だった。

未紀子は、先に来ていた。私はちょっと頷き、引かれた椅子に腰を降ろした。

食前酒を飲みながら、料理を選んだ。大して高い店というわけではないが、雰囲気は悪くない。私たちが結婚したころからやっていたので、多い時は月に二、三度来ていた。ただ未紀子は料理が好きで、だから由美子が生まれると、年に二度ぐらいの頻度で来ただけだった。

「ここで、よく叱られた」

「えっ」

「食事の前に煙草を喫っちゃいかんと」

「味が、よくわからなくなるわ」

未紀子が笑った。二年前と、なにひとつ変っていない、という気がした。

「由美子の電話のことだけど」

「君は気にするだろうと思った。由美子が、自分の意思でかけてきたことは、よくわかっている。それに、前に約束したことでもあった」

「由美子は、確かにそう言ったけど。船に乗せて貰って、釣った魚を食べる約束をしたんだってね」

「泣いていたしな」

ワインが運ばれてきた。未紀子は、もともとさっぱりした赤ワインが好みで、魚料理の時でさえ、赤を飲んでいることがよくあった。

グラスを触れ合わせる。どちらともなくという感じで、私の手も自然に動いていた。

「君が、由美子に電話をかけさせるような、そういうタイプではないことは、わかっているつもりだ。用事があるなら、自分でかけてくる人だよ」

「由美子がかけたと知っただけでも、どう思われたか気になってしまうの。まあ、電話で済むことだけど、今後どうするかも、話しておいた方がいいような気がして」

「このままだろう」

「いいの？」

「娘は、娘だ」

「あなたは、由美子に面とむかって言われると、断われないところがあるから。特に食事とか、クルージングとか、釣りとか言われたらね」

「それ以上、なにか言うかな」

未紀子はグラスを口に運び、縁についた紅を、手に握りこんだハンカチできれいに拭《ぬぐ》った。出会った時から、この仕種は変らない。

「三人でって、言いはじめるわ」

「三人か」

「まだ、言い出せずにいるだけ。それを由美子が言ったら、健気さとか不憫さとか、いろいろな感情に襲われて、あなたはきっと困ると思う」

「困っても、俺のことさ」

実際、由美子がそう言った場合、私はなんと答えるだろうか。家庭の崩壊は、すべて私の責任で、しかも理由を問い質されても、はっきりした説明ができない。由美子にとっては、不可解で、理不尽なこと以外のなんでもないのだ。

「あいつ、いつからあんなふうに、甘え上手になったんだ？」

「小さなころからよ。女の子ですもの」

「君も？」

「男みたいに、自意識が過剰なところがある。自分でもいやだと思うんだけど。甘えようとする自分が、片方でひどくいやな存在に思えてしまうの」

未紀子が、また笑った。

それ以上、由美子の話はせず、食事を終えた。

第四章

1

夏だった。

間歇《かんけつ》的な豪雨が二、三日続くと、いつもの年のように、夏らしい夏になった。

マリーナは人が多く、船の出入りもたえずあった。海面は静かだが、出入りする船が引き波を起こし、船内にいると揺れはたえることがない。それが静かになるのは、陽が落ちてからである。

私は発電機を作動させ、クーラーを入れた。陸電だけだと、キッチンの電磁プレートや照明で、容量は一杯なのだ。

裁判が開始されるのは、九月になってからだろう。裁判官には、夏休みというやつがある。いまのところ川名行雄は、自分の無過失責任を、徹底的に争い、最高裁の判断を仰ぐという決意を、まったく変えていない。変えれば、すぐに賠償から慰謝料まで、金の問題が発生してくる。告訴すると同時に、告訴されるという立場になっているのだ。むこうが言ってきている十分の一の額でも、川名の年収を上回っていた。

私は、あらゆる判例を集めると同時に、無過失責任を取らされた者が、どれほどの不幸に見舞われたのか、ということについても取材をはじめた。

日本で可能な法定速度を、遥かに上回るスピードが出る車を生産した、メーカーの責任も問うつもりでいた。

日本車は、百八十キロでリミッターという燃料カット機能が働くように決められている。それも、おかしなことだった。

私のやろうとしていることは、高速道路を徹底して法定速度で走り、渋滞を引き起こすという行為に似ていた。そうやって走っていると、渋滞の原因になっているので、車の流れに乗りなさいと、パトカーや白バイがスピーカーで言ってくる。つまり、法律を破れと、取締る側が言っているのだ。オービスという、自動速度測定機も、時によって変えられるが、百二十五キロとか百三十キロで走る車の時に作動する。百三十キロではオービスの下を何事もなく通過する車が、百三十一キロでは作動したオービスに撮影され、かなりの額の反則金を取られる。その一キロの差は、なんなのか。それこそ、理不尽というものではないのか。

オービスは、法定速度以上で作動するようにすべきである。その主張も、してみるつもりだった。

交通法規についてはとにかく穴だらけで、判事や検事の車でさえ、遵守《じゅんしゅ》しているというには程遠い。

それが、現実というものだった。私は現実に、建前で立ちむかおうとしている、浮世離れした弁護士だった。ただ、現実と言いながらも、その中で建前によって罰せられる人間がいることも確かなのだ。

訪問者があった。

シーズンになると、浮栈橋《ポンツーン》のキーが昼間は開けっ放しなので、来訪者は私の船の前に立つことになる。

佐野峰子《みねこ》だった。個人的な顧問弁護士になれと、電話で二度、要請があり、私は断っていた。私は、意識することもなく、佐野峰子のテストにパスしたのだ。

佐野峰子は、ピンクのレースのワンピースという、若い女のような恰好で、日傘だけが七十二歳という年齢を感じさせる、年季の入った代物だった。

「海の上の事務所というのも、おしゃれなものね、青井さん」

私は上半身裸だったので、Tシャツを慌てて着こんだ。

「そちらに、乗り移りたいのだけど」

船と浮栈橋《ポンツーン》の間には、防舷材《フェンダー》分の隙間がある。佐野峰子が、そこを跳ぶのは難しそうだった。

「無理ですよ」

「あたしは、船に乗ってみたいの。とても懐しいし」

「しかしな。俺がクレーン代りになって、佐野さんを持ちあげるしかありませんよ」

「やって頂戴。一度は、クレーンに持ちあげられてみたいわ」

佐野峰子が、日傘を畳んだ。

仕方なく、私は船と浮栈橋《ポンツーン》の両方に足をかけ、幼児のように両手を差し出した佐野峰子を持ちあげた。軽い躰だった。

後部甲板《アフトデッキ》に降ろすと、佐野峰子はなんのためらいもなくキャビンのドアを開け、中に入った。

「いいわね、やっぱり。クーラーのある船は快適だわ」

「クーラーが入っていると、よく気がつかれましたね。修理したばかりなんです」

「発電機が動いているじゃない。陸電も取ってあるし」

「昔、船をやっておられたんですか？」

「あたしが、そんなことやるわけないでしょ。主人が、ヨットをやってたの。大きなヨットだったけど、競技用で、無駄なものはみんな取り払ってあった。愉しむなんて船じゃないのに、あたしはよく連れていかれたものだわ」

「ヨットはヨットで、いいところがあるんですがね。こいつは、エンジンをかけるとうるさいし」

「時化《しけ》の海が好きだったのよ、主人は。信じられる？」

「わかるような気もします」

私は冷蔵庫から缶入りのお茶を出し、ブリキのカップに注いで差し出した。

「このカップも懐しい。時化の好きな船は、ガラスの食器を置いていないのよね」

「私は、好きというわけではありませんが。それに、ヨットは時化に強いですよ」

「あなた、冬の海に乗り出すことを考えてみてよ。クルーの男の子たちにとっちゃ、地獄みたいなものだったと思うわ」

「そう感じるやつは、クルーになったりしません」

「それがね、あなた。新入社員を乗せてたのよ。前帆《ジブ》のトラブルで、舳先《へさき》へ行けと言われた子が、船首《バウ》チンして、泣いていたわよ。わかるわね、舳先が、波の中に突っこんだの」

「わかりますが」

「なんだって、やらされるの。あれがいい、これがいいなんて、選べないの」

「俺は、社員じゃありませんから」

私は、少しずつ佐野峰子の土俵に引き上げられているようだった。私に、仕事を断る権利はない、と言い含めているような気もしてくる。

「テストには、合格したのよ、あなた」

「俺は、テストだとは思っていませんでした」

「偶然だけど、いいテストになったわ。あそこまで、婦人警官を追いつめるなんてね。あの子たちも、制服を脱ぐと普通の子よ」

「制服を着ていたんですよ。だから、俺の車を持っていこうとした。つまり、普通の子であろうとなかろうと、権力という衣装はまとっていたんです」

「警察は、権力なのね、あなたにとって」

「理不尽な、実力行使をしようとした時は」

佐野峰子は、カップのお茶を口に運び、ついた口紅を指さきで拭った。私は不意に、未紀子の仕草を思い出した。それから、泣いていた婦警も思い出した。泣き顔が、由美子と重なってくる。

「それでね、あたしがやっていただきたいことは」

「待ってください。俺は、仕事はやらないと、きちんと申しあげたはずです」

「クボ・エンタープライズと関係があっても？」

「どういうことです？」

「言った通りのことよ。社長の久保未紀子さんは、あなたの別れた奥さんよね」

なぜ、未紀子がここに出てくるのかわからなかった。

「だったら、どうだっていうんです？」

「久保さんのことは、いろいろ気になるだろうと思って、一応言ってるんだけど、それは気にせずに、あたしがお願いすることだけ、やってくださらない？」

「理由が、訊きたいですね」

佐野峰子は、またカップの縁を指さきで拭った。さっきの口紅が、少し残っていたらしい。あるいは、ただの癖《くせ》なのか。老いた顔の化粧でも、不思議に浮いてはいなかった。

「ある食品輸入会社が、不渡りを出したの。あたしも彼女も、その大口の債権者よ。当然ながら彼女も弁護士をたてて、回収できるものはしようとする。ある部分では競合、ある部分では協力ね。そういうことになる」

「俺が、クボ・エンタープライズに有利になるように動いたら、どうします？」

「それはそれでいいわ。あたしが、テストの上で選んだ弁護士さんがやることだから」

「ほかの誰がやっても、なんの問題もない仕事だろうと思いますがね」

「この案件はね」

佐野峰子は、法的な用語の使い方も、堂に入ったものだった。

「大口の債権者ではあるけど、あたしも彼女も、取り立てがゼロだったとしても、経営に響くようなことはないわ。その程度の取引先の倒産よ」

いつの間にか、私は佐野峰子のペースに乗せられていた。

「誰だってできるでしょう、こういう仕事は。でも、誰にもできる仕事じゃないものも、次に控えてるわ」

「どういう」

「それは、当面の仕事を済ませてからにして頂戴。とにかく、今回は仕事をしてくれるだけでいいの」

「でも、そんなもの、とうに終っているんじゃないんですか？」

私がテストを受けたころの話なら、すでに何度か債権者会議は開かれ、およその処理は終っているはずだった。

「それがね、今日なの、不渡りが出るのは。だから正確には、まだはじまってもいない」

たやすく未紀子を出し抜ける。佐野峰子は、そう言っているのだった。

私は、自分のやり方でやるという条件で、その仕事を引き受けた。

一日、走り回った。

それほど、複雑な事態ではなかった。生命力が衰えたものが、ゆっくり死んでいく。そんな感じの倒産劇で、方々に食いこむ余地はあった。

その会社が遠洋船からマグロの船買いをしていて、その船がすでに帰港していることを私は突きとめた。

不渡りが出るのと同時に、私はその船を押さえた。遠洋船と契約し、ひと航海の漁獲を丸ごと買うというのは、食品の卸会社などでよくやっている。輸入食材を扱いながら、そこまで手を拡げたということだろう。

ほとんどは銀行が押さえていたが、その船だけは視野になかったようだ。ただ、こちらが押さえたといっても、船買いの権利を押さえたということで、買って売るということをやらないかぎり、金にはならない。契約料のようなかたちで、前渡金が一千五百万すでに支払われてはいる。

取り立てといっても大した規模でなく、三日後に開かれた債権者会議の主なメンバーは、クボ・エンタープライズと佐野峰子だった。

倉庫にあった輸入食材は、銀行が押さえていたが、その前に納品しているものが多く、総額で一千万ちょっとだった。

「ちょっと、佐野さんのところだけ、あくどいんじゃありませんか？」

債権者会議のあと、銀行の担当者が私のそばに来て言った。クボ・エンタープライズからは、若い弁護士が来ていた。所属しているのは、私の知っている事務所だ。

「船を、丸々一隻、押さえてるんでしょう。かなりの漁獲をあげているというし」

「てめえらに、あくどいなんて言われたかねえな。てめえらがなんとかすりゃ、資金ショートも起こさないで済んだはずだろう」

「見切りはつけていましたんでね」

「そこが、あくどいんだよ。てめえら、独裁者にでもなったつもりか。てめえらが、人の運命を決めるのか？」

「言い過ぎじゃありませんか。それに、てめえなんて呼び方されると」

「てめえの、どこが悪い。手前、お手前、あなた様っていうことだぜ。銀行だっていろいろ仕事はしてるんだろうが、人を幸せにしたって例は知らないね。そういう点で、疫病神みたいに言うやつもいる。糞《くそ》に湧く蛆《うじ》だって言うやつもな。俺は、そうは思わないが」

「名誉棄損じゃないですか、それ」

「俺は、そうは思わんと言った」

「ひでえなあ、ひとりでかっさらっといて。泥棒じゃないですか」

「俺が、泥棒か？」

私は、腰のテープレコーダーのスイッチを入れていた。

「泥棒です。あるいは、詐欺《さぎ》。こんな悪質なの、見たこともない」

「てめえ、銀行を代表して、そう言ってるんだろうな？」

「勿論ですよ。ぼくも、個人としてそう思ってますが」

「押さえられるもののほとんどは、てめえのところで押さえてるだろうが」

「合法的にです」

「俺が、非合法だったってのか？」

「でしょう」

「どこが？」

「不渡り出たとたんに、船を押さえた。そりゃ、情報があったからじゃないんですか?」

「ひどいこと言うね。人を、犯罪者扱いか、おい」

「犯罪じゃないですか」

債権者会議に出席した十名ほどは、まだほとんど残っていた。

「怒るぞ」

「勝手に怒りゃいいでしょう。こっちは、犯罪行為を指摘しただけですから」

「人の見ている前でな」

クボ・エンタープライズの代理人が、間に入ってきた。宥《なだ》めるようなことを言う。

「どけよ」

私は、その若い弁護士に言った。

「なんだよ、弁護士だからって。やってることは、犯罪じゃないか」

銀行員が、言い募る。

「こりゃ、ほんとに大変な侮辱だな」

「訴えりゃいいだろう。弁護士なんて、裁判でなけりゃ、なにもできはしないんだろうが。訴えろよ。あんたの犯罪行為が裁判ではっきりしちまうから、できないんだろう」

「できるよ。それでいいんだな」

「やれるもんなら、やればいいだろう」

テープを巻き戻して、私は再生した。

若い弁護士は、当惑したような表情をしていた。

「なんだよ、それ」

「てめえの、犯罪の証拠だよ。いいか、銀行も訴えるからな。銀行とてめえ個人を相手に、慰謝料の請求をやる。本気だぞ。銀行がどれほど理不尽で反社会的か、徹底的にあばくための、いい糸口になる」

「なんだよ。なに言ってんだよ?」

「君は、ひどい言葉で、私を侮辱した。債権者会議という、きちんとした会議のあとでだ。慰謝料は、五百万ぐらいしか取れないかもしれん。しかし貴行のやり方を、世間に公表するために、私は闘う。ジャーナリズムがどれぐらい乗ってくれるかわからないが、君の発言までを、徹底して調査し、ドキュメントにもしてみる」

「待ってくださいよ」

行員は、船一隻のマグロを押さえられなかったことで、上司からかなり叱責を受けたのだろう。会議でも、それを言い募ってはいたが、ほかの債権者は勝負あったという表情で誰も乗らなかったのだ。

「どういうことです?」

「だから、正式に訴訟を起こす。みなさん、待ってくださいね」

他の出席者は、帰ろうとして、私と行員のやり取りで足を止めたという感じだった。

「債権者会議は、もう一度開きましょう。マグロを売った利益はかなりあがるはずで、しかも銀行が押さえていたものを放棄すると、みなさんにあまり損はなくなる」

「えっ、うちが放棄だって」

「債権放棄。このところ、大手の企業を潰さないために、よくやってるじゃないか。もっとも、ここは潰れちまってるから、銀行が取り立てたものを放棄するってことだがね」

債権者たちが、面白そうな表情で、腰を降ろしはじめた。

「二回目の、債権者会議をはじめよう。君は、職場に戻って上司に報告しろよ。債権者のひとりを、犯罪人扱いにして、告訴されることになったってな。銀行もだよ。解決の方法は、いまのところ、銀行で押さえたものを放棄する以外に、思いつかない。内容証明は、会議のあと打っておくから。それから、私の友人のジャーナリストが、ドキュメントをはじめるための取材の挨拶に行く」

「そんな」

友人のジャーナリストというのは、はったりだった。それでも、頼めば取材に行く、週刊誌の記者をひとり、ふたり知らないわけではない。

「君が言ったことは、証拠として録音してある」

「待ってくださいよ。売り言葉に買い言葉でしょう」

「人を犯罪者と決めつけて、そんなことが法廷で通用するか。帰って、上司に相談したまえ。銀行員である君の、将来性を断つことになったのは、気の毒という気がするが、仕方がない。銀行で身につけたノウハウは、ほかでも生かせる。街の金融業者のところとかでね」

「馬鹿なこと、言わないでくださいよ」

「信用しないなら、本店のトップに、内容証明が届くまで待ってればいいさ。要求するのは、頭取としての謝罪だから。君の発言は、銀行を代表するものなんだろう」

「あんたねぇ」

「それ以上、言っちゃいけません」

若い弁護士が止めた。男はそれで、はっとしたようだった。私は、胸ポケットから銀行員の名刺を出し、指先で弾いた。

「銀行の名前が、きちんと書いてある。無論、そちらにも顧問弁護士がいるが、裁判は長引くよ。それについての、ドキュメントもやる気があるかもしれない」

「どうすりゃいいんです」

男の声が、押し殺したように低くなった。

「こちらの妥協点はただひとつ。貴行が押さえた倉庫の商品を、債権者会議に委《ゆだ》ねていただくことです。貴行の権利を放棄した上で。そのように、御理解ください。時間は、区切らせていただきます。一時間後。それまでに返答ができなければ、内容証明をまず打ちます」

「一時間だなんて」

「支店は、すぐそこじゃないですか」

それ以上、私は男を相手にしなかった。

腰を降ろした債権者のひとりが、大声で笑いはじめた。

「いいね、あんた。さすがに、佐野の婆さんの代理人だ。あたしは、若いころ会社を潰したことがあってね。銀行で土下座しても、横をむかれてた。ほんとに顔を横にむけるんだよ、こいつら。そのくせ、ようやく次にはじめた事業が調子よくなると、掌を返す。当たり前と言や当たり前だが、それなら今度みたいに負けた時は、悪態つくべきじゃないね。弁護士さんが挑発したようにも、あたしにゃ聞えたけど、それでも挑発に乗ったら負けさ。あたしらだって挑発してなにか言わせようとしたり、土下座したりするんだけど、横むくだけだからね」

ほかの債権者も、笑い声をあげた。

「一時間ですよ。こちらが行動に移すまで、一時間だけ待ちます」

銀行員の男は、蒼ざめていた。携帯電話を手にして、飛び出していく。

私は、もう一度はじまった会議で、一隻分のマグロを、どう扱うか話し合った。債権者会議で売りに出すと買い叩かれるので、佐野峰子の会社とクボ・エンタープライズが、債権者会議の委嘱を受けて取り扱う、ということで話が決まった。ほかの債権者たちにとっては、拾いもののようなものだろう。

船一隻で、三千五百万。すでに千五百万は支払われているので、二千万払えばいい。それで売れば七千万だから、差額が五千万にはなるのだ。もし倉庫の商品まで入るとなれば、六千万は超える。債権の、実に五割は回収できるということになるのだ。倒産では、信じ難い回収率だった。

「よかったんですか、これで」

二度目の会議を終えたあと、クボ・エンタープライズの代理人がそばに来て言った。実のところ、船一隻分のマグロを押さえても、どういうかたちに落とそうか、私は決めてさえもいなかったのだ。

「婆さんに、儲ける気はない。損失について文句を垂《た》れられたら、俺がやめりゃいいのさ」

「わかりません、青井先生という方が。うちの古賀には、少し揉《も》んで貰ってこい、と言われていたんですが」

「辻本さんだよな」

私は、名刺の中から、古賀法律事務所の名刺を捜し出した。このところ、私は個人名をできるかぎり無視するようにしている。

「古賀事務所のイソ弁になって、どれぐらいだ？」

「二年ちょっとです。司法試験に時間がかかったものですから」

「俺は、人を揉んでやるというようなタイプじゃない。古賀の親父さんとは違う」

「それは、わかりましたが」

「が、なんだい？」

「若い銀行員がひとり、将来の道を断たれたような気がするんですが」

「別にいいさ。君は、刑事は？」

「あまり。国選を受けることはありますが」

「俺は、悪意で人を刺したやつを、無罪にしたことがあるよ。今度のことと、どっちが罪が深いかね？」

「罪だなんて。そんなことを言ってるわけじゃありません。ただ、法知識が人を傷つけることはある、と正直思いました」

「きれいな言い方をするなよ。嵌《は》めたって言いたいわけだろう」

「そんな」

銀行員が戻ってきた。上司と一緒で、泣いていた。平謝りに謝られたが、私は横をむき、最初に出した条件を譲らなかった。

2

私がやったことは、佐野峰子を落胆させることにはならなかったようだ。

多分、解任されるだろうと思って、代理人としての報告に出むいた私は、見事にその期待を打ち砕かれた。ほんとうの金持というものを、どこかで甘く見ていたのかもしれない。

佐野峰子は、すでに情況を知っていて、上機嫌だった。

「ほんとうは取れた額の、三割しか取れなかった。資格はありませんね」

「間違えないでね。取れなかったんじゃなく、取らなかった。いいのよ、そんなお金は」

「やめます」

「次の仕事、もう用意してあるわ」

「引き受けたのは、成行で、一度きりのつもりでした」

「いいのよ、それで。小さなところでだけど、思わぬ信用まで、あたしは頂いちゃったみたいよ」

佐野邸は、高級住宅街の中にあるが、家屋は古い木造だった。凝った造りなのかもしれないが、私にはそういうことはわからなかった。敷地は、相当に広い。大型犬が一匹いて、家の中で飼われていた。その犬種も、私にはわからなかった。散歩などは、通いの家政婦がさせているようだ。

「とにかく、もう仕事はやりません。これが、代理人としての費用の請求書です。一応、出しますが、払っていただけなくて、当然だとも思っています」

「あら、もうお払いしたわよ」

「いつ？」

「今回の件の入金額がはっきりした時。その額は、全部振り込んだわ」

「まだ、金は入ってきませんよ」

「私のお金を、振り込んでおいたの。この歳でしょ。いつ死ぬかわからないし、そうなれば、あの世に借金を持っていくことになってしまうから。主人は、ヨットが好きで、借金が嫌いだった」

「冗談でしょう」

「ほんとよ。口座を調べてみて」

佐野峰子の取り分は、千百万だった。それが、私の口座に振り込まれたということか。仕事をはじめる前に、口座番号を訊かれ、答えていたことを私は思い出した。

「やめときます」

「なぜ？」

「頬を札束でひっぱたくなんてやり方、性に合いませんでね」

「あなたのやっている交通事故の裁判で、無過失責任の非合理性を問うものがあったわね。植草君の話だと、ボランティアみたいなものだ、という話だった。だったら、カンパを受け入れてくださらない」

「植草が、喋ったんですか？」

「あたしが調べたの。それから植草君に訊いたら、ボランティアにならざるを得ないだろう、と答えたわ」

私は、煙草に火をつけた。佐野峰子も、実にかわいい仕草で煙草を喫う。

「送り返します。手数料は俺の負担で」

「できないわね」

「どうしてです？」

「次の仕事、絶対にあなたがやりたがるに決まってますから」

「思わせぶりを、言わないでくださいよ。どういうことです？」

「お金を送り返してこないことがわかったら、お願いすることになるわね。ユミ」

佐野峰子は、畳に寝そべっていた犬を呼んだ。犬は、面倒臭そうな動作で起きあがり、いかにもお義理という感じで尻尾を振って、佐野峰子のそばに来た。

出されていた茶菓子をひとかけ、佐野峰子は掌に載せて、ユミという犬にやった。

「送り返しますよ、俺は」

「やめなさいね。また、振り込むことになるわ。年寄りを、あまり動かすものじゃなくてよ、青井君」

私は、腰をあげた。

ユミは、まだなにか貰えると思っているのか、佐野峰子のそばを動かない。毛の長い、暑苦しそうな犬だった。

外は陽盛りだった。

自分の車まで歩く間に、私は汗をかいた。車は、駐車違反に問われてなどいなかった。小さな車体に、陽が照りつけている。

乗りこむと、私は窓を全開にして走った。熱くなって、ハンドルが持てないほどだった。おまけに、クーラーはほとんど効かないのだ。

汗をかきながら、走るしかなかった。

マリーナに戻ると、私は上半身裸になり、釣具の手入れをはじめた。

金を送り返すために、途中で銀行に寄ろうと思っていたが、銀行の看板を見ても車を停める気にならず、マリーナまで走ってきてしまったのだ。

私は、カレンダーに眼をやり、さらに新しい仕掛けを作った。

それから外に出て、Tシャツを着ると、ハーバー事務所に、いまどこで、どういう魚が釣れているのか、情報を仕入れに行った。釣り好きの連中は多くいて、自慢半分でそういう情報を寄せてくるのだ。

明日は、由美子を釣りに連れていくと約束した日だった。

船に戻ると、私はもうひとつ、カンパチ用の仕掛けを作り、それから自分の夕食の仕度にとりかかった。

途中から、飲みはじめていた。

料理が面倒になり、私は熱を通し、塩と胡椒だけで味をつけた肉を、たまたまあった赤ワインで胃に流しこんだ。

そのワインがなぜ船にあるのかしばらく考えたが、思い出す前に一本飲んでしまった。それから、ウイスキーの瓶とブリキのカップを持ち、後部甲板《アフトデッキ》のファイティングチェアに腰を降ろした。

すでに、陽は落ちている。陸電をとっているので、デッキライトはつけっ放しにしていた。ブリキのカップから、ほのかにワインの香りがたちのぼってくる。

酔いは、それ以上深くなることはなかった。

私はうとうととし、眼醒めては、ちびりとウイスキーを飲むことをくり返した。

何隻かのヨットには、クルーが泊りこんで宴会でもやっているらしく、時々、笑い声があがったりしている。夏になると、それほどめずらしいことでもなかった。

仕事のことを、考えた。仕事と言えるようなものではない。法知識を利用して、恐喝まがいのことをしている、と言ってもいいだろう。たった二年で、私はそういう弁護士になった。

いまの自分の姿を、それほどいやだとは思っていなかった。自己嫌悪のようなものとは、二年間、無縁だった。きれい事の中で、仕事をしてきたわけではない。手が汚れていて、さらに汚れていくだろうと思いながら、仕事を続けたのだ。

きちんと事務所を持ち、刑事事件をこなすかたわら、いくつもの会社の顧問弁護士もやっていた。それがまっとうな姿だったとは、あの時もいまも思っていない。刑事事件では、有罪とわかっている人間を、何度か無罪にした。いい腕だと言われたが、行われた犯罪の事後加担のようなものだ、と思っていた。時に、無罪と確信していて、無罪の判決を捥《も》ぎ取ったこともある。判決を聞いた瞬間、いくらか満たされた気分になっただけで、よく考えれば当たり前のことなのだった。有罪を、口先ひとつで無罪に持っていく方が、はるかに質《たち》は悪いが、なぜか評価に繋がったりもしたのだ。

正義感などという言葉とも、私は法律の勉強をはじめた時から、多分、無縁だっただろう。社会秩序の安定のためには、必ず少数の犠牲者が出る。それを痛感しながら、法律を頭に入れ続けていた、という気がする。

私は、ある部分では優秀な学生だった。法律の可能性など頭から否定して、すでにある取り決めとして理解することに全力を注いだからだ。それが職につながると、信じて疑っていなかった。

十六歳で父を亡くし、二つ上の兄が理工系の大学に入ったばかりの時、自分もなにか選択しなければならないのだ、と思った。私に大学を卒業させる程度の遺産はあったようで、国立の大学を選んだのは、できるかぎり遺産を減らさないことを考えたからだ。

高校時代はラグビーをやっていて、大学からスカウトも来たことがあるが、それで食えるとは思えなかった。入った大学でもラグビー部を選びはしたものの、高校時代までとはレベルが違いすぎて、二年でやめた。

在学中に司法試験に合格し、二年の修習生を終えて、弁護士を選んだ。なにも間違ってはいない、まっとうな進路だったはずだ。

自分は法律の職人で、職人の技を磨いていけばいいのだ、と弁護士バッジをつけた時には思ったものだ。

十六歳で父親を亡くしたのは、確かに早いとは言えるが、特にめずらしいという話でもないだろう。

私が使命感のようなものを持たなかったのは、ただ私という人間の素質であったに違いない。

夜、出港する船がいるらしく、引き波で船が揺れた。

ちびりと飲《や》るウイスキーで、私の酔いは持続していた。

ただ、思考はまとまらない。

自分を毀したい。毀したくても、毀れない。

毀したいという欲求は、どこから来るのか。

弁護士という職業が、私にまったくむいていなかったということなのか。それで、私の日常は少しずつ歪みはじめたのか。

結婚生活は、ごくまともなものだった。

あの健康な日々も、私は自分で毀した。

未紀子が、父親の事業を継いだ。それがきっかけだったのか。あるいは、原因だったのか。とにかく私が見つけたのは、結婚生活にわずかに生じた隙間だった。

結婚生活を毀してから、私の行為は具体的になった。犯罪者を無罪にして暗い喜びを感じていた程度のことが、もっと過激になった。繁盛していると言われていた事務所を畳み、生活の半分は船で送るようになり、反社会的と思われるような訴訟を好んでやった。

しかし、私は毀れていない。他人の眼からは毀れているように見えても、頑固に自分を守り通しているところはある。

ウイスキーが、何杯目になったのだろうか。

私は、寝こんでしまったようだった。

ウイスキーの瓶が、横になって倒れていた。手に持っていたはずのブリキのカップも、足もとに転がっている。デッキライトが、後部甲板《アフトデッキ》全体を照らし出して、周辺の闇が濃く見えた。

さすがに、マリーナも静まり返っている。

私は、ファイティングチェアから、腰をあげた。全身が強張っている。夜露でTシャツも湿っていた。

躰を動かす。酔いは醒めかけていた。ここで飲んでしまうと、朝までに酒が抜けないという状態になる。私は船室《キャビン》に入り、デッキライトを消した。

私はノートパソコンの電源を入れ、携帯電話で接続して、インターネットの検索をはじめた。最近では、判例の検索などもできるようになっている。

本格的な判例は、それなりの場所で調べなければならないが、ネット上の情報に眼を通すだけで、ちょっとしたヒントを得ることもできた。

一時間ほど、それをやっていると、ようやく眠たくなってきた。

私は船内の明りをすべて消し、エアコンだけ作動させて、船首《バウ》のバースにもぐりこんだ。明りを全部消せば、陸電からの電力でエアコンと冷蔵庫は動き続ける。そして、発電機の音に悩まされなくても済むのだ。

私は、川名行雄の案件について考えていた。

無過失責任。民法には過失責任原則というものがあり、完璧に過失がないことが証明されれば、当然責任は問われない。自動車事故については、過失のないことの証明が、非常に厳密で難しいのだ。川名の場合は、注意義務違反が問われるだろう。子供が歩いていれば、飛び出してくる可能性はあり、それに対して注意を怠ったということである。事実上、完全に停車している車に子供がぶつかった時以外は、過失があったとみなされる。

つまりは、過失論からはじめなければならないのだ。

いままで、国家が無過失責任を問うという、理不尽な行為を続け、人権に大きな影響を与えてきたということを、こちらが証明しなければならない。走っていた川名の車が、実は停止していたと証明しようとしているようなものだった。

だから、過失論ということになる。

インターネット上では、かなりの判例が公表されているが、川名の案件にぴたりと嵌《はま》るものはなかった。

あれかこれかと考えているうちに、私は眠っていた。

3

マリーナを出ると、加速した。

といっても、それほどスピードの出る船ではない。観音崎を回り、外洋と呼んでもいいところへ出るまでに、一時間以上は充分にかかる。

フライブリッジのナビゲーターシートには、短パンにTシャツ姿の由美子が乗っていた。

いい天気だった。由美子は、日焼けすることをむしろ望んでいるらしく、帽子も被っていなかった。私は、風で飛ばされないためのハーネスを付けた帽子を、あみだに由美子に被せた。頭頂から後頭部にかけて受ける直射日光は、日射病や熱中症を一番発生させやすい、と言われている。風で涼しいような気がするが、水分はたえず奪われているので、ペットボトルの水も用意した。

「大きな船だ」

由美子が言う。十万トンクラスのタンカーが、航路の中を十二ノットで走っていた。

「壁みたいだよ、パパ」

「そうだな。近づくと、ほんとに壁だぞ」

「較べると、パパの船、ちっちゃいね」

「較べるものじゃない。それに、こっちは航路の外を走ってるんだ。スピードの制限もない」

「へえ、海でも、スピード違反ってあるんだ？」

「航路の中だけはな。東京湾を出るまで、航路はずっと続いている」

おまけに強制水先区で、船長ではなく水先案内人が操船しているが、そこまで言うと、由美子の質問は増えそうだった。

さっきから、航海計器についての質問をくり返している。

「いいね、パパ。海って、気持いい」

「まだ、水の色が澄んでいない。これが外洋に出ると、はっとするような色になる」

「お魚、釣れるかな」

「釣れるさ」

慎重に、天気図は分析した。

これから数日間は、夏型の気圧配置が動かない。海は、穏やかすぎるほど、穏やかだろう。

「パパ、水着になっていい？」

「駄目だ、まだ。まわりに船がいっぱいいるじゃないか」

「プールじゃ、もっとそばに人がいるよ。海水浴でも」

「みんな、水着だろう。船の上で水着の女の子なんか見つけたら、みんな双眼鏡で見るんだからな」

「双眼鏡ね」

由美子は、日焼用のクリームとか、そのあとのケアの化粧水とか、五種類ほどを持ってきていた。パジャマも、着替えもあるようだ。船首《バウ》のベッドを提供し、私は船室《キャビン》のソファで寝ることにしていた。

船首のベッドルームは、ドアが閉り、独立するようになっている。

周囲に遊漁船が少なくなったので、私は少しスピードをあげた。

「水は飲んでろよ、時々。この時期の海面反射は、熱帯並みだ。思った以上に、躰は干からびるからな」

「おう、いやだ。干からびるなんて言葉、どうして使うの？」

「実際、そうだからさ。熱中症の由美子を、家に帰すわけにはいかないものな。ママに、なんと言われるかわからん」

由美子が、私の顔を見てちょっと笑った。

「父親の義務、パパは放り出してる。ママはそう言わないけど、あたしはそう思う。時々、こんなふうにしてあたしをかわいがってくれるだけで、みんな済ませてしまおうと考えているんだわ」

そんなことはない、という言葉を、私は呑みこんだ。済ませようとは思っていないが、義務を放り出していることも間違いない。

私は、黙りこんで舵輪《ラット》を握っていた。まだ、遊漁船が多い。観音崎の灯台は、前方に見えていた。

「あれが、観音崎だよ」

私は、指さして言った。

「ああ、あそこ。あたし、きのう地図をよく見てきたわ。あの先に、剣崎《けんざき》というのもあるのよね」

「つるぎ崎、とほんとうは言うのだが、みんな剣崎と呼ぶな」

「そうなのか。つるぎ崎か」

「剣崎にも、灯台がある。そこを回ったら、外洋に出たと思っていい」

「あれは、伊豆半島？」

「違う。反対だ。房総半島だよ」

「そうかあ、西と東と間違ってるのね」

「地図は、北が上になっているが、船は南にむかって走ってる。地図をよく見てきたなら、逆に錯覚は起こしやすい」

由美子が頷いた。

観音崎をかわし、剣崎にむかった。空気がかすんでいる時はまったく見えない剣崎の灯台が、はっきりと見える。

「剣崎を通り過ぎたら、右の方に伊豆半島が見える。そうよね？」

「そうだ」

「地図を、逆様《さかさま》に考えたんだ、あたし。パパも、地図をもとに戻してみればいいのに」

微妙な話題から遠ざかったかと思うと、由美子はまた意図的にそこに戻るようだった。なんの意味もないというふうに、笑顔で私を見ている。

私も、すべてを受け流そうと肚を決めた。船の上は、二人きりなのだ。

「あいつは、どうした？」

「佐伯くんのこと？」

「そう、キス事件の」

「どうってことない。そのままよ」

「あれから、キスはしたか？」

「なんで、そんなこと訊くの？」

「関心があるからだ」

慎重に、私は言った。

心配だからなどと言うと、由美子は反撥するだろう。そして、話題が微妙なところへ戻ってしまう。

「知りたい？」

「まあ、佐伯くんって子を、知らないからな、パパは」

「知らなきゃ、キスしても、セックスしてもいい？」

「おいおい」

「冗談よ。妊娠なんかしちゃったら、それこそ馬鹿じゃない」

「おまえ、中学一年だろう。友だちと、そんな話をするのか？」

「心配？」

「ああ」

「関心があるだけじゃないのね」

「当たり前だろう」

大物がかかった時の、魚とのやり取りと似ていた。強く引きすぎれば、ラインは切れる。逆に放っておけば、ラインは引き出されるだけだ。

「パパ、恋人はいるの？」

「いない」

「ほんとに？」

「くどいぞ、おまえ。おまえが、パパの恋人みたいなものだと思ってる」

「ほんとに？」

私は頷いた。

江利子は、恋人ではない。週に一度、土曜日に会い、セックスをするだけの間だ。お互いを、誰かの代役にしているのだ、と思うこともしばしばあった。とにかく、恋愛感情はないのだ。

「パパが恋人だったら、あたしはやさしい彼女になれるな」

「パパの恋人みたいなものだから、こうやって船なんか出してる。この二年、パパは自分のためにしか、船を出さなかった」

あしか島を迂回した。このあたりは岩礁が多く、よくプレジャーボートの事故が起きるところだ。東京湾に設定された本船航路も、ほぼここで終り、貨物船やタンカーはスピードをあげながら、さまざまな針路を取りはじめる。

剣崎の周辺も遊漁船が多かったが、そこをかわすと、広い海域に出た。

「二百十度」

私は声に出して言った。

今日、そこで釣りをやろうと決めた海域への針路だった。

「なに？」

「磁針《コンパス》方位。船をどこへむけて走らせるか、このコンパスを見ながら決める。それが、二百十度」

「へえ、それで、どこへ行くの？」

「大島の少し北にある、浅くなっているところだ。浅いといっても、五十メートルはあるが」

「そこで、釣り？」

「そうだ。パパのカンだと、そこが今日はいい漁場だ」

「当たるといいね、カン」

「それよりおまえ、この舵輪《ラット》を握ってみろ。コンパスの針が、二百十度に合っていりゃ、そのうちそこへ着く」

「こわいよ」

「大丈夫だ。海の上に、ぶつかるものはあまりない。なにか浮いてたら、それだけ気をつけて、避けりゃいいんだ」

シートを交替した。

何度か舵を切らせ、二百十度に戻させると、私はナビゲーターシートで煙草に火をつけた。波はなく、大きな潮目をひとつ越えると、海は澄んだいい色になった。

飛魚が編隊で飛んでいくのを見て、由美子が叫び声をあげた。イルカが現れてくれればいい、と私は考えていた。由美子が喜ぶだろう。運がよければ、船と戯れるように跳びはねる。それを心待ちにしている私は、やはり父親の感情を露《あらわ》にしているのだろうか。

イルカに会うこともなく、目的の海域に着いた。私は、周辺に船影がないことを確かめ、速度を最低微速《デッドスロー》に落とすと、レーダーを回し、自動航法装置《オートパイロット》をセットした。これで、船は人が操縦しなくても、一定の方向に走る。障害物があれば、レーダーがアラームを鳴らす。

私は後部甲板《アフトデッキ》で由美子にルアーを見せ、それから二本流した。その二本は表層で、真中から流した一本は、錘《おもり》で十メートルほどルアーを沈める。

ヒットした時、リールがどんな音をたて、どうすればいいかも、由美子に教えた。

いつまでもオートパイロットにしているのも危険なので、船室《キャビン》の前方についているヘルムステイションで、舵をとった。そこは、雨などでフライブリッジがつらい時、操縦するために設けてある。

「由美子も、中に入っていなさい。外にいると、ほんとうに日焼けでひどい目に遭うぞ」

「わかった」

素直に、由美子は船室《キャビン》に入ってきた。

母親には、かなりきつく言われてきたのかもしれない。未紀子は、日焼けなどには敏感だった。白い手袋をして運転していたこともあるほどで、肌は眼を奪う白さだった。

船室で、冷たいものを飲んだ。

トローリングは、考えてみれば退屈な釣りなのかもしれない。ポイントの海域を決めたら、あとはただ流しているルアーに魚が食いつくのを待つだけなのだ。

「弁当にするか」

三十分ほど経って、私は言った。ちょうど正午というところだった。

「釣れなかったら、夕ごはんは？」

「釣れる」

なにも釣れない場合は、ステーキの肉が何枚か冷蔵庫にある。しかし、釣れるような気はしていた。

クリックが鳴り、由美子が後部甲板《アフトデッキ》に飛び出したのは、昼食のあと一時間ほど流した時だった。

ラインの出る勢いで、かなりの大物だということがわかった。

「クリックを止めろ。ドラッグを、ファイティングポジションだ」

最初に教えたことを、由美子は正確に憶えていた。私は、由美子の躰にハーネスをつけ、竿を固定した。あとの二本のルアーは、巻きあげた。魚が暴れた時、ラインが絡む危険があるからだ。

「重たいよ、パパ」

「海に引きこまれそうか？」

私は、笑った。ファイティングチェアで竿を抱いた由美子は、泣き出しそうな表情だった。

「これからが、ファイトだ。いいか、教えた通り、ポンピングをやってみろ」

「わかった。見ててくれる、パパ」

由美子は、竿を倒しながら巻き、持ちあげて立てることをくり返した。やり方は間違っていない。ただ、ラインが片寄って巻かれている。リールに均等に巻かれるように、私は指さきでラインを動かした。

ラインは、真下に下がっている。表層を横に走ればシイラかカジキだが、真下に行くのはマグロかサメだった。

「あとどれぐらい、パパ？」

十分ほど巻きあげ、由美子が言った。

じっとしている時は、少しずつラインが引き出されている。つまり、まだそれほど巻きとってはいない、ということだ。

「あと二十分」

「うそ」

「仕方ないさ。それだけ大きいのが、食らいついちまった」

「駄目だよ。躰がばらばらになりそう」

「頑張れるところまで、頑張れ。頑張れるよな」

由美子が頷く。顔には汗が噴き出していた。

魚の力が少しずつ弱くなり、ほとんどラインを引き出さなくなったのに、私は気づいた。

「もう少しだ。少しずつあがってきているからな」

「お魚は、なんなの？」

「まだ、わからん」

由美子の顔は紅潮している。

呼吸が、喘《あえ》ぐような感じになった。私は、由美子の頭から、冷えたミネラルウォーターを少しかけた。あとは飲ませてやる。のどを鳴らして、由美子は飲んだ。

私は、軍手をした。

ギャフは持たなかった。多分、リーダーを摑んで引き抜けるだろう。ルアーをつけたリーダーは、通常の釣りではハリスと呼ばれる最も細い部分だが、トローリングだけは、ラインの数倍の太さがある。

魚は、確実にあがってきていた。

「頑張れるな。もう少しだ」

由美子が、無言で頷く。

私は、船尾から、スイミングプラットホームに片足だけ出した。

「見えたぞ」

水中を覗きこみ、私は大声を出した。

「マグロだ」

「うそ、マグロだ」

「おまえが、寿司屋で食うやつさ。ただし、まだ子供だが」

「子供と言ったって」

「まあ、これぐらいの力はある。でかいのになると、三百キロ、四百キロで、女の手にゃ負えない。いや、男でも無理だ」

由美子が、低い呻《うめ》きをあげながら巻いた。

リーダーが摑めるところまで、あがってきた。

私は、リーダーを摑んだ。海の中の命の力が、はじめて私の手に伝わってきた。

「いいぞ。ここから先は、パパの仕事だ」

由美子がどうしたかは、見なかった。私は、リーダーを引き寄せた。黒い塊《かたまり》が、海中を動き回っている。手に、力を籠めた。由美子がここまで引き寄せた魚だ。逃がすわけにはいかない。

海面の近くまであがってきた。一メートルはある。多分、十キロを超えているだろう。

海面でばたつくところまで引き寄せると、私はリーダーをのばした手に巻きつけ、思いきり引き抜いた。銀色の魚体が宙を舞い、甲板に落ちて跳ねた。

私は魚を押さえつけ、用意していたナイフを魚の首筋に当たる場所に突き刺し、動かした。どろりとした血が流れ出してくる。尻尾のつけ根も、少し切った。

「これで、血が抜ける。よく頑張ったぞ」

由美子は、ファイティングチェアで、竿を抱えてぐったりしていた。私は竿をとり、ハーネスもはずしてやった。

それから冷蔵庫のミネラルウォーターを、封を切って渡した。

デッキウォッシュのポンプを作動させ、血を流した。マグロはまだ動いていて、そのたびに血は出てくる。

大型のクーラーボックスに、ようやく入る大きさだった。私はそれを海水で満たし、魚体を放りこんだ。塩分濃度の関係で、海水の中での方がよく血が出るのである。それに、これ以上甲板を汚したくなかった。

「パパ」

由美子が言った。

「手が動かないよ、痺《しび》れたみたいで」

「待っていろ」

私は軍手を取り、海水で手を洗うと、由美子の掌から腕にかけてマッサージをした。

それで楽になったようで、ペットボトルを持つと、水を飲みはじめた。

「釣れたんだね、パパ」

「おまえが、頑張ったんだ」

私は、ルアーを小物用に替え、二本だけ流した。

「ママにも、見せたかったな」

「ママは、船に酔う」

「そうだね」

「頑張ったことだけ、話してやれ」

海域を、少し変えた。

すぐに、サバが四本あがった。二本は開いて干し、もう二本は氷でしめた。

船を、陸地の方へむける。

錨泊《びょうはく》できる湾が、いくつかあった。

静かな錨泊になりそうだった。

「魚だけで、おなか一杯になっちゃうね、パパ」

「ほかのものは買ってある。マグロは、すぐには食べられない。何日か置いた方がいいんだ」

「そうなの」

「だから、今夜はサバの刺身と、あとちょっとしたものだ。明日、一夜干しのサバを焼いて食おう。これが、うまい」

「うん、うん」

由美子が言う。

私はフライブリッジに昇り、由美子に舵輪《ラット》を握らせた。少しスピードをあげ、針路を伝える。

それからもう一度後部甲板《アフトデッキ》に降り、漁具の整理をした。

新しく作ったルアーは、充分にその役目を果した。

日没の一時間前には、錨泊地に入っていた。

「錨《いかり》を入れた船か。いいな」

「釣りは？」

「釣りは、もういい。背中や肩が、ばらばらになりそうな感じ」

エンジンを止め、発電機だけを作動させた。

めしを炊いた。味噌汁も作った。

由美子はシャワーを使い、疲れたのか、船首《バウ》のベッドで横たわった。

電話が鳴ったのは、刺身の準備も終えた時だった。二匹の刺身は多すぎるので、一匹は塩焼きにした。

「青井先生ですよね」

どこかで、聞いたような声だと思った。

「あたし、田所です。先生に助けて貰った、田所ですが」

「ああ、あの」

私に委任状を出しながら、相手方の借金消滅の話にあっさりと乗ってしまった男。

「それで、俺になにか用かな」

「助けていただきたいんですよ、また」

「ほう。また借金をした。それも、相当質の悪い借金だったようだな。あれから、大して時間も経っていないのに、尻に火がついているとは」

「ほんのちょっとのつもりだったんです。翌日には、返す当てがあったんです」

「あんた、何ヵ所から借金した？」

「六軒から」

借金が消滅した時点で、ブラックリストからもはずれている。一日駈け回れば、二、三百万の借金はできただろう。

「今度は、簡単にいかない。委任状を出したぐらいじゃ、駄目だね」

「なんでもやります。先生の言われる通りにしますから」

「誓えるか？」

「そりゃもう」

私は、田所に一片の信用も置いていなかった。

「明日の夜、会おう」

「それまで、私は？」

「どこかに、隠れていろよ。俺の方から、連絡する」

電話番号をメモした。

明日の夜まで、田所などという男のことは忘れようと思った。

丁寧に刺身を作った。

「起きろ、由美子」

由美子は、軽い寝息をたてていた。

「ごめん、パパ。なにも手伝わなくて。なんか気持よくて、眠っちゃったみたい」

「いいさ。めしだ」

のびをして、由美子が起きあがった。

4

田所は、かなり怯《おび》えていた。

昨夜会った時、私は返済の話など一切しなかった。借金を存在しなかったことにする。そうするために、今回はかなり危険であるとは言った。

前回は、借りているところがひとつだった。額はかさんだが、徹底的な裁判闘争で、どうにでもできる見通しはあった。田所が、懐柔《かいじゅう》さえされなければ、交渉の余地もあったのだ。それが、借金がなくなると、田所はあっという間に多重債務者になった。つまり、回復不能の病にかかったようなものだ。弁護士の利用価値まで知った、悪質な債務者になりつつある、と言っていい。

はじめは、女のための金だった。しかし、女はもう相手にしていない。いまは、金のための金としか言いようがなかった。

自己破産をすると、もう借りられなくなる。というより、田所のような男に自己破産させてやる弁護士は、多分存在しないだろう。金融業者との、シリアスなトラブルが予想されるからだ。

私も、自己破産などという考えはなかった。

といって、田所を本気で助けようとも思わない。

ほんとうにぎりぎりのところまで、田所は追いこまれてはいなかった。生命保険に強制的に加入させられてもいなかったし、どこかへ監禁され何年か肉体労働という状態でもなかった。取り立てを食らった。それだけで、私を頼ってきたのだ。借金が、手品のように消えてしまった。それが、忘れられなかったのだろう。

私は、自分で指定した場所で、相手方を待った。返済額は三百万で、それは現金で用意していた。借りているのは、百万にも満たない額だ。それでも、利息が膨《ふく》らみ、あっという間にそれだけの額になる。

青山墓地のそばにある、小さなティールームだった。静かさを売りものにしているのだろうが、店の経営はどうでもいいという感じで、コーヒーの味などひどいものだった。

自分の土地を守り、生かすために、ティールームをやっているに違いなかった。二階は住居のようだ。駐車スペースも五台分はあるので、建物を壊してならせば、かなり広い土地になりそうだった。

午後九時ぴったりに、男が二人やってきた。

二人ともきちんとネクタイを締め、髪も短く、私よりもずっと正業に就いているという趣きだった。挨拶の交わし方も、まともなものだ。

「代理人ということですが、どういうかたちですか？」

「弁護士です。法的なものを中心にして、すべての代理人と考えていただいて結構」

「その代理人が、返済すると言われるのですね。全額を返済すると」

「全額かどうか、というところで話し合いたいのですよ」

二人は、そらきた、というような表情をした。

「総額で、三百十九万。間違いはありませんね」

「あくまで、今夜の十二時までに返済が完了したとしてです」

「その利息が、違法である、ということは当然御存知ですよね」

「田所氏は、それでいいと了承されているのです。個人と個人の貸借であって、法の適用は馴染まないと思うのですが」

「私は、弁護士ですからね。多少は、仕事をしないと、という感じなのですよ。正直申しあげて、どれぐらい値切れるかなのです」

「できません。一円たりとも」

「とすれば、返済もいたしかねますが」

「ほんとうに、返済するつもりが」

私は、紙袋をテーブルに置いた。

男のひとりが、手をのばしてくる。私はそれを遮《さえぎ》った。

「これを返済に充てるかどうか、私が判断を任されています」

「誰から」

「この金を出した人から」

「難しいですね」

「返済のつもりはある、ということを、これで示しているのですが」

「なるほど」

二人は、同じようなグレーのスーツを着ていた。ネクタイは、ひとりは黒で、もうひとりはオレンジに近い色だった。喋るのは、ほとんど黒ネクタイの方だ。

「ちなみに、そこにはおいくらお持ちでしょうか？」

「三束」

「やはり、難しいな。二十万近く泣け、と言われているわけですよね。この額は、大きいですよ。妥協して、十九万を新たに貸しつけるというかたちなら。十九万については、銀行並みの利子で結構ですが」

抜け目はなかった。こういう抜け目のなさが、私は嫌いではなかった。

「十九万か訴訟かということになったら、どちらを選ばれます？」

「どちらも、選びません」

男の口もとが、かすかに微笑んだ。

私は、煙草をくわえて火をつけた。この男と、とことんやり合うのが目的ではない。

「借用証、拝見できるはずでしたね？」

「それは勿論」

男が、内ポケットから紙片を出した。借用額は、二百五十万になっていた。一度か二度、利子分も含めた借用証を作り直したのだろう。田所も、それで済むなら、と思ったに違いなかった。つまり、訴訟対策もきちんとやってから、取り立てをはじめている。やはり、抜け目はない。

「額が、ちょっと」

「署名捺印は、ちゃんとしたものですよ」

店のドアが開き、田所が入ってきた。後ろに、三人付いている。

「こっちだな」

男のひとりが、田所の肩を抱くようにして言った。

私の前にいる二人の男は、田所の顔を見て表情を変えた。穏やかさの底に隠れていたものが、露になった感じだ。

「おう、よかったな、田所。ちゃんと現金《ナマ》があるみてえだぞ」

田所の肩に手を回していた男が、いきなり紙袋を摑《つか》もうとした。それより早く、私はそれを持った。黒ネクタイの手も動きかけていたが、私の方が速かった。オレンジのネクタイの方は、落ち着いて入ってきた男たちに眼をやっている。

「なあ、おい。その金、見せてみろや。俺たちゃ、ガキの使いじゃねえ。三百を、きっちりと田所から取り立てるのが仕事でね」

「それなら、田所から取り立ててくださいよ」

「なんだあ。あんたいま、田所の借金を、こちらの方々に返そうとしていたんじゃねえかい？」

「確かに、返そうという話し合いはしていました。しかしこの金は私のではなく、勿論田所のものでもない。無断で手を出すかぎり、法に触れますよ」

「お断りすればよろしいわけですか。え、それとも、お願いか？」

「いま、こちらとの話し合いの途中でね」

「じゃ、その話し合いにも、俺たちを入れろや」

「私の一存では」

田所の肩から手を離し、男は二人の顔を覗きこむように腰を屈めた。

「お二人さんも、それでよろしいですね」

「こちらの交渉に入ってきていただいては、困りますね。交渉権は、われわれにあると思うのですが」

「俺たちだって、こいつに金貸してんだよ。そりゃ、こいつの借金を返すための金だろう。ひとり占めってのは、汚ねえじゃねえの？」

「優先権というものが、われわれにはあります。あなた方だって、自分たちの交渉にあとから来た者を入れたりはしないでしょう？」

「債権者会議ってのの、よくやるじゃねえか。その会議を開かなかったのは、まあ大目に見てやる。だけど、自分たちだけでやろうってのは、許せねえよ。同じ債権者として、それは許せねえ」

「じゃ、あなたが、債権者会議を開けばいい。こちらは、個別交渉の道を選んでいるんですから」

「下手《したて》に出てんだぜ、おい。優先権とかいうやつを、いまのところ認めてやってんだ。こっちがそうしている間に、きちんとした話をした方がいい、と俺は思うんだがな」

不穏な気配を感じたのか、ふた組いた客はそそくさと勘定を払って出ていった。店の中にいるのは、経営者らしい老女ひとりだった。

オレンジのネクタイの男が、伝票を摑みあげ、黒ネクタイに渡した。

「払ってこい」

私は、千円札を一枚、黒ネクタイに差し出した。黒ネクタイはちょっと肩を竦《すく》めたが、黙ってそれを受け取った。

「ここで、お待ちいただけませんか？」

オレンジのネクタイの男の声は、低く沈んでいて、どこかに知的な響きさえ感じさせた。

「いや、今夜のところは、これで」

「なぜ？」

「剣呑《けんのん》な雰囲気の中での話し合いには、馴れていませんのでね」

「つまり、邪魔が入った。そう言われているわけですね」

「かなり、歩み寄れる可能性を、感じてはいたのですが」

「仕方がないかな」

「とにかく、今夜のところは」

「では、次にはいつ？」

「連絡をいただきたい。次には、田所も立合わせることができればいいのですが」

「そうですか」

オレンジのネクタイは、しばらく考える表情をしていた。

「ひとつだけ、質問をしたいのですがね？」

「どうぞ」

「その三百万は、誰の金なのです？」

「それについては、言えません。私には守秘義務があるし、出した人は、出したことを知られたがっていません。田所にも、知られたくないそうです」

田所は、三百万の現金があることを知らずに、私に言われるまま三人を連れてきたのだ。三百万の現金を手にしたら、一部でも返そうということを考えただろうか。

黒ネクタイが、勘定を済ませて戻ってくると、私の分の釣り銭をテーブルに置いた。

「待てよ、おまえ」

立っている男が言った。

「ここで帰るってことはねえだろう。俺たちとも、話し合いをしようぜ。田所も、そのつもりでここへ俺たちを連れてきたんだし」

「私は、依頼を受けて、田所の代理人をしています。私にとっては、田所よりも、依頼人の意思の方が大事なのですよ」

「俺たちが、現金《ナマ》を眼の前にして、黙って引き退がると思ってんのか、え？」

「私を、力で拘束すれば、その瞬間から犯罪ですよ。とりあえず、交渉相手をどうするかは、そちらで話し合って貰いたい」

それだけ言い、私は立ちあがった。男は、私の腕に手をのばしかけたが、思い直したようだった。田所を促し、私は外へ出た。

百メートルほど歩き、パーキングエリアに駐めていた軽自動車に乗りこんだ。

「どうしたんだ、その三百万？」

田所が、最初に言ったことはそれだった。

「家内が出してくれるはずもないが」

「三百が三十でも十でも、奥さんにそんな余裕はない」

「だよな」

「誰が出したかは、あんたにも言えない。ただ、ツキはあるな。あんな借金を、チャラにしてやろうという人物がいるんだから」

「娘を？」

「いまは、そんな時代でもないんだよ。娘さんが警察に駈けこんだら、連中の手が後ろに回るからね。一番考えられるのは、あんたの生命保険さ。内臓だって、老いぼれてて使いものにならないだろうし」

「私が、殺される？」

「殺し方はどうでもいいんだよ。自殺に見せかけたってな。そのあたりのビルの屋上から放り出せばいい」

「そんな」

「そろそろ、無理矢理、生命保険に入れようという連中が出てくる。生きてりゃ、あんたはなんの価値もないが、死んでくれりゃ結構な金になるんだ」

店から、五人が出てくるのが見えた。

どういう話し合いになったのか、車には乗らず、道路を横切っていく。信号がないことにも、なんの頓着もしていないようだった。走ってきた車は、あまりに平然と横断しているので、急停止してもクラクションを鳴らすのさえ忘れていた。

「あの二人、ひどい目に遭うよ。なにしろ、連中は刃物も持っているから。ほんとのやくざだな、ありゃ」

私は、そうは思っていなかった。

五人は、墓地の方へ消えた。

「な、私はどうなるんだろうか？」

「何度、同じことを訊けば気が済むんだ。今度は、前みたいに簡単にはいかない。あんたは、借金を重ねることで、家族も人生も捨てたようなもんだ」

「家族は、どうでもいい」

吐き出すように、田所が言った。

「私を、捨てたんだ。私が捨てたわけじゃない」

「それで、女と新しい人生か。それも無理だね」

「わかっている。あのクソ女。もう、新しい男を作っていやがるんだ」

「じゃ、借金はなんに使った」

「博奕《ばくち》」

あまりにありふれた経過に、私は苦笑するしかなかった。

堕《お》ちる人間は、特殊なことで堕ちるケースは少ない。どこにでもあるようなことで、堕ちる者は堕ちるのだ。

十五分ほど経って、男が二人墓地の方から出てきた。黒とオレンジのネクタイ。車のヘッドライトの光の中で、はっきりと見えた。

「あの二人、怪我をしているようには見えない」

田所が言った。

二人は、今度は走ってくる車に気をつけながら、小走りで横断してくると、グレーのＢＭＷに乗りこみ、走り去った。

私は、車が来ないのを見はからい、反対車線に移動すると、墓地の中央を貫いている、一方通行の登り坂に車を入れた。

三人が倒れていたのは、道路から大して離れたところではなかった。

顔は血まみれだった。墓石に頭でも叩きつけられたのだろう。死んでいないのは、激しく上下している胸板でわかった。三人とも、起き上がる力はないようだ。

「匕首《ドス》で、全員、手を刺し貫かれている」

田所は、車からあまり離れようとしなかった。躰が、かすかにふるえている。

「こわそうもないやつが、ほんとうはこわい。哮《ほ》える犬は弱いって言うじゃないか。あんたは、哮え声に怯えすぎてたね」

車に戻った。

なにも言わず、慌ててシートベルトをし、田所はじっとうつむいた。

「さてと、次にかかろうか」

私は、田所の携帯電話を取り、警察に電話を入れた。青山墓地で、三人が死にかかっている、と大袈裟に伝えた。やった二人の名も、無駄だろうとは思ったが、一応は言った。

「どうするつもりなんだ、これから？」

「引っ掻き回せるだけ、引っ掻き回す。それから、なにが出てくるかだ。あんたは、連中の誰かに身柄を取られないために、とにかく潜伏を続ける。いいね。保険だって、いろいろある。すぐに金が出るものだって、ないわけじゃない」

「殺されるのか、私は？」

「いまは、捕まればそうなるという状況だよ。その地獄から、いつ出られるかだな」

車を出した。墓地の坂を登り切り、すぐ街並の明りの中に入った。

5

思った通り、二人はなにもなかったような顔で、約束の場所に現われた。

警察が二人を逮捕しなかったということについては、いろいろなケースが考えられた。とにかく、私の予測通りということだ。

「ところで、この業界は狭いのですよ、青井先生」

二人は、私のことを調べてきたのだろう。田所の、以前の借金がどうなったかも、調査済みに違いなかった。

「ずいぶんと、個人金融について、関心をお持ちのようですな。そして、かなり強引なこともされる」

「法に触れる場合は。私の強硬さを、まったく違うように受け取った業者の方もおられましたがね。私の方から、状況を説明する理由はなにもない」

「確かに、そうですな」

「まして、おたくにはいい弁護士がついているようだ。最初に話をしようとしたのは、ある程度は、そちらの条件を呑んだ返済をしなければならない、と読んだからです。出せる金額は、かぎられていますのでね」

黒ネクタイはきのうのままの恰好で、オレンジのネクタイの方は、はっきりした黄色に変っていた。黄色のネクタイの方が兄貴格だというのは、昨夜のティールームの支払いの時、はじめてわかった。

喋っているのは、相変らず黒ネクタイだ。

「うちの、顧問弁護士を、御存知ですか？」

「そりゃ、弁護士の業界も広くない。樋口商事がどこの事務所を顧問にしているか、調べればすぐわかりますよ」

私は、煙草に火をつけた。黒ネクタイが、ダンヒルの火を差し出してきたが、私は自分のジッポを使った。

「それで、三百三十二万の返済についてですが」

「三百十九万だったのは、昨夜の十二時までってわけか。借用証によると、三日ごとの更新なんですね」

「三日おきの、複利計算。そういうことになっています」

「昨夜は、特殊なケースだった。そう思われませんか。三百十九万の時点で、貸借関係は一時中断。そう考えて然るべき状況が、いろいろあるのですがね」

「それは、こちらの事情ではない。田所の事情で、そうなっただけです。そして、青井先生の申し入れを、こちらは仕方なく受け入れた。その申し入れの時点で、利子の進行が一時中断というお話はなかった」

「確かに。しかしビジネスライクな話だ」

「ほかに、なにかありますか？」

「返そうという意思を認めるとか」

「情は、この商売では禁物でしてね」

私は、二人の男の顔を、改めて見直した。ほかにやることもなかったからだ。黒ネクタイは、穏やかさの中にも、どこか兇暴なものを垣間見せる眼ざしをしている。つまり、隠しきれていない。黄色のネクタイの方は、どこから見ても、平凡な勤め人というところだった。いくらか派手なネクタイも、世間の感性というものから、はずれてはいない。

「三十二万円の扱い方ですが」

「待ってください。実は、こちらにも事情が出てきましてね」

「ほう、どういう？」

「樋口商事さんとは、訴訟で争おうという方針に切り替りました。きのう来た連中を、田所がひどくこわがりまして、そちらに先に返済すると言いはじめたのですよ。私の依頼人も、田所の気持を汲《く》んでもいい、と申しておりまして。三百万を超える額については、あちらの方が融通も利きそうですし」

「つまり、うちと松井商会を、天秤にかけられたということですか」

「なにしろ、あんな連中です。田所だけではなく、私も怯えていましてね」

「少なくとも、青井先生が怯えておられるとは思いません。どんなバックがついているのか、こちらにはわかりませんが」

この二人も、私にバックがあると考えているのだろうか。ただ、少なくともそれについて、まったく気にしてはいない。

「訴訟の手続を取ります。改めて、法廷でお目にかかりましょう」

「訴訟については、別に構いませんがね。返済の交渉は、松井商会とはできませんよ」

これも、私の予測した通りだった。

「実は、松井商会の債権は、樋口商事で買い取りましてね」

「ふむ」

「お伝えすることは、こちらの債権額が、六百万を超え、七百万に達しかかっているということです」

きのうの連中が借用証を持っていたとしたら、当然奪っただろう。そうでなくても、会社の規模はずいぶんと違う。樋口商事は、圧力をかけるような交渉で、松井商会から額面しか払わず借用証を買い取ったことも考えられる。

いずれにせよ、田所の借金先を調べた上で私が考えたことは、ほぼ的中しているのだった。この樋口商事というのが、どう見ても一番手強い。

「そうですか。松井商会は、交渉相手からはずれましたか」

「優先権を、尊重してくれたというわけで」

黒ネクタイが、笑った。黄色の方は、じっと私を見ている。

この男となら、ぶつかるのも悪くない。そんな気を起こさせる眼だ。

「少し、時間の余裕をいただけますか？」

「こちらは構いませんよ。三日ごとに、複利計算で利子がついていくのですから」

「あまり、時間を取らせはしません」

「なぜ、時間が必要なんです？」

黄色いネクタイが、口を開いた。

「五百万以上については、私の裁量ではなくなるのです。依頼人と話し合う。そのための時間が必要ということです」

「われわれが、直接、依頼人の方と話をするというのは？」

「考えられないことはない。しかし、私の立場としては、それは避けたい。なんのための代理人か、ということになりますから」

「債権が一千万単位になったら、会社に対するわれわれの責任も、段違いに大きくなるのです。つまりわれわれも、甘い顔はしていられなくなる」

「というと？」

「さまざまな方法を、考えなければならなくなる。そういうことです」

「その方法を、二つか三つ、話してくださいませんか？」

「電話の回数を、一日三回から十回にする。田所を捜し出して、常時、監視をつける。家族の方にも、話を持っていく。そんなところですかな」

「さらに、もう二つ三つ」

「企業秘密ですよ、これから先は」

黄色いネクタイが、ちょっとだけ笑った。この男が笑うのを、私ははじめて見たような気がした。

とりあえず、第一段階はこれで終りだった。

「法廷でお目にかかる、ということではなくなりそうですね。とにかく、二日か三日、時間をください」

「田所は？」

黒ネクタイが言った。

「隠れていますが、動きようはありません。おたく以外に、まだ四社から借りているんですから。もっとも、額は、おたくと松井商会で、半分以上に達していましたが」

「あまり時間が経つと、田所の身柄は押さえなければならなくなります」

「だから、二日か三日と申しあげています。それまで、田所に追いこみをかけることなども、やめていただきたいのですが。私としては、また田所を捜す手間は、省きたいので」

「三日、待ちます」

言って黒ネクタイは、黄色いネクタイの方をちらりと見た。黄色いネクタイは、まったく表情を動かさなかった。それは、了承を与えたということらしい。

「三日の間は、田所を捜すのも、控えましょう。それでよろしいですね」

「次には、お互いに歩み寄った話し合いができる、と思っています」

私は、腰をあげた。

田所は、都内のビジネスホテルの一室にいて、私からの連絡を待っていた。

「三日、そこを動かないでくれ。それで、目処《めど》はつきそうだ」

「三日で。ほんとうだな」

「俺も、うんざりしているんだよ、この面倒な交渉には。不毛だしね。三日で、結着をつけてしまいたい」

「わかった。あんたに会えるのか、先生」

「いや。俺と会うことで、あんたの居場所がわかる。それは、避けたい」

電話を切った。

私は、そのまま船に帰った。

船で、私が調べはじめたのは、天気図だった。インターネットで、気象庁は最新の天気図を流している。ここ三日の、予想天気図もある。

晴れていても、海が荒れる。そんな日はあるものなのだ。低気圧の縁のあたりがそうだ。雲は少ないが、風は強い。

明後日。太平洋高気圧に押され、西から来て、北へむかう低気圧の縁が、関東地方の海域にかかりそうだった。その日一日は、南の風が強く、海は波立つ。もっとも、軽い時化という程度のものだろう。

「明後日の月曜日。ちょっと遠出をしていただかなければなりません」

私は、黒ネクタイの携帯に電話を入れた。

「私の依頼人は、島に滞在していましてね。おまけに、週末は人に会いません。月曜に会えるのは、幸運と言えば幸運です」

「わかった。依頼人さんが直接ということになれば、話は早いだろうし。それで、島まではどうやって？」

「船で。心配されなくても、しっかりした船をチャーターします。一時間半ばかりは、乗っていただくことになりますが。どこの島かは、御容赦を」

「いいでしょう、月曜なら。その日に、帰れますね」

「それは、間違いなく。大方の話はそこでつくと思いますので、書類などはすべて御持参ください。それから、もしかすると田所も一緒に行くかもしれません」

「田所もね。まあ、その方がいいかもしれませんね。われわれがでたらめを並べているのでないことは、田所が証言するでしょうから。とにかく、青井先生は、事を解決しようという姿勢をお持ちです。その点は、評価させていただきますよ」

電話を切った。

土曜日だった。

江利子の部屋に行くことになっていた。

私は、今月のワインをまだ届けていないことを思い出し、慌てて酒屋に電話を入れた。ワインは、江利子の催淫剤のようなものだった。月十万のワインが、江利子との関係で私が負担している唯一のものだった。

いつもより、ずっと異常なセックスをしてみたかった。

私は夕方、車を出し、酒屋に寄ってワインがすでに江利子の部屋に届いていることを確かめ、代金を払った。

それから、江利子に電話を入れた。

「飲んでろよ、先に。部屋に入ったら、すぐに抱くぞ」

「どうしたのよ。夕食の仕度、しているのに」

「めしは、抱いてからだ」

「飲んでればいいの？」

「そうだ。あと一時間で行く。それまでに、一本飲んでろ」

羞恥心を取り除くために、まず酔いが必要であり、淫《みだ》らになるために、さらに酔いが必要になる。そういう女だった。

私は一度部屋へ帰り、汚れものを洗濯機に放りこんで、スイッチを入れた。

それから、江利子の部屋に出かけていった。

合鍵は持っている。

入っていくと、すでに江利子は全裸で、私に妖しい視線を投げかけてきた。貧相な躰とその視線のアンバランスが、すぐに私を刺激しはじめた。

第五章

1

神奈川県の、三崎港から出航した。

三崎港には、プレジャーボートを係留しておける岸壁がある。前日の夜から、私はそこに船を持ってきていた。

三崎港は、城ヶ島との間にある港で、東京湾側にも、相模湾側にも出ることができる。私は、相模湾側に出ていた。思った通り、南の風がかなり強い。これは、時間が経つにつれてもっと強くなるはずだが、いまはまだ白浪が立つほどではなかった。

「どこの島なのか、もう教えてくれませんかね？」

黒ネクタイが、フライブリッジに昇ってきて言った。さすがに、今日はネクタイはしていない。折目のついたズボンだが、上は半袖のシャツだった。黄色いネクタイの方は、ジーンズにT

シャツと、もっとくだけている。

田所だけが、よれよれのスーツ姿で、ネクタイまでしていた。

「初島ですよ」

「どのあたりです？」

「伊豆半島の脇にある島で、熱海と伊東からほぼ等距離ということになりますかね」

「ああ、あのリゾート施設があるという」

「この船、私の依頼人の船なんですよ、実は。ところが船長が、今日一杯、用事が入って動けなくなってしまった。御心配なく。私も、海の経歴は長いですから」

「依頼人さんが、船を持ってこいと？」

「そうなんです。月曜に会う条件がそれでした。船で来いと。船長が来れなくなったんで、勘弁して貰えるかと思ったんですが、私の海の経歴をよく知っていましてね。ま、半分以上はわがままで、福井さんと島田さんには御迷惑をかけることになりましたが、会える時に会っておかないと、次にはいつ会えるかわかりませんから」

熱海と伊東からは、初島に高速連絡船が出ている。福井か島田のどちらかが、それに気づくかもしれない。黒ネクタイの方が、福井だった。

「正面の陸地が、伊豆半島です」

「すぐそば、みたいに見えますがね」

「今日はいくらか時化《しけ》ているんで、一時間半以上はかかるかもしれません」

「すごく波があるように感じますが」

「船は、西へむかってる。風は、南から吹いてます。つまり、たえず横風、横波を受けているというわけで。ヨットだとクロースホールドになるので、ジグザグで進んで、初島まで半日以上かかるでしょうが」

「先生は、ヨット部だったんですか？」

「部ではありませんが、学生時代からやっていましたよ」

「ほう、ヨットを持って？」

「まさか。乗せて貰うというやつです。共同所有をしたのも、かなり若いころでしたが」

「しかし、仕事でクルーザーに乗れるとは思わなかったな。私は、はじめてですよ、こういうのは。もともと、山育ちでしてね」

福井は、はしゃいでいる。いまはまだ、スピードをあげていた。こういう時、船は規則的な縦揺れをくり返すだけだ。スピードを落とすと、揺れはひどく不規則なものになる。

「先生、田所のようなやつの尻拭いをするってのは、どういう人なんです？」

「それは、教えられません。会っても、わからないでしょうし、まあ、資産家で特に仕事をする必要もない人、と申しあげておきますか」

「羨しい話だ」

「資産がある分、トラブルもよく起きるので、弁護士にとっちゃ、ありがたい依頼人ですね」

「先生は、金融業者との裁判を、いくつか手がけておられますよね。そして、みんな勝ってる」

調べたのだろう。弁護士がどういう仕事をしてきたかなど、調べればわかることが多い。特に、同業者の裁判である。

「それほど金にはならないと思うのですが、その依頼人の人がバックで？」

「まあね。しかし、裁判に持ちこむのは、勝てるケースだけです。そうやって、判例を積み重ね、街金に少しずつ縛りをかけていく。それも、闘いの方法のひとつでしてね」

「依頼人の人、金融業者にいい感情をお持ちではないんですね？」

「いい感情どころか、なにかひどい個人的な憎悪があるようですよ。直接本人が借りて、どうこうしたというのではありませんが」

「個人的な恨みですか。金融業者も、ひどい目には遭ってるんですよ。たとえば、自己破産されてしまうとか」

「法律で、認められていることです」

「しかしね、借りまくって破産というのは、貸した方としちゃ、泣くに泣けない。正義感から か、そんなことをボランティアみたいにして扱っている、弁護士さんもいる」

「私は、自己破産は扱っていません。私の法律の概念では、正当性がないんです」

「それは、頼もしい。取り立てだけが非難されて、借り逃げなんかが保護されるんですから。われわれの考えでは、自己破産も借り逃げです。田所のような男、自己破産で逃げるタイプの男だと思うんですが、リストになかったので、うちは貸しました」

リストに、入るはずだった。それが消滅した。借金そのものが、なかったことになった。自己破産で逃げるタイプなら、すぐにまた借りる。それも、あっという間に利子が膨大になる、高利の金をだ。その方が、いくらかは多く借りられる。

「はっきり申しあげておきますが、私は、街金そのものを認めていません。私の、依頼人も」

「それは、わかっていますよ」

福井は、私のそばに腰を降ろしている。船そのものが沈むことなど、あり得ないという表情だった。まともに波にむかっているわけではないので、フライブリッジまでは、飛沫《しぶき》もあがってこない。

三十分ほど航走《はし》ると、波はさらに高くなってきた。波高二メートルというところか。三メートルまでは、無理をすれば航走れる。それ以上になると、闘争の要素が強くなるのだ。比例して、賭けという感じも大きくなる。

私は、波高四メートルの海を、この船で二時間航走したことがある。外洋に出て、不意に発生した小さな前線の真中にいる、という情況になったのだ。

遊漁船には情報が入り、私より十分ほど前に引き揚げていた。その十分が、私に二時間の闘争をさせたのだった。十分前に陸にむかっていれば、二十分で一番近い港に入ることができたはずだった。

私は、エンジンの回転を、トローリングスピード程度に落とした。

停っている船よりいくらかましといっても、これは揺れる。立っているのは、明らかに危険だった。揺れるだけでなく、時々波にぶつかった衝撃も来る。

隣に座っていた福井が、すぐに落ち着きをなくし、後部甲板《アフトデッキ》に降りていった。ファイティングチェアにしがみついている。最初に酔うのは福井かと思ったが、その前に田所が甲板に反吐《へど》をぶちまけた。

私は、下へ降りていった。フライブリッジだけでなく、船室《キャビン》内にも操縦席はある。

島田は、船室のソファで、腕を組んでじっとしていた。多分、出航した時から同じ恰好をしているのだろう。

私はオートパイロットの方位を設定し、レーダーをレンジ一キロにして作動させた。これで舵は自動的に設定した方位に向くし、一キロ以内に障害物があれば、レーダーがアラームを鳴らす。

「先生」

操縦席を離れようとした私に、島田が言った。

「船の操縦は、誰がやるんですか？」

「機械が」

島田を見て、私は笑った。

「見ていればわかりますよ。設定方位をずれたら、自動的に修正する。舵輪が勝手に回りますからね。こんなふうに時化ている時は、波に船を合わせようとしていると、逆に方向を失ってしまう。機械に任せた方がいいんですよ。こっちは、レーダー。一キロ以内に障害物があると、アラームで知らせてくれる。人の眼より、確かですからね」

「この海、荒れていますよね」

「波高が、ほぼ二メートル。三メートルを超えると本格的な時化で、どこかに避難することを考えた方がいいんですが」

「いまは、これで大丈夫なんですね？」

「波が、どっちから来ているか、わかりますよね、島田さん」

「沖から、岸にむかって。いや、これは当たり前か。進行方向の左から、いつも来ているような気がします」

「まさしく。波と同じ方向に進むと、湘南のどこかの海岸です。追い波だと、スピードも出せる。つまり、避難はたやすいということなんです」

私は煙草をくわえ、ジッポで火をつけた。

「なにか、飲みますか？」

「いや」

「それじゃ、私だけ」

私は冷蔵庫を開け、ミネラルウォーターを出した。

後部甲板《アフトデッキ》に出ていく。もう田所は吐くものがないらしく、うずくまっているだけだった。私はデッキウォッシャーのポンプのスイッチを入れ、田所の吐瀉物を洗い流した。

「吐きたくなったら、海に乗り出して吐くように。甲板にゲロがあると、見ただけでまた吐きたくなる」

私は、ミネラルウォーターを呷った。田所に差し出したが、弱々しく首を振る。

福井は、ファイティングチェアに摑まったまま、海を見ていた。

「そう、遠くを見ること。近くの海面を見ていると、酔いますよ」

波頭が、風に吹き飛ばされて、横殴りの雨のように見える。しかし、晴天だった。

私は、船尾のトランサムドアを開けた。そこは、航行中は閉めておくべきものだ。大きな獲物を上げる時、はじめて開ける。

「福井さん。吐きたい時は、そこからね。四ツん這いになれば安全だから。念のため、躰にハーネス代りのロープを巻いておきますよ。四ツん這いになっていても、落ちないとはかぎらないし」

福井の腹に、二重にロープを巻き、もやい結びにした。福井が限界に近づいているのは、顔色を見ればわかる。ロープの端は、しっかりとクリートに留めた。

船室へ戻り、半分飲んだミネラルウォーターのボトルを、冷蔵庫に戻した。

「どうです。自然に舵をとっていたでしょう？」

「動いてた」

「漁師なんかも、これでね。それで、ひとりで漁ができるんですよ」

島田は、じっと動かないが、酔った顔色でもなかった。

「天気は上々なのにな。ちょっと風が強い。馴れない人には、いくらか苦しいかもしれませんね。これが陸上に降り立つと、なんであんなに不安だったんだろう、と思ったりするんですよ」

私は、島田と並んで腰を降ろした。背は高いが、どちらかというと痩せている方だ。ただ、骨格は頑丈そうな感じがする。

「島田さん、船の操縦してみますか。オートパイロットを切れば、人間が手で舵輪を回さなければならない。やるんなら、切りますよ」

「いや、やめておきます。機械の方が、腕がよさそうだ」

「操縦でもしていると、酔うこともないんですがね」

「御心配なく。酔ってはいない」

「福井さんは、苦しそうですね」

「あと、どれくらいです？」

「この分だと、二時間以上かかるかもしれない。まだ、四十五分ってとこです」

「引き返すとしたら？」

「引き返しません。左から受けている波風を、右から受けるだけのことですから。避難すると私が決断したら、北へむかいます。速度もあげられるし。まだ、避難ってほどの情況じゃないけど」

「北は、あっちですね」

島田が、ちょっと顎をしゃくった。私は頷いた。

後部甲板《アフトデッキ》の福井が、船尾へ這っていくのが見えた。とうとう、耐えられなくなったらしい。腰には、しっかりとロープを巻いている。

私は、後部甲板に出た。

福井が、トランサムドアから半身を乗り出している。しかしそこにはスイミングプラットホームがあるので、海面の上に顔を持っていくには、まだいくらかある。私は、ロープを手にとった。

「もっと乗り出して。こっちでロープを持っているから、心配はいらない」

福井が、さらに乗り出していく。田所は、死んだようにうずくまっていた。

福井が、嘔吐をはじめる。吐く時は、腰から上に力が入る。脚を突っ張ることなど、忘れている。まして、私がロープを支えているのだ。福井はロープに身を委ね、両手でスイミングプラットホームの端を摑み、また吐きはじめた。

私はロープを放し、福井の尻を蹴った。呆気なく、福井は海に落ちた。

ロープが、ぴんと張る。福井は、背後から引かれるという恰好だった。

「島田、出てこいよ」

私は船室に声をかけた。島田は、多分視線を一点に据えたままだろう。福井が落ちた水音も、エンジン音に消されたはずだ。

「島田、聞えないのか」

私は、怒鳴り声をあげた。

長身の島田が、船室のドアのところに姿を現わした。

「福井が、落ちた」

「なにっ」

「ま、その気になれば助けられるが、その前にやって貰いたいことがある」

「なにを言ってる、あんた」

「心配するな。福井にゃ、しっかりロープをつけといた」

「じゃ、引き上げろ」

「その前に、やって貰いたいことがある、と言ったろう」

「あんたな」

「この船の上で、俺と勝負しないかね。勿論、ロープなんかつけてないんで、落ちりゃ必ず死ぬ。あっという間だよ、この波じゃ」

「本気か、おまえ？」

「冗談で、人ひとり、時化の相模湾に流していられると思うか」

「しかし、なぜ？」

「なんとなく、おまえと勝負がしたかったんだよ、島田」

「それで？」

島田は、落ち着いていた。ロープの先に眼をやり、引かれている福井の姿も確認したようだ。

私は、ファイティングチェアを挟んで、島田とむかい合っていた。

「田所の借金のために、こんなことまでするか。しかも、弁護士が」

「俺は、殴り倒して借用証を取り上げたいのさ。松井商会の借用証は、そうやって手に入れたんだろう？」

「だからって、あんたが」

「俺は、おまえらと同じ方法で、借用証を取り上げてみたいんだよ」

「なぜ。裁判でもすりゃいいだろう？」

「暴力だ。暴力しかないね。結局、暴力しかないってことが、よくあるんだ」

「暴力にも、いろいろある」

「権力の暴力にも、金の暴力にも、俺は関心がない。殴り合い、蹴り合い、殺し合い。わかりやすいものだけが、ほんとの暴力なんだ。権力も金も、人間が作った幻想にすぎん」

「すごいことを言う人だね。殺し合いだと。人を殺すってのがどういうことか、おまえわかってんのか？」

「わかるわけないだろう。殺したことはないんだ。ただ、今日、二人殺すよ」

「俺を、殺すだと。いままでに三人殺した、俺を。その内のひとりは割れて、俺は六年刑務所《なか》にいたよ。二人は、この世からただ消えただけだ」

「いいね。ウズウズしてきた。権力も金の力も、わかりやすい暴力が否定されるんで、力を持ったんだ。ほんとの暴力を人間が忘れなけりゃ、権力も金の力もない」

「そんなに、人を殺してえのか。半端じゃないね、あんた」

「半端だったから、ここへ行き着いたんだよ。そして、おまえらと殺し合いをしようと思った。半端者同士さ。普通の殴り合いじゃ、あっという間に俺がやられる。それで選んだのが、時化の海」

「相手は、誰でもよかったんだな。松井のやつらが俺たちから借用証を取り上げてたら、松井の連中でもよかったんだろう？」

「そういうことだ。言っておくが、俺は暴力的って言葉が嫌いでね。なんで、暴力に的なんて言葉をつけるんだ」

「もういいよ。あんたの言おうとしていることは、わかる気もする。もういいから、福井を引き上げてやれよ」

「宥《なだ》めるのか。つまらんな。だけどおまえの眼、俺を狙ってる。隙を見て、俺を殺そうとしてる眼だよ。そういう眼の相手と、俺はやり合いたかったさ。青山墓地で半殺しにされた松井のやつらを見た時から、あんたとやり合いたかった」

「なんかよう」

島田が、肩から力を抜いた。

「とんでもねえ相手から、俺ら、金を取り立てようとしてたのかな。死ぬのが怖くねえ。やくざにゃいねえよ、そんなの」

「捜したが、どこにもいないんだ、そんなやつ。相手を殺しちゃ意味がない。よほどのことがないと、意味がない。そんな意味を考えてるのは、暴力じゃないね。おまえ、意味なんか考えずに、俺を殺せるんじゃないか。多分、殺せるはずだよ」

躰が浮いた。揺れる船の上では、安定をとるだけでは、どこかにぶつかったりする。地上だったら、とっくに島田の蹴りかパンチが飛んできているはずだ。

「依頼人ってのも、嘘か？」

「田所みたいな男に、金を出すもの好きがどこにいる？」

「そうだよな。わかった。殺し合いをしたいってんなら、やろうじゃねえか。海に落ちた方が、死ぬんだな」

「そうだよ。暴力だからな」

「じゃ、あんたが死ぬな、弁護士さん」

「地面の上じゃな。船の上じゃ、俺が勝つさ。あんたは、そこのポールに摑まってないといられないが、俺は両手を放して立ってる」

船体の持ちあがり方で、船底が海面を打つタイミングはわかった。その瞬間だけ、私はファイティングチェアの背凭《せもた》れに手をかけていた。でなければ、外に弾き出される可能性がある。

「俺も、肚決めるかな」

「そうしろよ。やろうじゃないか」

「ここでやり合ったら、確かに俺が負けるね。負けねえ方法が、ひとつだけあるが」

「ほう、どういう？」

「相討ちさ。なにがなんでも、あんたにしがみつく。海に落ちる時は、一緒だ」

「いいね。ワクワクしてきたぜ。俺はね、こうやって地獄の縁に立ってみたかったんだ」

島田の眼が、すっと細くなった。

痛いほどの気配が、私の肌を刺してくる。島田が放ちはじめた気配だ。

私も、姿勢を低くしていた。飛びかかってくるとしたら、船底が海面を打ち、私がファイティングチェアに摑まった瞬間だろう。

しかし、海面の打ち方は一定ではなかった。大小があり、横揺れが入っていることもある。島田が、止めていた息を吐いた。すると、肌を刺す気配も弱くなる。

お互いに、もう喋らなかった。

いきなり、島田が躰を投げ出した。私の方へ転がってくる。私は、反対側へ移動していた。立ちあがった島田が、肩で息をする。睨み合った。

「やめた」

呟くように、島田が言った。

「あんた、愉しんでる」

「ここでやめちまうと、福井が死ぬぜ」

「仕方ねえさ、自分で落ちたんだろう。助かりたかったら、ロープを引いて自分で船に近づきゃいい」

「自分で落ちたんじゃない。俺が蹴落とした。それに、この船は動いてるんだ。福井は、息をするだけで、精一杯さ」

「なら、あんたが福井を殺す。それだけのことだ。船室《キャビン》に入るぜ、俺は」

船室の中は狭い。それに摑まるものがいくらでもある。

「行かせない」

「それこそ、相討ちになるぞ」

「そのつもりで、さっきは転がったんだろうが」

島田の、肌を刺すような気配は、もうなかった。島田は、船室《キャビン》に行くのを諦めたのか、船縁《ふなべり》に摑まってその場にしゃがみこんだ。

「根較べでもする気かい。俺はいいよ」

「待てよ。俺はもう、なにもする気はねえよ。田所の借金はチャラにする。港に戻っても、あんたにゃ一切手を出さねえ。そういう条件で、福井を引き上げちゃくれねえか？」

田所がいたことを、私は思い出した。甲板の隅で、うずくまったままだ。

「俺が出せる、最高の条件だよ。それが駄目なら、根較べしかねえ。殺し合いじゃない、ただの根較べさ」

「保証がない」

「俺が、そう言ってる。信用して貰うしかねえんだが」

不意に、私はこの場の情況のすべてに、興味を失った。

「あんたがやりてえのは、殺しじゃなく、殺し合いなんだろう。それなら、福井を上げてやんなよ。これじゃ、ただの殺しだ」

「そうだな」

私は船室へ入り、クラッチを中立《ニュートラル》にした。

船が停る。揺れが、いっそう不規則になった。私は、素速く流れていたロープを手繰った。福井は、ぐったりしていた。

「上げるの、手伝ってくれ。体重をかけて、ロープを引いてくれりゃいい」

私はトランサムドアからスイミングプラットホームに出、福井の腕を摑んだ。力を籠める。福井の躰が、甲板に上がってきた。

私は、福井の腹を押した。噴水のように水が口から噴きあがった。それで、福井は眼を開いた。

「失敗《ドジ》踏みやがって、馬鹿野郎が」

島田が言った。福井は、自分がなぜ海に落ちたのか、わからないようだった。

私は操縦席へ行き、オートパイロットを解除すると、クラッチを前進に入れた。それから、船を北にむけた。

フライブリッジに昇る。完全に追い風で、揺れはほとんど感じなくなった。少なくとも、さっきまでの揺れと較べると、ないに等しい。

スピードをあげた。

しばらくして、島田がフライブリッジに昇ってきた。

「これが、借用証だ」

「義理固いね」

「てめえの命をこれで買った。そう言ってやったら、やつは下で悄気《しょげ》てやがる。これから何年かかかって、やつはこれを返すのさ。銀行利子程度だが」

「むごい話だ」

「死ぬよりは、ましさ。それに、下の者《もん》から搾るのも、やくざの仕事でね。いま時のやくざは、指なんか詰めねえ。ビジネスはビジネスよ。組にゃ、俺の財布から金を納め、福井は俺に払い続けるってわけだ」

「やくざだね、やっぱり」

「素人《トウシロ》のあんたに、威《おど》されるとはね。ちょっとばかり、たまげたよ。いまも、たまげてる。俺はさっき、あんたと田所を始末しちまおうかと、ちょっとだけ考えたよ。あんたは、なにもなかったみてえに、船を操縦してる。そして、このまま港へ行くだろう。俺を信用してるわけでもねえのに、そうする。始末しようと考えた俺は、男じゃねえな。威されて、びびって、無事だとなったら始末しようなんてな」

「それも、やくざだろう」

「まあな。だけど、今度だけは、負けた。船に乗ったのが、間違いだった。俺は、負けたと認めるよ」

借用証など、どうでもいいことだった。

私が感じていたのは、なにかひとつ越えた、ということだった。いままでと違うところに、確かに私はいる。

それが、さらに滅びに近づいたことになるのかどうかも、よくわからない。滅びるのなら、どうでもいいことでもある。

「三人殺したって言ってたね、島田さん？」

「三人が五人だろうと、まあ金が絡んでのことだわな。あんたは違う。金なんか絡んじゃいねえ。田所のことだって、ほんとはどうでもよかったんだろう？」

「一応は、俺の依頼人だが」

「依頼人にしてやった。それで、なにかあるかもしれねえと思った。そんなとこだろう。田所のことはどうでもよくて、あんたは自分のことを考えてたんだ」

「陸《おか》へあがったら、あんたのとこの若い連中が俺を殺しに来る、というのも悪くはないと思ってた」

「やらねえよ、いま時のやくざは。金にならねえことはな」

「俺が、自殺したがってるように見えるか？」

「見えねえよ。あんた、本気で俺を殺そうとしてたじゃねえか。怖かったね。俺は、死ぬのを怖がってるやつを殺しただけだ。殺し合いを愉しもうなんてやつは、お目にかかったことはねえ」

「もういいよ」

「だよな。俺が、ただ恥をかいたってだけのことだった」

私は、索漠としていた。

ほんとうに、越えたのか。違う場所に立ったのか。すでに、そんな気分になりつつある。

「あんたとは、関り合いたくねえな、もう。俺が、もう少し単純なやくざだったら、組に来てみねえかと誘うところだが」

「俺も、もう少し単純に世の中に逆らいたいだけなら、誘いに乗ったかもしれん」

島田が、声をあげて笑った。

「陽焼けするぜ、ここは。風が強いから、そんなに暑さは感じないが」

「いいさ。鼻の頭が赤くなったやくざってのも、悪かねえさ」

「このまま、北へむかう。十五度ぐらい、舵は切ってるが。そしたら、江の島だ」

「城ヶ島と江の島かよ。それじゃ、ガキの遠足じゃねえか」

また、島田が笑った。

追い波の中で、船は安定している。

ポケットの中で、携帯電話がふるえた。

佐野峰子だった。無視していると、一度切れ、またかかってきた。

「はい」

「青井君、海の上ね」

「いいカンしてますよ。ほんとに、海の上です。七十キロぐらいの、おかしな魚を釣りました」

「仕事よ」

「思わせぶりはやめてくださいよ。内容を聞いてから、引き受けるかどうか決めます」

「クボ・エンタープライズがやっている料理学校が、あたし欲しいの」

「なんですって？」

「君の、昔の奥さんの事業の、ほんの一部が、あたし欲しいの。学校が入っているビルは、もう買収してある」

「手回しがいいですね」

私は、落ち着こうとしていた。

未紀子との法的な係争を佐野峰子は、私にやらせようとしている。

ビルが買収してあるのなら、立退き交渉なのか。しかし、それで学校がほかへ移ってしまえば、手に入ることにはならない。

「今夜、来てくれる？」

「明日、一番で。いま、相模湾でしてね。船日和なんです」

「そう。待ってるわ。ヨットなら、きっといい日なんでしょうね」

佐野峰子が言う通り、遠くに帆影が二つ見えていた。

2

思った通り、辻本が担当だった。

クボ・エンタープライズの顧問をやっているのは、古賀法律事務所で、古賀は法曹界の重鎮と言われていた。娘か姪のように、未紀子をかわいがっている。私が弁護士になったばかりのころ、新聞で大騒ぎになった冤罪事件を担当していて、法廷でのやり取りまで細かく報道されていたものだった。冤罪事件は、経済的な余裕と売名の強い執念があれば、難しいものではない、といまの私は思っている。新米弁護士のころは、眩しいものでも見るような気分で、遠くから見つめていたものだ。冤罪を晴らすより、犯罪者を無罪にする方が、私には面白い。

「この間は、どうも」

顔を合わせると、辻本は立ちあがって言った。

「青井先生が担当だと、さっき聞いてびっくりしました。うちの先生も、まだ知りませんよ。しかし、どういうわけです」

「さあ、めぐり合わせかな」

「この案件を受けると決めたの、青井さん御自身でしょう？」

「だから、めぐり合わせでそう決めてしまった」

「どんなめぐり合わせですか。久保社長に、有利になるような話し合いに、応じてくださろうってわけですか？」

「それはないな。絶対に、ない。受けた以上、俺は勝つよ」

「そんな。奥さんのことじゃないですか。それにこの間は、クボ・エンタープライズに有利になるように、動いたじゃないですか」

「それも、めぐり合わせだ」

「うちの先生が聞くと、怒ると思います」

「おい、辻本」

私は煙草に火をつけ、煙を辻本の方に吹きかけながら言った。

「誰かが怒るのが怖くて、弁護士稼業なんてやっていられるか。法廷じゃ、最後はひとりなんだよ」

未紀子のやっている、料理学校が入っているビルの、管理人室である。持主と佐野峰子の売買契約書はすでに交わされ、支払いも終っているので、あと残るのは登記の問題だけだった。登記はただの手続きであり、係争の案件にはならない。

すでに成立した売買が無効だと、未紀子側は主張している。前の持主との間で、まだ九年残った賃貸契約が続いていて、それは持主が変ろうと有効だということだった。

どこから見ても、未紀子側に利がある。つまり、道理は未紀子にあり、佐野峰子はそれに従うしかない。

未紀子は、長期の賃貸を前提にして、料理学校には相当の設備投資もしている。その設備投資ごと、佐野峰子はビルを欲しがっているのだった。

「学校を移転してしまえば、それで済むことだろう、辻本」

「そんな馬鹿げた話はない、とわかった上で、言ってるんですよね、青井先生？」

「この世に、馬鹿げた話はうんざりするほどある。どんなことも、馬鹿げたなんて断定はできんよ。馬鹿げたことが、法廷でまかり通るのは、君にだってわかってるだろう」

「なんの落度もない人間に、理不尽な負担をかけようとしていることですよ、それ」

「そうかな？」

「こちらに、一点の落度もありません」

「理不尽ねえ。法律そのものが、理不尽だ。そう思わないか、辻本。俺は、そう思いはじめるようになった。人間が作ったものだ。理不尽の最たるものじゃないか。人間ってのは、愚かなんだからな」

「ここで、青井先生と法律論をする気はありません。法律の存在については、最大限譲歩して、必要悪というところですね。私はここで、純粋に法律的な話をするつもりで、来ているのですよ」

「法律的ねえ」

ビル管理会社は、条例で定められた通りに入っているが、所有権が移るということで、すべてに対して腰が引けていた。交渉の場所に管理人室を提供しろと私が言うと、管理人は姿を消してしまった。おかしなトラブルには巻きこまれるな、と会社から釘を刺されているのだろう。

「契約は、あと九年残っているんです」

「それは知ってる。ほかに、付帯条項は？」

「あるはずがないでしょう」

やはり、辻本は若い。道理というものを、信じ切っている。付帯条項はない。あるはずがない。それは、私にとっては引き出したい言質《げんち》だった。

「そうか、ないか。一応、それをお互いに確認しておこうか」

「いいですよ」

私たちは、お互いに念書を作り、交換することにした。

字を書きはじめた辻本を見て、私ははじめて左利きであることに気づいた。

念書は、簡単なものである。十年の契約が更新され、あと九年有効期間が残っている。賃貸について、それ以外の付帯条件はない。

その程度の念書だった。

「一応、契約のことは確認しておかないとな」

「これで、依頼人に説明はつくでしょう、青井先生」

「説明する気なんか、ないさ」

私は、念書を畳んでポケットに入れた。

「ところで、こっちの売買契約だが」

「普通の売買契約でしょう？」

「ひとつ、付帯条件がついてる。料理学校についてだ。契約は十年だが、なんら付帯条項のない賃貸契約で、請求した時点で立退きが要求できる、というものだ。俺の依頼人は、この一項でビルを買う気になった」

「そんな馬鹿な」

「馬鹿であろうがなんであろうが、こちらにはその付帯条件がある」

「なにも付帯条件がないということは、十年という期間が動かし難いということではないんですか？」

「動かせる、という付帯条件を、こちらは持っている。善意の第三者としてな。動かせないという、そちら側の付帯条件を出さないかぎり、こっちの勝ちさ」

「そんな」

「契約とかなんとか、文字が多い方が有利なんだよ、辻本。契約に、行間なんてありはしないんだからな。貸主が動かした時の、ペナルティも記載されていない。つまり、動かしていい、ということだ」

「承服できません、そんなこと」

「できようができまいが、そういうことなんだ。動かした場合のペナルティ、そういうものまで記載していない契約書は、それ自体、穴だらけなのさ。俺はいま、その穴に手を突っこんだだけだがね。法廷じゃ、これが生きる」

「じゃ、さっき交わした念書は？」

「俺がいま言ったことを、そちらも認めた、という、まあ古賀事務所の敗北宣言みたいなものかな」

「そんなこと、うちの先生が認めるわけはありません」

「そうだよ。付帯条件はなにもあるはずがない、というようなことを、古賀先生は言うわけはない。付帯条件はないが、それに代る口約束、メモの類いはあった、と言い続けただろうよ」

「私の、責任ですか？」

「そういうことだ、辻本。君が、この案件を、訴訟に行く前に駄目にした。古賀先生なら、そのことはわかるはずだ。君は、いまの念書の意味もわかっていない」

「詐欺だ、そんなの」

「口に気をつけろ。素人みたいなことを、言うんじゃない」

辻本が、じっと私を見つめてくる。

「この間の案件じゃ、うちの先生に青井先生のことを言われましたが、私には、あなたから学ぶべきことは、なにもありませんね」

「俺も、君のような小僧に、なにか教えようって気はない」

「とにかく、勝負はこれからですよ。あのビルで、料理学校は経営を続ける権利がある。それは当たり前のことなんだ。それが、法律で守られないはずはない」

「守られるためには、それなりの書類が必要だと、教えてやったばかりだろう」

「そういう汚ない手が、ないわけではない。それは、教えて頂きましたよ」

「じゃ、これを教訓にして、次からは」

「青井さん」

辻本が、私の言葉を遮《さえぎ》った。

「たとえ小僧でも、私は弁護士ですよ。ここでちょいとひねられて、それで終りってわけにはいかないでしょう。なんとしても、こちらの主張を通す道を見つけますよ」

「契約の時、立合ったのは君だろう？」

一年前の契約だから、新人には適当な仕事だったはずだ。

「いま、それを考えていましてね」

辻本が、にやりと笑った。

「なにからなにまで、不利なんですね、私は。だけど、ファイトも湧いてきます。こんな気分になったの、司法試験に落ち続けた時以来ですよ」

古賀弁護士が、事務所に入れたのだ。正義感が強いばかりではなく、それなりの根性も持っているのだろう。

「いいだろう。とにかく第一ラウンドは、俺がダウンを取った。そんなところかな」

若造だ。

それでも、私には辻本が若造に見えた。思い切り汚してやりたい、純粋さというものを持った
古賀なら、任せるだろう。それも、かなり厳しい条件をつけてだ。

「古賀先生に、一応報告はしますが、任せて貰うつもりです」

「サンドバッグ代りにゃ、いい相手か」

「打たれ強い方でしてね」

念書の交換で、話は終ったという恰好になった。次回の交渉日を決め、私はビルから外に出た。いつの間にか、残暑という感じになっている。

ビルは九階建で、私鉄沿線の駅のそばにあった。再開発が進み、そういう点では古い部類に入るのかもしれない。しかし築十五年ということは、耐用年数は二十年は残っていると考えていいのだろう。

私は、軽自動車を成城に回した。

チャイムを押すと、最初に出てきたのは、ユミだった。ゴールデン・レトリバーだと、この間、私は知った。頭はいいが、活発さはあまりない犬だ、と私は思っていた。次に出てきたのが、通いの家政婦だった。古い木造家屋は、全館冷房というわけにはいかない。いくつかの部屋に、エアコンが入れられているだけだ。

佐野峰子を待っている間に、上品なケーキと紅茶が出てきて、私はケーキの半分以上をユミにやった。家政婦は、かなり高価だろうと思えるケーキを、ドッグフードのように犬にやったのが、かなり気に食わないようだった。佐野峰子に告げ口をする、と私は確信した。佐野峰子が、

それで私を解任するというのは、都合のよすぎる期待だろうか。ちょっとたしなめられるだけで、終りだろう。

応接室に現われた佐野峰子は、上気した表情をしていた。セックスのあとではないか、と思いたくなるような顔である。

「株が、乱高下してね。なんとか損はするまいと思ったのだけど、三億ばかり消えたわね」

「愉しいことをやった、という表情をしておられますよ」

「この歳になると、株なんかが媾合《まぐわ》いの代りでね」

媾合いという言葉がセックスと同義だと、しばらくして私は気づいた。

「三億円のセックスですか？」

「五回は達したね。君、五回も気をいかせることができる。相手が、あたしみたいなおばあちゃんで」

「考えたことはありませんが、俺には到底無理でしょう。セックスが人生なんて、考えたこともありませんでしたし」

「人生よ。とても大事なもののひとつね。あたしの歳になると、違うことで気がいくなんていう技もできるのだけど」

「俺は、自分より歳上の人は、まず駄目ですね。これまでの人生で経験がないし、これからはもっとないでしょうから」

「若い躰のいいところは、生命力に溢《あふ》れていることよね」

「そうかな。肌の張りとか、乳房のかたちとか、そんなものを男は愉しむんですが」

「君はね。あたしと寝てもいいという男は、何人もいるわ。勿論、金目当てなんだけど」

「それじゃ、いかんのですか。金は、腐るほどあるじゃありませんか。一日ですっちまった三億円があれば、結構な逆ハーレムができあがりますぜ」

「飽きたのよね、もう。大した男はいなかったし。ベンツとかポルシェを欲しがる。ブランドのスーツを欲しがる。あたしの全財産を狙った男もいたけど、結婚を申しこむという、馬鹿げたやり方だったわ」

「ちなみに、その男、いくつでした？」

「二十四歳。五年ぐらい前の話だから、まだ三十になっていないわね」

「佐野さんを、満足させたんですか、そいつ？」

「そこそこにはね」

「結局、佐野さんはなんに対しても、あんまり満足しなくなってるんですね」

「この世の人間を、みんな殺してくれるというなら、満足するわよ」

「みんな、ですか？」

「地球が消滅するのと一緒に、あたしも死にたい」

なにか、暗い執念を感じさせるような言い方だった。

「主人は、それこそ莫大な財産を残したわ。亡くなったあとに、土地なんか二倍になったし、五倍に膨れあがった株もある。先見の明はあったの。才覚もあった。国家にだって、それなりの貢献はしたはずよ。だけど、晩年は罪人だった。寄ってたかって、罪人にされた。そのころの弁護士だって、ある程度の財産は、国家のものになっても仕方がない、と言ってた。主人は、いやだと言って国の追及を受けたわ。たった五千万ぐらいの脱税で、一年刑務所に入れられたの」

「脱税の方法が悪質だった、ということでしょう」

「そんなことはない。主人がやったことは、脱税ではなかったと、亡くなって五年経って言われているわよ。国は、口を拭ってなにも言おうとしないけどね」

「それでも、財産は残ったんでしょう？」

「ただ残ったわけじゃないわ。亡くなる前まで、主人はどうやって税金をかけられずに済むか、研究に研究を重ねた。あたしも一緒にね。それ以外は、ヨットに乗っていた。亡くなったら、税務署が手ぐすね引いてやってきたわ。ひと月以上も、かなりの人数を動員して、それこそトイレの物入れまでひっくり返した。それでも、一文も取られなかった」

「どんな方法があるんです？」

「それは、秘密ね。とにかく、この土地家屋にさえ、相続税はかけられなかった。国民からお金を吸いあげる方法について、国は周到よ。だけど、主人の執念の方がそれを上回ったわ」

「で、いまの財産ですか」

「会社の株も、五十一パーセントはあたしのものだから、ほぼあたしがオーナーと言っていいと思う。ほかに、ビルが十四、今度ので十五になるわね。土地は、都心に五千平米はある。それから、二十五社にわたる株ね。あたしは、財産を増やしこそすれ、減らしはしなかった。一文もね」

「株で、三億円すってもですか？」

「そのお金は、どうでもいい部分としてプールしてあるものね。三億することもあれば、五億儲けることもある」

「俺に払う金も、そこからですか？」

「とんでもない。あなたは、とても重要なことをやるのよ。アブクではなく、きちんとした財産の中から出しています」

ユミが、そばへやってきた。ケーキで、簡単に手なずけることができたようだ。

「それで、今度の件だけど、青井君」

「あの契約書があっても、勝てるかどうか微妙なところです」

「可能性は？」

「だから、五分五分です」

「じゃ、勝ったも同じね」

「無茶な言い方です。五分五分でそう言われるなら、俺を解任してください」

「五分五分なら、あなたは勝つわよ。そう言ってるの」

「なぜ？」

「あたしと同じ、執念みたいなものを持ってる。どこかで、あなたの嫌悪感というか、憎悪というか、そういうものが醸成されたのでしょうね」

「そういう感情は、自分に対してが一番大きいんですがね」

「それも、あたしと同じよ」

私は、そばに座ったユミの頭に手をやった。ユミは、舌を出し、熱い息を吐いている。

「青井君がどうしてそんなふうになったのか、あたしは興味があるな」

「どこかで、拗《す》ねたんでしょう、女房が金持になってしまって」

「それは、きっかけね。たまたま、未紀子ちゃんのことだったたっていうだけよ」

「あの、元の妻を御存知なのですか？」

「あたしが知っているだけ。むこうも、名前ぐらいは知っているかもしれないけど、あたしはずいぶん詳しく知っているわ」

調査をさせたのだろう。それは、私の元の妻に対してやったことなのか、それとも立退きを要求する相手にやったことなのか。佐野峰子は、わざと人を眩惑する言葉を遣って、面白がっているところがある。

「鈍くないのよ、あなたは。鈍くなりきれなかったというのかな。鈍く生きていれば、こんなに楽なことはなかったのにね」

私は黙って、ユミの頭を撫で続けた。

「そのユミという犬の名ね、主人の浮気相手のものなの。もうかれこれ、三十五年以上も前の話だけど」

「そりゃまた、執念深い話だ。だけど、御主人は、そのユミさんひとりが、女だったんですか？」

「金で囲ってた女なんか、どうでもいいのよ。ユミ子を、あの人は愛したわ」

「犬の名にして、だけど苛《いじ》めているわけじゃない。むしろ、かわいがっている」

「いいのよ。犬の名にしているだけで」

家政婦が、新しいお茶を持ってきた。最初に出された紅茶は、もう冷えている。

「あなたは、すでに弾《はじ》けている。人間として、弾けてしまっている。それで、あたしの思う通りの仕事をしてくれるはずよ」

「それから、俺はどうなるんです？」

「さあ。ただ、間違いなく無様《ぶざま》に滅びるわね」

「滅びるんですか？」

「自分を毀し続けてりゃ、そうならざるを得ないでしょう。ほんとはもう分解していると思うのだけど、どうもひとつ箍《たが》があるのね。それが、未紀子ちゃんと由美子ちゃん」

「家族のことは、放っておいて欲しいですね。無条件で、放っておいてください」

「それはそうよ。あたしが毀したって、意味はないもの」

「この仕事」

降りると言いかけた私を、佐野峰子は遮った。

「やる気になったでしょう、一層。自分がどう毀れていくか、よくわかるわよ」

ユミは、私の足もとに寝そべった。

熱い緑茶に、私は手をのばした。

「俺が、どう毀れるかですか。佐野さんは、それを愉しまれているんですか？」

「あなたのことなんか、関心はない。自分で弾けたがっている、適当な弁護士が見つかった、と思っているだけよ」

どう考えても、佐野峰子が私に深い興味を抱くとは思えなかった。私のやり方が気に入った。それだけのことだろう。

「あまり、時間はかけないでね。早く、あの料理学校を手に入れたい」

「そんなに、ものを持っているのにですか？」

「あたしはね、健康ということが嫌いなの。なにも病気になれということじゃなく、心のありようが健康としか言い様がない人間って、いるでしょう。久保未紀子はそうね。あの父親には抜け目のないところがあって、それで人を傷つけたりもしていたけど」

佐野峰子は、多分未紀子の父親の方を知っていたのだろう、と私は思った。

健康という意味で言えば、まさしく未紀子は健康な精神の塊《かたまり》だという気がした。立派に妻をやり、母をやった。特に、人に悪意を持った、という記憶も私にはない。父親が死ぬと、たくましく事業を継いだ。そして娘の父親である私は、あくまで父親でいるべきだと考えている。

「帰ります」

「そう。早い時期に、結着をお願いね」

私が腰をあげても、ユミは動きもしなかった。

3

夏の終りで、台風のシーズンになった。

マリーナで、強風準備をしていたので、私ははじめて台風の接近を知った。

強風準備と言っても、係留してある船は舫《もや》いや防舷材《フェンダー》を増やし、上架してある船は、ロープを張って倒れたりするのを避けるのだ。特に、ヨットは倒れやすい。

私は、自分の船に、スプリングと呼ばれる補助舫いを二本とった。両舷にとったので、がんじがらめという感じになる。

船室で、パソコンを起ちあげた。

天気図を見てみる。確かに、大型の台風が関東地方を狙っていた。しかし、東京湾の奥である。風よりも、むしろ高潮の警戒なのだろう。動き回っているマリーナの職員たちの顔にも、それほどの緊張感はない。

私は、田所と十五分ほど電話で喋った。

田所は、借用証のすべてを私が持っているとは、知らない。ただ、私の交渉によって、取り立てが一切こなくなった、ということは、実感しているはずだ。

田所の使い道など、いくらでもあった。リストから消えているので、またどこかで借金をしかねないが、その時は、自分の命と肉体で責任を取らせればいい。

いまのところ、田所は私の言う通りに動く。

樋口商事は、あれからなにも言ってこない。島田は、約束を守る気のようだ。福井が、田所の分の借金を全部負わされたのだろう。何人か、働く女を持っていれば、なんとか返せる。覚醒剤でも売り捌《さば》けば、あっという間に返せる。やくざはそうやって、いつの間にか自分を犯罪者の中に追いこんでいくのだろう。自分から堕ちるのではなく、人から堕とされる。それが、ごく近い人間の場合もある。

田所には、立退きの要求をさせていた。といっても、料理学校ではない。同じビルに入っている、得体の知れない出版社だ。多分、総会屋だろう、と私は思っていた。

佐野峰子は、料理学校以外の立退きを、まったく考えていないようだ。司正書房という出版社の立退き要求は、私の独断だった。

それがどういう結果を生むか、私には読めていない。とにかく、水の表面を掻き回してみることだ。それで、なにか浮いてくることもあるだろう。

病院の、医療過誤についての補償と慰謝料の件は、すべて解決していた。池田は、動いた金の額を知って、歯ぎしりしているだろう。金に弱い男は、金にひっかかってくる。その内、池田をなにかに使ってやろう、と私は思っていた。

解決していない問題が、ひとつだけあった。

K病院の山上医師である。弟が、バイクで私を襲った。被害届を出す準備はしてあり、山上とも連絡を取った。

医者を辞めろ、と私は言った。弟に、誤診を追及された腹癒《はらい》せをやらせるなど、誤診についてなんら反省もしていない、ということになる。話を聞いた山上は、慌てていた。弟と一緒に謝りに来るという申し出は、断った。慰謝料の話になったが、私はそれには乗らなかった。腕のいい弁護士だと、逆手をとってこちらを脅迫で告発しかねない。

私が追及したのは、弟の刑事責任についてと、兄の社会的責任についてである。

人を責める時は、正義が一番効果的である。逆に、正義の名で責められないような注意は必要だった。

山上は、弟は独断でやったのであり、自分はまったく関係していない、と言いはじめている。弟を庇《かば》うことも、やめてしまっていた。兄弟愛など、所詮その程度のものだ。

兄弟が、一生憎み合うようにしてやる。私が考えているのは、それだけだった。

昼食の準備をしていると、電話がふるえた。

田所だった。

「駄目だ、先生。助けてくれ。私は、監禁されてしまっている」

「ほう、それは穏やかじゃないな」

「立退き料がいくらか、としつこく訊かれてね。いま、電話を代るそうだから」

次に出た声は、ごく普通のものだった。

ビルの前の持主との契約を説明し、立退きならそれなりの補償が必要だと、紳士的な口調で説明してくれた。

「三千で、いかがですかね？」

相手が、黙りこんだ。

「それ以上は、ちょっとね」

「このビルが、超高層になるとか、そんな話でも裏で進んでんのかい？」

紳士的な口調に、地が滲《にじ》み出している。

「別になにも」

「言えるわけないよな。とにかく、三千って提示があったのはわかった。うちはうちで、いろいろ検討してみるから」

「いくら検討していただいても、三千からビタ一文上乗せにはなりませんよ」

「ほう、安く見てくれたもんじゃないか、うちの会社を。三千という根拠だけでも、聞かせておいて貰おうか」

「その程度の会社でしょう」

「三千万とは、安く見られたもんだよ」

「別に、買い取るわけじゃない。立退き料ですよ。それに、三千万じゃなく、三千円」

「なんだと、てめえ。ふざけてんのか」

「別に。いたってまっとうな額を、提示しているつもりですがね」

相手は、しばらく絶句していた。

「なあ、弁護士先生。冗談はやめにしとこうや。ほんとのところを、言ってみちゃくれないか。こちらは、心ならずも人質を取ってるって恰好でね」

「好きにしてくださいよ」

「おい、あんた」

「監禁罪のほかに、どういう罪状がつくかだけの話ですから」

「ちょっと待てよ、おい。立退きの交渉だろうが」

「そういう交渉に行った者を、監禁した。さっき、人質と言いましたよね。自分で、罪を認めたようなものだ」

「だったら、どうだってんだ」

「すでに警察が、そちらへむかっています」

「おい、おまえ。言葉のアヤだろうが。そんなこと、よく言うだろうが」

「じゃ、三千で立退きを承知していただけるんですね」

「脅してんのは、そっちじゃねえか。とにかく、このおっさんには帰って貰う」

「被害届は、出しますよ」

「帰すって言ってるだろうが」

「警察行きますよ」

「おい、なにもそんな」

「そうですよね。そんな話にゃ、お互いしたくない。警察沙汰なんてね」

「う、嘘か」

「そんなふうに、すぐなりますよ。いまのおたくのやり方では。そういう事態になる前に、私が行って話をしましょうか？」

「なんだよ。結局、そういうことかよ」

「人質、そのままにしておいてください。夕方までには、行きます」

「すぐに来い。頼む側だろう、そっちは」

「頼む側だからこそ、準備がいろいろありましてね。すぐに行ける状態じゃありませんな。すぐに行くとなると、警察になりますが」

電話が切れた。

私は、作りかけの昼食の仕度に戻った。

風がいくらか強くなってきているが、マリーナでまだ台風は感じられない。

昼食には、時間をかけた。

その間も風が強くなる気配はなかったが、私は舫いを二本と、防舷材《フェンダー》を二つ足した。もともと係留中は、スプリングという補助の舫いもとってあり、少々の風ではなにか起きることは考えられない。

自分の船の保守が終ると、私は強風準備中のマリーナを見て歩いた。神経質なオーナーは、船の上架を依頼する。いまは、その作業の最中だった。

私はクラブハウスでシャワーを使い、下着を替え、ポロシャツに上着を羽織って、電話でタクシーを呼んだ。

佐野峰子が買収したビルまでは、結構な距離がある。私鉄が二線、交差している駅のそばなのだ。再開発が進んでいる地域のため、レストランなども多く、料理学校の立地としては申し分なかった。

司正書房は、九階建のビルの三階の一室にあった。

ノックもせず、私はドアを開けた。若い男が二人、私を見て立ちあがった。事務所の中には六人分のデスクがあり、その奥にもうひと部屋あるようだ。

「田所というおっさんを、預かって貰っているはずだが」

私が奥の部屋に行こうとすると、ひとりが立ち塞がった。私は、男の肩を押しのけた。

「なにすんだ、この野郎」

「そんな口を利いていいと、社長にでも言われてるのか？」

「なんだと？」

「おまえらと話をしに来たんじゃない。社長室から、うちで雇った男が出られなくて困ってる。それでも、警察には訴えずに、俺が引き取りに来たんだ」

「だからよ」

もう一度進路を塞ごうとする男を、私はさらに押しのけ、ノブに手をかけた。

「待てって言ってんだろうが、聞えねえのか、この野郎」

「おまえら、人を監禁してるんだぞ。それ以上、俺の躰に触らないことだな。俺は一度しか警告しない。これは警告だからな」

「おい」

ドアのむこうから、声が流れてきた。

「お客様に失礼がないように。ちゃんと部屋へ御案内しなさい」

すべて聞えていたのだろう。挑発には乗るな、と言ったわけだった。

私は、部屋に通された。

田所は、蒼い顔をして座っていた。

「青井先生ですね。弁護士バッジはつけておられませんが」

「あれは、法廷だけでいい、と私は思ってるんですよ」

「いや、今回の立退き要求には、正直驚いております」

そう言って、男は名刺を差し出した。田所の前には、黄色いお茶が置いてある。監禁などしていない、ということを強調しているのだろう。

田所に渡してあるテレコが、作動したかどうか。きちんと、作動させられたかどうか。

男の名は、崎村といった。中傷記事を満載した、新聞のようなものは出しているとしても、総会屋であることは間違いないだろう。ここに事務所を構えているなら、一流の総会屋ではない。

一流なら、都心のビジネス街に事務所を持つだろう。暴力団が、仕事《シノギ》をやっていけるような場所でもない。

「このビルの、次のオーナーは誰なのかな？」

「それはまあ、登記が済めばいずれわかるということで」

「このビルから、みんな追い立てるのかね？」

崎村は、五十五、六というところだろうか。六十にはなっていない、と私は思った。人の年齢に関しては、私の眼はあまり大きな間違いはしない。

「出て行かせた方がいい、と聞いたのは司正書房だけでしてね」

「聞いた？」

「ま、ある筋から」

「家賃の滞納など、したことはないんだがね、青井先生。うちは、きちんと業界紙を出している会社でもある」

「ほんとうは、最上階が空けてくれると助かるんですが」

「ほう、料理学校を」

「若いくせに、いろいろ手管を使う弁護士でしてね。難航というより、不可能に近いかもしれません」

「その若い弁護士が、うちが出て行くべきだと言ったのかね？」

「さあ」

私は、煙草に火をつけた。相手は、総会屋だった。恐喝の法的な適合例など、弁護士より詳しいに違いない。私は、慎重に言葉を選んでいた。

「どこかの企業の、秘密でも握りましたか、崎村さん？」

「私が、なぜそんなものを握るんだね？」

「いや、ちょっとね。ずいぶんと、標的なんかにされている人だと思いましてね。あなたを完膚《かんぷ》なきまでに叩き潰すことで、ほかの新聞や雑誌の口も塞げる」

「どういう意味だ、そりゃ」

「いや、そう耳にしただけで」

「司正書房が、なんだと思っているんだね、青井先生？」

「そこのところが、いまひとつ摑みきれていませんでね。とにかく、立退きの交渉を先にはじめようと思って」

「ほう、うちがなんだか知らない。それで、立退き交渉からはじめようっての、弁護士さんらしくないね」

「急いでたもんですから。それにきのうの夜までは、九階がすんなり空くと思っていました」

私は、二本目の煙草に火をつけた。灰皿は、吸殻で山盛りになっている。

「きのうの夜なら、今日一日、調べる時間はあったでしょう」

「調べる必要はなかった」

「なぜ？」

「まあ、いいじゃないですか。私だって弁護士ですから、徒手空拳でここへ来てるわけじゃありません」

「うちがなにかも知らずに」

崎村は、ちょっと考える表情をしていた。

「つまり、それなりの情報は貰ったってことかね。その、九階の弁護士さんから」

「さあ、そこのところは」

「どういう情報だったのか、喋る気はないだろうね」

「つまらん質問ですよ、それは。とにかく、交渉はこれから私がやるとして、田所はもう帰します」

「別に、帰るなと言ったわけじゃない」

私は田所にむかって頷くと、指の間の煙草を揉み消した。田所が立ちあがる。

「いいですね、崎村さん？」

「勿論。お疲れ様、田所さん」

田所は出ていった。

私には、まだお茶も出ていない。吸殻で一杯の灰皿を、替えようという者もいない。

「こちらの、賃貸契約書は拝見できますか？」

「出してある、ここに」

崎村が立ちあがり、デスクに行って書類袋を持ってきた。私は、それにゆっくりと眼を通した。その間に、お座なりにお茶が運ばれ、灰皿が替えられた。

「契約書に、なんの問題もありませんな」

「当然じゃないか」

「だからか」

「なにが？」

「いや、私もいろいろ複雑な立場でしてね。なんとか、解決はできそうなんですが」

「どんな解決だね」

ポケットで、電話がふるえた。失礼、と言って、私はそれを耳に当てた。田所からだった。短く受け答えをし、私は電話を切った。

「片付いたみたいです。私も、これで帰りますよ」

「なんだ、どういうことだ？」

「司正書房をこのビルから立退かせるのは、法的にはなかなか難しい仕事です。ただ、崎村さんは立退かれることになりますね」

「だから、説明しろって」

崎村の口調に、ようやく苛立ちが滲み出してきた。

「私も、よくはわからないんです。立退きなんかは、あなたにとってはどうでもいい。そういう情況になると思います」

「説明だよ、青井先生」

「私も、説明はできません。ただ、崎村さんが、どこかの企業のスキャンダルを摑んでいるとか、誰かに恨まれているとか、想像してみるだけでね」

「思わせぶりばかり、言うんじゃない」

「私も知らないんで、これ以上の言い様はありませんよ」

「ふざけてるのか、あんた？」

声に凄味が出てきた。

「崎村さんを相手に、ふざけてどうなります。ほんとに、私はなにも知らないんだ」

立ちあがった。

「おい」

「崎村さん、田所にどんなことを言ったか、憶えてますか？」

「大したことは、言っちゃいない」

「なら大丈夫でしょう」

私は、腰のベルトにつけたテレコを、上着の前を開いてちょっと見せた。

「なんだ、それは？」

「田所も、同じものを持っていましてね。それは行くところへ行きます」

「どこへ？」

「警察じゃないことは、確かです。ほんとうなら教えるべきことじゃないんだが、ちょっとばかり、倫理的に気持がひっかかるところがあります。だから、事実だけ教えておきますよ」

「どういうことだ、おい」

崎村が怒声をあげ、それに呼ばれたように、若い男が二人飛びこんできた。出ていけとは、崎村は言わなかった。二人は、私の両側に立った。

「俺に触るなよ。さっきとは展開が違ってきているんで、警告のやり直しだ」

「座んなよ、青井先生」

「大したことは言っちゃいないと、崎村さんおっしゃったばかりですよ」

私は腰を降ろし、煙草に火をつけた。

「おう、てめえ、ぶち殺されてえのか？」

「待て、テープを持ってる。それを取りあげろ」

崎村が言った。私は腰のテレコをはずし、テープを出して崎村に投げた。

「くれてやるよ、そんなもん。もうひとつの方は、どうしようもないがな」

「いい度胸じゃねえか、この野郎」

若い男の手が、私の胸ぐらにのびてきた。私は、胸ぐらを摑んだ手に煙草の火を押しつけた。

叫び声があがる。崎村が、じっと私を見つめてきた。

「筋者《すじもん》かい、あんた？」

「いや、現職の弁護士だよ。ただ、法律ってのは、匕首《ドス》とか拳銃《チャカ》とか、そんなもんと似た道具だと思ってる」

「たまげたね。弁護士が、そんなこと言うかよ？」

「言うだけじゃなく、俺はやるんだよ」

崎村の眼が、私を測るような光を帯びた。

「あれかい、九階の弁護士さんなんか、あんたのそういうところ、知ってんのか？」

「いや。こんな情況にぶつからないかぎり、俺はこうならない。だから、俺がこうだって知ってる人間は、少ないよ」

「あの、田所ってのは？」

「端金《はしたがね》で、ゴミみたいな仕事を、喜んでやるやつさ」

「雇ったのは？」

「俺だよ。ということにしておいた方が、いいだろう」

「肝心なことを摑ませない。そういう言い方のプロか」

「どうかな。とにかく、もうあんたと会うことはないと思う」

私は、腰をあげた。両脇を、二人が押さえようとしている。

「やめとけ」

崎村が言った。

私は、そのまま部屋を出、事務所を通り抜け、階段を使って下まで降りた。

タクシーを停める。

これから、川名行雄に会うことになっていた。月に一度の約束がはじまっている。裁判が開始されるのは、まだ数ヵ月先だろう。川名の動揺に付き合い続けるというのは、面倒臭いと同時に、興味深いところもあった。

自分のために他人の心を傷つけたとしても、人はどこまで耐えられるのか。どこで、自分を放り出そうとするのか。

そんなことを、そばで見ていられる。

4

古賀法律事務所から呼び出しを受けたのは、金曜日の夕方だった。

私は、ジーンズにTシャツという恰好で出かけていった。

古賀の事務所は、丸の内のオフィス街にあった。いかにも、弁護士が事務所を構えそうな場所で、ビルは古いが、ちょっとした威厳をたたえている。著名な弁護士の事務所が、三つ入っていた。ほかに、名の売れた株屋の事務所とか、設計事務所とか、個人で通用する名が、十以上は並んでいた。ほかには、古い貿易会社、箱根のホテルの東京事務所など、こぢんまりした会社ばかりだった。

私は年代物のエレベーターに乗り、六階の古賀の事務所にむかった。エレベーターは、動く時と停る時に、衝撃がある。十年前に来た時も同じだった。

六階のフロアには、個人事務所が二つと、会社が二つ入っていた。廊下の突き当たりの事務所というのも、以前と変りない。

入口には、所属弁護士六名の名が列記してある。職員も含めると二十名を超える、法律事務所としては最も大きなもののひとつだった。

受付に名刺を出し、そのまま法律相談コーナーの脇を通り、奥の部屋へ行った。そこは、古賀の個室になっている。

中には、古賀と辻本がいた。

辻本の顔は、腫《は》れあがっている。私と眼を合わせると、怯《おび》えが走った。

「御無沙汰しております」

頭を下げた私の身なりに眼をやるように、古賀は視線を上下させた。ジーンズできたのは、わざというわけではなかった。古賀と会う時に、ネクタイが必要な立場に私はいないのだ。

「ほんとうに、久しぶりだな」

三年ほど、会っていないだろうか。未紀子の父の葬儀以来だ。肩幅の広い猪首《いくび》で、学生時代は柔道をやっていた、という話を聞いたことがある。三年前より、いくらか老けた感じだった。

「実は、きのう辻本は無断で事務所を休んだ。今日もだ。それで家に職員を行かせたら、この顔をしていた」

「これは、ひどいな」

「まあ、辻本は喧嘩をするタイプの男ではない」

それだけ言い、古賀は腕を組んだ。

「喧嘩でないとすると、誰かに襲われたということですか？」

「例えば？」

「高校生のオヤジ狩りとか」

「ビール一杯も、酒を飲めないやつがか？」

「そうなんですか？」

「殴られる以上の恐怖感を与えられたらしいが、奪られたものは、なにもない」

「恐怖感ねえ。とすると、恨みですか」

私は、煙草に火をつけた。この事務所は、めずらしく全員が煙草を喫っていた。十年前の話だ。古賀は、茶目っ気たっぷりに、太巻きの葉巻をくわえていたものだ。いまは、どうだか知らない。

クリスタルグラスの灰皿に、吸殻は一本もなかった。

「襲った男、君の名を言ったそうだ」

「私の？」

「どういうことなんだろうな？」

「おい、そいつはなんと言ったんだ、辻本？」

暴力には、決定的に弱い男。崎村に、あっさりとそう見破られたのだろう。暴力をこちらから望んでいるように見えたであろう私には、崎村は暴力を使おうとはしなかった。

「おい、辻本」

「青井先生。いや、青井という弁護士と組んで、なにをやろうとしている、と言われました。なんのことだかわからない、と言っただけで、殴られて」

「俺と組んでだと」

辻本が、一度頷いた。

「心当たりは？」

古賀が、じっと私を見ている。私は、二度続けざまに煙を吐いた。

「ということは、私も一緒に恨まれていた、ということですか」

「辻本は、クボ・エンタープライズの、料理学校の件しか思いつかないそうだ」

「あれは、組んでるのじゃなく、対立しているわけですし」

「確かにな」

「債権者会議で、辻本と組んだ恰好になったことはありますよ。あれも、クボ・エンタープライズの代理人をしていました。私は、佐野峰子女史の代理人で。代理人であることは、料理学校の案件と変らないんですが」

「あの、債権者会議か。銀行の担当者を、滅多打ちにしたんだそうだな」

「あの時、銀行はそうされて当然でした。ただあの担当者は、恨むとしたら私の方を恨んだでしょう。あの男が、こんな真似をするとは思えませんがね」

「辻本は、料理学校と言っている」

「どういう恨みです。第一、代理人としてこの間はじめて、辻本と顔合わせをしたばかりですよ」

古賀は、葉巻も煙草もやめたようだ。私が二本目に火をつけても、腕は組んだままだった。

「料理学校については、私は立退きを要求し、辻本は拒否したわけですから、確かに対立は存在しています。それは辻本側の契約書に付帯条項がないということから、善意の第三者に法的権利が発生しかかっているという、純粋に法律的な対立なのですが」

「発生しかかっているのか？」

「すでに発生している、と私は解釈しています。契約書にたとえメモ、口頭の類いであろうと、付帯条項はない、という念書はすでに交わしていますし」

「それも、聞いた」

「辻本にとっちゃ、とんだドジでしょう。私は、先制点をあげたわけで、対立関係からの恨みは、むしろ私にむけられるものです」

「それも、わかっている」

「古賀先生。なにか釈然としないことがあるんですか。ならば、私は先生からお聞きしたいですが」

「隙はないな。ジャブだけでロープ際に追いつめられ、決めのパンチが顎をかすったというところだ」

「顎をかすった？」

「君の方にも、捜せば穴が出てくる」

「ないと思ってます。少なくとも、相手が辻本なら」

私は、二本目の煙草を揉み消した。

辻本は、まだうつむいたままで、怯えた眼をしている。

こんなふうに、暴力に弱い人間というのは、少なからずいる。暴力によって、心まで破壊される場合もあるのだ。

「おい、辻本」

私が呼びかけると、辻本はゆっくりと眼をあげた。私と眼が合うと、すぐにそらす。

「打たれ強いんじゃなかったのか？」

「私は」

「それとこれとは、違うか。しかし、打たれるということで言えば、殴られるなんてのが一番程度が軽い。せいぜい、顔が腫れるか、歯を折るか。そんなもんだ。古賀先生の事務所にいりゃ、もっとひどい打たれ方というのも、わかってくる。人間が、人間でなくなるような打たれ方、打ち方があるんだ。法律なんて、そんなもんだぜ。俺は、いつからか、そう思うようになった」

「もういい。行け、辻本。あとは、言った通りにな」

そう言い、古賀がインターホンで人を呼んだ。入ってきたのは、顔を知らない弁護士だった。その男に促され、辻本は古賀に頭を下げると、部屋を出ていった。

「一応、被害届は、出させることにした」

「ほう、まだ出していなかったんですか？」

「そうなんだ。ひとりで、ふるえながら部屋に籠っていた。喧嘩をして、登校拒否をはじめた生徒を、無理矢理呼び出した高校教師って心境だな」

私がまた煙草をくわえると、古賀が羨しそうな視線をむけてきた。やはり、禁煙したのだろう。

「変ったな、青井君」

「そりゃ、理想が色褪せて見える歳月を、弁護士として過したんですから」

「そういうことじゃない。法律は、やればやるほど人をシニカルにする。当たり前だな。変ったのは、君の感情のありようだ」

「怒らなくなった、ということですか？」

「辻本の話で、対象は定かではないとしても、昔の君なら怒ったはずだ。まるで、転んで泣くなとでも、言いたげだった」

「まったく、その心境です」

「そこに、普通だと感情が滲み出すもんだがね」

「普通じゃなくなったのかもしれません」

「今度の件だが」

煙草を一本くれという仕草を、古賀がした。私は一本差し出し、ライターの火をつけた。古賀が顔を近づけてくる。

「私が、自分で担当しようかと考えている」

「辻本は、駄目になりますよ。私には、関係ありませんが」

「そうなんだ。そこで、まだ迷ってる」

「ああいう男は、遠からず駄目になるかもしれませんが」

「私が決めるのでなく、依頼人に決めて貰おうと思っているのだが」

古賀は、うまそうに鼻から煙を吹き出した。

「依頼人の意志を、確かめるよ」

「私におっしゃることではない、と思いますが」

「君の、奥さんだった人だ」

古賀の眼は、表情をまったく読ませなかった。

古賀は、二、三度続けざまに煙草を喫い、揉み消した。手の甲には、しみがいくつも浮き出している。未紀子の父親と親しかったというから、もう七十をいくつも越しているのだ。

古賀は立ちあがり、インターホンでなにか喋っていた。

「いまから、応接室へ行く」

古賀はそう言い、私を促した。

応接室は、入口の脇にあった。法律相談コーナーの隣りのドアだ。

入っていくと、待っていたのは未紀子だった。

「事情は、電話で話した通りだ、未紀子さん」

「はい。いま、辻本君にも会ってきました。この案件から降ろされるのではないかと、とても心配していましたわ。今度のことだけでなく、失態もあったようだし」

「大きな失態だった。うまく、君の亭主に嵌められた恰好だったが」

前の亭主だと言おうとしたが、未紀子は黙って頷いた。

「それで、依頼人の意志を確かめておこうと思ってな」

「辻本君に、続けさせていただけますか、先生」

「あの顔を見て、かわいそうになったかね？」

「いえ、主人のやり方を、最後まで見てみたいんです。先生が出られると、主人は理論とかいうもので、武装しますわ」

「なるほどな。確かに」

俺が、勝ってしまうぜ。言いそうになった。言わなかったのは、どうぞと未紀子が平然と頷きそうだと思ったからだ。

「わかった。依頼人の意志を、尊重しよう」

「今日は、これで失礼いたします。主人と、話し合いたいこともございますし」

離婚しても、主人は主人。未紀子の健康な精神は、頑《かたくな》なほどだった。

「じゃ」

そう言い、古賀は応接室を出ていった。私の方は、見ようとしなかった。今後、なにかやるにしても、辻本の後ろで古賀がじっと見ている。それは間違いないことだろう、と私は思った。

「行きましょう」

「おい、俺には俺の用事があるんだぜ」

「それは、キャンセルしてください、あなた。父親としても、あなたはあたしときちんと話すべきですわ」

父親としてと言われたので、私は黙って従った。

ビルの車寄せでは、黒い大型の車が待っていた。普段自分で運転する時は白いメルセデスで、黒塗りの車は社用車だった。

運転手の耳を気にしているのか、車の中では未紀子はなにも言わない。私も、三角窓をちょっとだけ開けて煙を抜きながら、煙草を喫い続けていた。

連れていかれたのは、庭付きのレストランの個室だった。まだ夕食にはいくらか早く、客は誰もいない。

「あの料理学校」

テーブルを挟んでむかい合うと、未紀子が言った。

「高校生になったら、由美子が入ることになっているの。家からもそれほど遠くはないことだし」

「高校生から、花嫁修業か」

「由美子の意志よ。それに、花嫁修業じゃないわ」

「じゃ、なんだ。自炊の稽古か」

「茶化さないで。高校生の間、通ってみて、見込みがあるのなら、料理学校に勤めたい、と言っているの。料理を仕事にしたい、という気持があるみたい。そのためなら、大学には行く必要もないって」

「それで、君はいいのか？」

「由美子の意志が、高校卒業まで続くなら、やりたいようにやらせてやろう、という気持なのだけど。あなたの意見は？」

「俺に、なにか言う資格はない」

「父親よ」

未紀子が、食前酒にシェリーを註文した。

「あなた、由美子の料理、召しあがったことあって？」

「いや。俺の料理を、船で食わせてやっただけだ」

「なかなかのものよ。あなたの料理についても、批評していた。肉のソースが凝っているって。火力の弱い船の中で、よくあれだけやるものだって」

私の、自信作だった。実はソースだけは、マリーナの厨房を借りて作った。

「だけど、ワインの使い方が甘かった」

「なに」

「由美子の感想よ。ワインの酸味が消えきっていない。使った量は、三分の一に煮つめておくべきだって。それより、マディラ酒を使った方が、あの料理にはよかっただろうって」

マディラ酒がなかった。当然、レストランなら、そうしたはずだ。

「ほんとうに、そこまでわかるのか」

「悲しいわ」

「なぜ？」

「あたしが忙しくて遅くまで帰れない時、よく自分で料理を作ってるの。内緒でやっていたけど、この間、はじめてあたしに出してくれた。おいしさが、ただ悲しかったわ」

「よせよ、泣くな」

「泣かないわ。泣くものですか。あなたも、あの料理を食べてみるといい」

「それも、資格がなさそうだ」

「とにかく、あなたは由美子から、料理学校を取りあげようとしている。あたしたちが、憎いの？」

「まさか」

「そう。じゃいいわ。知らなかったんだから。あたし、ほんとに怒りかけていたの」

「怒っていいさ」

「いいわよ、もう。食事の前だし」

一緒に食事をしたくない、と私はなぜか言い出せなかった。

明日の土曜日、江利子の部屋へ行って手料理を食べる。なぜか、その料理のことだけ、私は考えていた。

5

日曜日になった。

夏のマリーナは、結構な人出だった。出港する船も多い。私の船の前の浮桟橋《ポンツーン》も、しばしば人が通った。

私は、明け方ここへ帰ってきて、酒を飲み、眠った。江利子の部屋では、二人でワインを二本飲み、料理を食うとすぐベッドに入った。かなり攻撃的な、しつこい交わりをしたような気がする。そのまま裸で眠り、眼醒めると酔いは醒めていたのだ。

出港した船がいるのか、小刻みな波が来た。私は後部甲板《アフトデッキ》に出て、陽の光に上体を晒《さら》した。ファイティングチェアが、日光浴のいい場所になる。明け方飲んだウイスキーを、私はそうやって抜こうとしていた。

私のそばに、誰かが立った。眼を開けると由美子の顔が見えた。

「毎朝、走ってるんじゃなかったの、パパ？」

「日曜は休みさ」

「お酒の臭いがする、パパ」

女の匂いとは言われなかった。江利子の匂いは、ウイスキーで消えてしまう程度のものだ。

「いきなり訪ねてくるのは、ルール違反だと言ったはずだが」

「パパが、先にルール違反をしたから、あたしは来たの」

「どんな、ルール違反をした？」

「ママを、泣かせた」

未紀子が、私のことを喋って、由美子の前で泣いたとは、信じられなかった。

「どういうことだ？」

「ママは、あたしに隠れてだけど、泣いてたわ」

「それが、どうしてパパのせいなんだ？」

「パパ以外に、ママを泣かせる人はいない。ほかのことで泣くんだったら、あたしに隠れたりもしない」

「もしそうだったとして、どうしてルール違反になるんだ？」

「パパは、あたしのパパだよね」

私は頷き、煙草をくわえた。

「あたしが、つらくて悲しいことを、パパはしちゃいけないよね」

私は、煙を吐いた。つらく悲しいことなら、勝手に離婚した時からやり続けているはずだ。父親面をしていることの方が、不自然と言っていい。

「離婚したんだ」

「でも、あたしのパパだよね」

なにをどうしても、由美子は私の娘だった。私がこの世に残した、唯一の足跡と言ってもいいのだ。元の娘になることなど、あり得ない。

「あたしに、つらくて悲しい思いをさせて、パパはどう責任を取るのよ？」

言葉はきついが、訴えるような響きが滲み出している。

「責任の取りようがないな」

「あたしにだって、いろいろ知る権利はあると思う」

「あるな」

「説明して」

「なぜ泣いてたかは、ママに説明して貰え」

「あたしに、気づかれないようにしてたの。一生懸命努力していたんだと思うの。それなのに、ママに訊けって言うの、パパは。ママもあたしも、それじゃかわいそうすぎる」

「困ったな。とても困ってるよ、由美子」

「あたし、パパを苛めてる？」

「いや、ちっとも」

「パパを苛めちゃ駄目だって。それだけは約束しなさいって、ママに言われてるの」

それが未紀子のやさしさだ、と私は思わなかった。むしろ、強さと言っていいだろう。健康な強さ。私がどう足掻《あが》いても、太刀打ちはできない強さだ。

「パパは、言い訳する気はない。自分でどうしたらいいのか、わからないんだ」

「それって、言い訳じゃない、パパ？」

「そうかな」

「なにもかも仕方がないんだって、それやっぱり言い訳だと思う。あたしは、仕方がないと思えないもの。パパがやれること、いっぱいあると思えるもの」

由美子は、涙をこらえているようだった。私は、できるだけそちらを見ないようにして、煙草の煙を吐き続けた。

「パパ、卑怯だよ。ママがなにかしたとしても、はっきりそう言えばいいと思う」

「なにも。ママは、なにもしちゃいない。パパが、多分おかしくなったんだ。きっかけみたいなものはあったとしても、ずっと前から、由美子が生まれたころから、パパはおかしくなっていた。それが、ちょっとしたことで、表面に出てきただけなんだろう。卑怯なのかもしれないし、優柔不断なのかもしれない。ただ流されよう。そんなふうに、なってしまっているんだ」

「そういう言い方って、やっぱりずるい」

どうすればいいのか、私はなにひとつ思いつかなかった。

夏の盛りで、とてもいい日だから、どこかにクルージングにでも行こうか。そんなことを、口にしそうになった。

こらえきれずに、由美子は泣き出したようだった。

私は、短くなった煙草を消し、もう一本火をつけた。

「あたし、もう帰る」

「そうか」

「もうちょっと、パパは真剣に話を聞いてくれると思ってた。あたしが話に来たら、パパでいてくれるはずだと、信じてた」

「真剣に、聞いたつもりだが」

「答も出ない真剣さって、なに？」

「それは」

「口で言っているだけの、真剣さだ。それは恥しいことだって、小学生のころパパに言われたことがあるわ」

そんなことを、よく言っていた。強く叱ったことはないが、卑怯なことをしていないかとか、自分を裏切っていないかとか、よく膝の上で問いかけたものだ。あのころ、由美子は膝に乗るほど小さかった。

「ママのそばに、いてあげることにする。あたししか、ママのそばにいないんだから」

やさしく育ったのだろう。こんな父親では、少々ひねくれたとしても、おかしくない。それが、ただ母親のことを考えている。

未紀子の健康な強さとは、また別のものを持っていた。傷つきやすい人生を送るかもしれない、と私は気になりはじめた。

「もうすぐ、お昼だ。どこかで、ランチでも食べるか？」

由美子が、首を横に振った。ハンカチを出し、涙を拭《ぬぐ》っている。

いかにも間の抜けたことを、私は言ったのだと思った。そう思っても、自己嫌悪さえ襲ってこなかった。

由美子が立ち去ると、私は船室からウイスキーを持ち出し、飲みはじめた。

自分がなにを持て余しているのか、もう考えることもしなくなった。未紀子と結婚していなければ、私はもっと早く毀《こわ》れたかもしれない。あるいは、未紀子の健康さが、私の異常さを引き出したのか。

なぜ生きているのか、しばしば私は考えた。それがどこか結論めいたものに辿り着く前に、思考をあやふやにしようと、私は酒を飲み続けているのかもしれない。

私は、ギャレーにあったパンにチーズとハムを挟み、齧《かじ》りながら、ウイスキーをのどに流しこんだ。そうした方が、ウイスキーは多く躰に入り、それだけ酔いも持続する。

私の命は、目的を失っている。酔いが回りはじめると、必ず一度はそれを考える。考えるというほど脈絡はなく、ただ感じるだけなのかもしれない。

しかし、なかなかそこまで、私は酔いに落ちていかなかった。由美子の涙を見たせいなのだろうか。それとも、アルコールにさえ頼れなくなっているのか。

ウイスキーを飲む時は、ブリキのカップだった。船では、ぶつかることも少なくないので、硝子製のグラスなどは使わない。ブリキのカップを、握りしめた。しばらくして、それが潰れていることに、私は気づいた。

新しいブリキのカップを出してきた。海水でちょっと洗い、それにウイスキーを注ぎ直した。

由美子と同じ歳ごろの少女が、父親らしい男に連れられ、浮桟橋《ポンツーン》を歩いている。学生ふうの男たちが四、五人、ヨットの上で騒いでいた。そういうものを、私はただぼんやりと眺めながら、ウイスキーを呷った。

急いだ方がいい。不意に、そう思った。なにをどう急げばいいのか、ということではなく、ただ急ごうという気持だけがこみあげてきた。

カップに残っているウイスキーを、私は全部胃に流しこんだ。

それから、靴下とスニーカーを出した。靴下は、ちょっと湿った感じだった。何日、洗っていないのか、記憶になかった。

私は身仕度を整えると、長袖の薄いウインドブレーカーを着て、首にタオルを巻いた。

マリーナの門を出て、軽く伸脚をし、私は走りはじめた。すぐに、呼吸が苦しくなってくる。それは、緩い坂をひとつ登ったところで、消えていった。全身に、汗が噴き出してくる。ウインドブレーカーの中は、ひどい状態で、水に浸っているような気分だった。

私は、走り続けた。運河のそば、産業道路、古い街並み。自分が、なぜ走っているのか、緩慢に考えた。この炎天下で、走るのには適当ではない。水分補給のための、水も持っていない。私はただ、急いだだけなのだ。

躰はいま、アルコールでぶよぶよの状態だった。それが搾り出されるようで、かすかに快感に似たものがある。

小さな公園にさしかかった時、私は水飲み場で、水分を補給した。公園を出たところで、いきなり吐き気に襲われ、植込の中に私は嘔吐した。三度、嘔吐をくり返すと、出るものはなくなった。

すぐに、走りはじめた。躰は、ひどい脱水症状だろう、と思った。しかしまだ、意識がなくなるほどではない。

一キロほど、走り続けた。小学校があり、私は裏門の門扉を乗り越え、手洗い場で大量の水を飲んだ。走りはじめようとすると、不意に視界が暗くなった。気づくと、校庭に仰むけで倒れていた。日曜の小学校には、誰もいない。

全身が、ふるえた。次の瞬間、胃やのどの筋肉が緊張し、口から間歇《かんけつ》的に水を噴き出した。それは空にむかう噴水のようで、私の顔に降りかかってきた。

胃の中の水が噴き出してしまうと、私はもう一度、少しだけ水を飲んだ。それから道へ戻り、走りはじめた。

走ったのは、六キロほどだった。

私はマリーナに戻り、船の中に倒れこむと、しばらくじっとしていた。それから、ちょろちょろとしか出ない、船のシャワーを使った。クラブハウスのシャワールームは、こんな季節の日曜日は、混み合っているだろう。

船室のエアコンを全開にし、素っ裸のままミネラルウォーターのボトルを持って、船首《バウ》のベッドに倒れこんだ。

酔いは、醒めているようだった。

かなり酔って、あんな走り方をした。途中で何度か吐いたが、本格的に気分は悪くならず、走り通した。ちょっとした賭けのようなものだろう。心臓がおかしくなって、倒れたとしても不思議はなかった。それでも、私は賭けに勝ったという気分にはならなかった。賭けにすらならなかった。そんな、白々しい心持ちがあるだけだ。

ひと口水を飲んでは、ボトルの蓋《ふた》をした。強い吐き気は襲ってくる気配はなく、水は少しずつ、躰の細胞に吸収されているようだった。

相変らず、急ごうという気分には襲われ続けている。

それでも私は、二時間ほどうとうとしたようだった。眼醒めると、ボトルの水を全部飲んだ。

それから、洗濯物をまとめ、服を着こむと駐車場にむかった。

マンションの近くのコインランドリーに洗濯物を突っこみ、仕あがるまでにマンションへ行って、新しく着るものをまとめた。

仕上がった洗濯物を回収すると、それも船に運ぶことにした。マンションの私の部屋は、人の住んでいる気配を消しつつある。

田所に電話をし、それから私は佐野峰子を、アポイントなしで訪問した。

出迎えたのは、ユミだった。私を憶えているのか、尻尾を振っている。

家政婦も休みらしく、佐野峰子が自分で出てきた。

「青井君、退屈していたところなの。お酒でも付き合わない？」

「いえ、ここで失礼しますよ。御婦人ひとりの家ですし」

すでに、もう夕方だった。

「そう。御用件は？」

「あの、反吐が出そうな仕事、今週中に片をつけます」

「どの仕事のこと？」

「佐野さんの仕事、ひとつしか引き受けていませんよ」

「立退き料は、これまでかかった設備投資プラス・アルファで、立退きの猶予期間が一年はある。そんなところかしら」

「まったく、その通りですね」

佐野峰子は、さすがに鋭かった。

「実はね、土曜日に未紀子さんから電話をいただいたわ、直接」

「そうですか？」

「なにがあろうと、いくら提示されようと、立退くつもりはない。現状を維持するために、きちんと法的な手続を取るそうよ」

「そうですか」

未紀子が、ようやく牙を見せたのだ、と私は思った。それも私にではなく、佐野峰子に対してだ。

「勝目はある？」

「ありますよ。法的な手続はまだでも、これまでの交渉経過があります」

「そう。じゃ、任せる」

「時間が、かかります」

「あたしが生きている間なら、構わないわ」

佐野峰子は、私に考える余裕も与えず、背をむけた。ユミだけが、無心に私を見つめ、尻尾を振っていた。

6

月曜の朝、一番に崎村に会った。

崎村は、紳士的な仮面はかなぐり捨てている。私に、座れとさえ言わなかった。私は、勝手にソファに腰を降ろした。

「上の料理学校の態度が、強硬になってきましてね」

「ほう」

「なにか、あったようなんですが。とにかく裁判所で、現状の維持を確認して貰う方法をとるでしょうな」

「だから？」

「上が無理なんで、おたくに立退いていただきたいんです」

私は、煙草に火をつけた。

まだ若い者は出社していないようだ。事務所は、しんとしている。

「なあ、あんた」

「崎村さん。立退いて欲しいのは、あんたのとこと、上の料理学校なんだ。あんたが立退くということを前提に、手を組みたい」

「うちも、半端じゃない立退き料を貰いたいんだがね」

「いくら？」

「二億」

「いいでしょう。俺が考えている、総額が二億だから」

「冗談だろう？」

「それから、勿論、いろいろ引くさ。あんたの手取りは、二千万」

「それこそ、冗談としか思えねえな」

「濡れ手で粟《あわ》の二千万だもんな。冗談にしか思えないだろう」

「逆の意味だよ、弁護士先生」

「それが呑めないなら、あんたの失うものは大きいね」

「俺が、なにをなくすって？」

私は煙草を消し、にやりと笑った。崎村も、口もとに笑みを浮かべている。

「まず、あんたの自由」

「おいおい、この間のテープのこと言ってるのか。あのおっさんに言ったことを」

「そうか、それがあったたか」

「ほかのことも、なにかあるのか？」

「さてね。叩けば埃が出る。そういう人間に濡れ手で粟の二千万の話は、信じられないんだろうな」

「だからさ、なに摑んでるか言いなよ。それによっちゃ、二千万だって大した価値があろうってもんだぜ」

「なにもないよ。せいぜい、上の弁護士を、若い者にぼこぼこにさせたぐらいでね。それと、あのテープ。そんなもんだ」

「話にならねえ」

「じゃ、やめるか。ただし、あんたは総会屋の世界じゃ生きていけなくなる」

「物騒なこと、言ってくれるじゃねえか。この俺が、なにをしたってんだ。せいぜい、田所というおっさんに、あんたが来るまで待ってろ、と言ったぐらいだろう。上の弁護士がどうしたかなんて、俺は知らねえ」

「誰も知らなきゃ、なにもなかったことと同じなんだよ、崎村さん。しかし、誰かが知っちまうと、つまらないことでも、大事にはなる。そういうもんだろう。あんたら、そういうことで、商売してるんだろう？」

「うちは、新聞を出してるだけだ」

「だから、それでいいさ」

携帯がふるえた。

「失礼」

私は通話ボタンを押して、耳に当てた。

田所が、総会屋として名の売れている組織を、三つ挙げた。かつて、中堅企業の業務部長までやった田所には、そういうことを調べるのはそれほど難しいことではなかっただろう。細かい、名前も出てくる。私はメモ帳を開き、相槌を打ちながら、田所が言うことを書き取っていった。

単純きわまりない、はったりだった。そういうものが、効果的な相手が、いないわけではない。最初に田所の借金の交渉をした金融業者は、私に強力なバックがあると、勝手に思いこんで、すべてをなくす方法で回避した。正面切ってやり合うことになれば、私は徒手空拳だったのだ。

徒手空拳でやり合おう、という人間の存在を信じられない種類の人間は、こういう世界には少なくなかった。

「なに、調べ回ってる、弁護士先生？」

「ところで、樋口商事って知ってるかね、崎村さん？」

崎村は、知ってるとも知らないとも言わなかった。

私は、新しい煙草に火をつけた。

「島田ってのがいてね。最近、福井って若造を、完全に自分の下に置いた」

「あんた」

「なに、俺はやつらから借金するほど、馬鹿はやらんよ」

「言ってることの、意味がわからん」

「福井は、金に困ってる。なぜだか知らんが。二千万は、そっちに回してもいいんだ」

樋口商事を知っているかどうか。そんなことは、どうでもよかった。気になるなら、崎村は調べるはずだ。

私は、メモ帳にあまり意味のないことをいくつか書きこみ、内ポケットに収《しま》った。

「こっちの申し入れは、一応伝えた」

「聞いたよ」

「俺は、返事を聞いてない」

「ほう、いま返事がいるのか？」

「面倒な仕事は、早いとこ片付けちまう主義でね」

「二千万ね。濡れ手で粟ね」

「仕事もあるよ。それについちゃ、別に払うが」

「ほう、どんな仕事だい？」

乗ってきた。そう思った。

私は、煙草を消した。一本くれ、という仕草を、崎村がした。私は、一本差し出した。

「高くつくかね、この一本」

「受け取りようだね」

「仕事、どんなのか、訊こうか？」

「その前に、返事だね」

「仕事によっちゃ、オーケーだ。危いことは、したくないが」

「簡単なことだよ。おたくで動員できる若い男を、上の料理学校に入れて貰いたい。男女を問わず、と入学案内には書いてある。きちんと、料理の勉強をするんだよ」

「なるほどね」

「弁護士が出てくると思う。ぼこぼこにしたやつが、ひとり混じってるとありがたいね」

「あんたね」

「崎村さん、いくら弁護士がつべこべ言ったって、現行犯じゃないんだ。証拠、証人がないかぎり、どうしようもない。ただ、ちょっとあんたと関連付けて、警察は考えたりするかもしれんが」

「話だけ、聞いたよ。弁護士がどうのってことについちゃね。俺には、なんのことだかわからん」

言質は与えたくないが、やってもいいと言っているような気がした。

「それでだね、青井先生」

「わかった。上乗せしろってことだろう、崎村さん」

「いくら、乗せる？」

「若い者が入学する費用。そんなのもすべて含めて、二千五百」

「もうひと声だね。警察に、眼をつけられたりするんだろうが」

「三千」

「三千円じゃないよね、青井先生」

「三千万さ」

「前金で」

「そいつは、駄目だ。わかってるだろう、崎村さん」

「弁護士にだって、着手金ってやつがあるじゃないか」

「五百」

「入学させて三日経った段階で、一千。五人、入学させる」

「いいだろう。面倒だから、はじめに千五百。終ったら、もう千五百。ひと月、続けて欲しい。おたくの若い連中、料理が上手になるぜ」

「学生として、入れるだけだ。昼間の、女ばかりがいる時間帯に。それでいいね？」

「明日から」

「金は？」

「夕方、現金を届ける」

「受けたよ」

「じゃ」

私は、腰をあげた。

これで、辻本との勝負には、まず勝つだろう。辻本が潰れることを、未紀子はどう受けとめるのか。そこから、新しい勝負になるかどうか決まる。

私は、崎村の事務所を出て、クボ・エンタープライズにむかった。

都心に近い、閑静な場所。地下鉄の駅が近所にあるので、社員が通勤に難渋することはないだろう。

私が入っていくと、社員たちの表情に緊張が走った。

私は黙って事務所の中を横切り、社長室のドアを叩いた。

「どうぞ」

事務所には四十人ほどいて、気の利く人間がひとり、社長室にインターホンで連絡したようだ。

私が入っていくと、辻本が暗い眼で見つめてきた。スーツ姿の未紀子は、デスクにいて、拡げた書類を前にしていた。

「よう、見られる顔になったじゃないか」

私が言うと、辻本はうつむいた。眼から、怯えた光は消えていない。

「アポイントぐらい、取ってくるものじゃなくて、弁護士さん」

「俺の依頼人に、直接電話をいただいたそうで。これは、代理人を無視したという行為だから、俺もいきなりの訪問をした。なあ、辻本、代理人として無視されちまうのは、つらいもんだよな」

辻本は、うつむいたまま顔をあげなかった。

「ちょっと席をはずしてくださる、辻本君。細かいことは、井田と話をしておいてね」

井田というのは、未紀子の父親のころからの古い社員で、いまは雑用をこなしているというところだろう。辻本が立ちあがり、未紀子に頭を下げて出ていった。

「駄目だな、あいつ。解任しろ」

「あなたと闘う気、充分よ」

「そんな段階まで行かないな。辻本にとっては、かえって残酷なことになる。辻本のために、解任しろと忠告しているんだ」

「自信がなくなったの、あたしが腰を据えて闘争すると宣言したから」

「いつも、自信はない。勝つつもりでいるけれどな」

私は、煙草に火をつけた。

心配したのか、白髪の井田が入ってきて、私に頭を下げた。

「元気そうじゃないか」

「青井先生も」

「井田さん。ここはいいの。あたしが呼ぶまで、誰も入れないようにしてくださいな」

「かしこまりました」

井田は、無表情にもう一度頭を下げ、出ていった。

「こちらの、条件を言っておく。一億七千。設備投資から、引越の費用など、すべてを含めてだ。もうひとつ、一年間の立退き猶予付き。それだけだ。損な話ではないし、立地のいい場所を見つける時間もある」

「妥協案？」

「いや、条件の提示」

私が崎村に言った総額二億というのは、はったりでもなんでもなかった。崎村は、一億、せいぜい一億二、三千と見ているだろう。その中の三千なら、悪い話ではない、と考えているに違いなかった。

「下種《げす》な人間と、付き合っているんじゃなくて、あなた？」

「俺が、下種に見えるとでも、言いたそうな口ぶりだな」

「少なくとも、由美子の父親が、下種な男だと、あたしは思いたくないの」

「母親は、高尚な女か」

「さあね。自分ではわからない。由美子に、これ以上惨《みじ》めな思いをさせたくないだけ」

由美子は、きのう私のところを訪ねたことを、未紀子には言っていないようだった。

私は、灰皿で煙草を揉み消した。きれいに磨かれた灰皿。一応、儀礼的に置かれているだけの灰皿。この部屋で煙草を喫う客など、多分いないだろう。

「あなたは自分を毀したがっている。佐野さんは、そうおっしゃってたわ」

「俺の依頼人は、世間というものを毀したがっている。まあ、自分が生きている間だけのことだ、と本人は言っているが」

「そういう気持が、どうしてもあたしには理解できないわ」

「それは、そうだろう」

「あなたと結婚した時、あなたのことはすべて理解した、と思った。いまも、ほんとうは理解できるんだと思ってるわ」

「人は、変る。自分でも、理解できないほどにな」

「あたしは、変らない。変りたいとも、思わない」

「だろうな」

「なにか、皮肉を言ったの、それ?」

「まさか」

「皮肉の方が、ましよ。軽蔑されたような気持になったわ」

「それも、考えすぎだ。とにかく、こちらの条件は伝えた。ちなみに、条件については俺は任されていて、俺が算定した額だ。もう一度言っておくが、俺の依頼人は、世間というものを毀したがっている。料理学校のあとに、風俗関係の店でも出しかねん。本人が直接やるわけではなくても、信じられない家賃でそういう産業に貸したりな」

「わかったわ。あなたが言ったことは、すべて頭に入れたわ」

未紀子は、無表情だった。

私は、もう一本、煙草に火をつけた。

第六章

1

いつの間にか、夏の盛りが過ぎようとしていた。

盛りがどれほどの期間あるのか、それを感じる人によるというなら、私にとっては一週間程度だった。その一週間よりさらに暑くなっても、盛りとは感じないのだった。空の色、雲のかたち、風、海流。そんなもので、私は夏の終りを感じるのだ。

崎村は、約束通り、料理学校に男を入学させていた。最初は、停年退職した男がひとり。翌々日に、中年の男が二人。それから三日後に、若い男がひとり。

金の半分は、すでに渡してあった。

四人の男は、かなりのことをやっているようだ。煮えたぎった鍋をひっくり返したり、ガスの火をつけっ放しにしたり、料理中に煙草を喫ったりだ。そして、同じ生徒で来ている女性に、しつこく名を訊いたりもしたという。違法なことはしていないが、辻本はしばしばやってきて、眼を光らせているらしい。同じ教室で学ぶ人間の名を訊くことの、どこが悪い、と言われて言葉に詰ったという。

とにかく、料理学校は四人の男の入学で混乱し、看過できない状況にはなったようだ。

五人目が、今日、入学した。

私は、管理事務所のパイプ椅子で、煙草を喫いながら待っていた。

辻本は、最悪の選択をしたようだ。

ビルの前までパトカーが来て、警官が四人エレベーターに乗った。

私は、もう一度降りてきたエレベーターに乗り、料理学校まで行った。

男が、のたうち回っていた。床からは湯気が立ちのぼっている。警官四人は、困ったような表情をしていた。

「水を。いや、氷がいいか」

私が言うと、停年退職の男が冷蔵庫へ走った。

「間違いなく、この男だ。私に暴行を加えたのは、この男ともうひとりだ。はっきり顔を覚えている」

辻本は、かなり興奮しているようだった。何度も、この男だと叫び続けている。

「逮捕してくれ。早く、こいつに手錠をかけろ」

「待てよ」

私が口を出すと、警官が全員顔をむけてきた。

「なにを言ってるんだ、辻本。この男は、いま火傷《やけど》で呻《うめ》いているじゃないか」

「こいつが、ぼくを殴り続けた。この顔を見てみろ」

「何日前のことだ。血迷うな。それとも」

私は、巡査部長の階級章を付けている男の方を見た。

「逮捕状を持ってるのか、あんたら？」

「あなたは？」

「このビルの所有者の顧問弁護士で、青井という。ビルに警察官が駈けこんできたら、黙って見ているわけにゃいかないだろう」

「そうですか、このビルの。いや、現行犯という口ぶりの通報だったもんですから」

「俺が、なにやったんだよ。ちくしょう、痛てえよ」

男が呻き、停年退職の男が、容器に氷を入れて持ってきた。スリッパと靴下を脱がせ、容器の中に足ごと入れた。

「なんなんだね、あんた方は。いきなり入ってきて、あいつだと叫んで、しかも警官も一緒だとなると、びっくりするの、当たり前じゃないの。それで、鍋落としたんだよ、この人は」

「ぼくを、殴ったんだ、そいつは」

「この人は、一時間も前から、この教室で料理の勉強をしていたよ。殴ったところなんか、あたしは見ていないよ。それに、あんたはこの学校の弁護士さんだというけど、なんのつもりなんだ。人の名前を訊いちゃいけないとか、顔を見ちゃ駄目だとか、きちんと授業料を払った者に対する言い方かね、それが。あたしたちが男だから、入学させたくなかったんじゃないのか。それなら、入学案内に男女問わずなんて書かないでくれ。男女差別としか思えんね」

停年退職の男の言い方は、理路整然としていた。辻本の方が、感情的な言葉を発しているだけだ。七、八人の女の生徒は、片隅でひとかたまりになっている。

「被害届が出してある」

辻本が、また見当はずれのことを言った。半分、錯乱しているとしか思えない。警官も、それに気づいたようだ。

「いや、こちらも弁護士の先生だということだったんで。とにかく様子を見ようと、自分らも駈けつけたんです」

「それが、こんな事態を引き起こした」

「いや、それはもう。とにかく、なにか起きているというわけでもないんで、自分らはこれで引き揚げます」

「待てよ」

私は、氷の容器に突っこまれた男の足を覗きこんだ。水疱《すいほう》ができるほどの火傷ではなさそうだ。それでも、男は呻いている。

「いま、なにも起きていない、と言ったな」

「それは、通報を受けたことに関してです」

「通報を受け、駈けつけて、それが別の事態を引き起こした。この教室にいる全員が、その証人だ。なにか起きているかどうかを確認するのは、警察官の職務だとしても、やり方がある。暴行を受けている、という通報だった。なら、殴られている当事者が、なぜ警察官をここへ案内し、この男だと指させる。通報した当事者を見た段階で、まず暴行は起きていないと断定できるはずだ。少なくとも、現行犯というかたちではだ。それをおまえら、どかどかとこの教室に踏みこんだ」

「それは」

「ここじゃ、火を使ってる。油も使ってる。こぼしたのが、熱い油だったら、大惨事だ。それは、予想できる範囲内にあることだよな。予想しながら、脅威を与えた」

「きちんと、弁護士バッジを付けている方でしたし」

「こんなもの、テレビドラマで、下手な役者が付けていることもある。おまえらは、弁護士バッジさえ付けてりゃ、なんでも言うことを聞くのか？」

「事件と認識したのは、自分らの誤りでした。以後、充分に気をつけます」

「そんな言い方で、納得しろというのか？」

「では、どうすればよろしいのでしょうか？」

「すべての事実を、確認しろ。いまここで呻いている人が、かつてその弁護士に暴行を働いた事実があるのかどうか。もしあれば、改めて令状を取ればいいし、なければ法的に発生するすべての責任を、その弁護士に取って貰う」

「それは」

「でなけりゃ、足に火傷を負ったこの人は、怪我をどこに持ちこめばいい？」

巡査部長は、ちょっと憂鬱《ゆううつ》そうな表情をしていた。自分が始末書を書く姿でも、想像しているのかもしれない。私は、警察官の始末書で終らせる気などなかった。

「公然と、誣告《ぶこく》が行われた。暴行の事実が出てこなければ、そういうことだ。この場で、それを確認して貰いたい」

「自分が、ですか？」

「当たり前だろう。通報を受け、四名で駈けつけることを決めたのは、おまえだろう。通報を受けて、駈けつけたところまではよかったさ。ただ、暴行を受けたという本人に、ここまで案内されて踏みこむとはな」

「こいつが、ぼくを殴った。こいつだよ。被害届は出してある」

呟くような口調で、辻本が言った。

「常軌を逸しているぞ、この男は。そういう状態の人間を信じて、ここまで踏みこんだ。いくらなんでも、軽率すぎたと思うな」

「自分に、どうしろと言われているんですか？」

「俺はいま、おまえらがなにをやり、弁護士と称するこの男が、どれほど常軌を逸しているかを、説明しているだけだ。言っておくが、このやり取りには、十人以上の証人がいるぞ。おまえが、いささかでも法の執行者のひとりだという意識があるなら、やることは決まっている、と俺は思う」

「困りました」

巡査部長が、顔に手をやった。

私は、巡査部長の腰にある、拳銃に眼をやっていた。グリップ以外の黒い鉄の部分が、生きているもののように、鈍い光を発していた。ふと手をのばしたいような、微妙ななにかがある。

「この弁護士の先生に、署に来ていただくしかありません。それから、火傷をされているこの方にも、事情を話していただかなければなりません」

「俺に断ることじゃないな、それは。とにかく、現場の警察官が、誣告によってこのビルの印象を著しく傷つけた、と俺はいまのところ思っている」

「自分らの対応に間違いがあった、と言われているのでしょうか？」

「俺は、そう思っているが、判断する立場ではない。火傷をした当事者の代理人に選ばれれば、それはそれで、主張すべきことを主張するがね」

「やってください、先生。俺は、少々の金は持ってます。いきなり暴行犯にされたんじゃ、親に合わせる顔がないですよ」

足を氷で冷やしたまま、男が言った。

「わかった。正式な依頼を受ける前に、病院に行ってきてくれ。診断書が必要になる。それから、事情聴取には、俺が立会う」

辻本は、茫然として立ち尽していた。時々、なにか呟いている。

停年退職の男が、自分の車を救急病院まで転がすことになった。

私は、簡単な事実関係を個条書きにしてメモを作り、証人として女性生徒二名に署名して貰った。巡査部長は署名を留保したので、そのことも書き添えた。

「君も署名するか、辻本君。君の場合は、署名しようがしまいが、同じなんだが」

「署名？」

辻本が、私のメモを覗きこむ。

「この男を、なぜ逮捕しないんだ？」

二人に支えられて立ちあがった男を、辻本が指さした。

「ぼくを殴ったのは、この男だ。そして、君たちは警察官だろう」

「辻本君、君も弁護士なんだよ。素人のようなことを言うのは、やめておけ」

「青井先生」

辻本が、私の方を見つめてきた。

「あんたが、すべて仕組んだのか？」

「なにを言っている。理由もなく警察に通報して、混乱を起こしたのは君だろう。俺はビル所有者の顧問弁護士として、たまたま管理事務所にいただけだよ」

「やめろ。仕組んだのは、あんただ」

巡査部長が、宥《なだ》めるように肩に手をかけた。

男が、二人に支えられ、教室を出ていった。それで、かたまっていた教室の中の空気が、ようやくざわついたものになった。それでも、授業の再開などという雰囲気ではなかった。

若い男が、ひとりだけ残っていた。黙々と散らかったものを片付け、濡れた床を拭いている。

「辻本弁護士は、暴行に関して被害届を提出しているそうだ。それによる捜査で、今日の当事者、いやすでに俺の依頼人と言ってもいいんだが、その人物に嫌疑がかかるようなら、まず俺と話し合って貰いたい。即座に令状が出るようなら、別だがね」

「それは、そうさせていただきます」

巡査部長は、もう憂鬱な表情を隠そうともしなかった。ちょっと複雑な係争に巻きこまれ、自分がそれなりの役割りを果してしまった、という自覚はあるのだろう。ほかの三人の警官は、離れて教室のドアのところに立っている。

「まったく嫌疑がないという場合、誣告での辻本弁護士の告発になる。場合によっては、傷害なども加わる」

「自分にですか？」

「微妙だが、職務執行に関する、警察の内規に触れることがあるだろう。それは、始末書程度のことだろうと思う」

「誣告と傷害は、こちらの弁護士の先生についてですね？」

「そういうことだ」

「おまえなあ」

辻本が、いきなり大声を出した。

「全部おまえがやったんじゃないか。仕組んだんじゃないか。ぼくは、そんな男は許さない」

辻本が、いきなり調理台の上にあった、西洋庖丁を握った。

「許さない」

辻本が叫び、女の生徒の間から、悲鳴があがった。巡査部長の動きは、さすがに速かった。手首を摑んだかと思うと、もう庖丁を叩き落としていた。三人の警官が、駈け寄ってくる。

巡査部長は、辻本を三人に渡すと、窺《ワッパ》うような眼で私を見た。

「持っていけよ。現行犯だ。きちんと手錠かけてな」

「そうします」

「俺も、警察に行く必要があるね。被害者の立場になっちまったが、依頼人が告発するためという仕事もある。治療を終えた依頼人と、一緒に行くことにする。それでいいか？」

「結構です。自分は、これで」

辻本は、両脇を抱えられるようにして、連行されていった。手錠は、かけられていなかった。床に落ちた庖丁は、巡査部長が持ち去った。

「現場検証ってのは、しないんですかね」

若い男が言った。

「現行犯だ。多くの人間が見ていて、おまけに警官も四人いた。そして、未遂だし」

「馬鹿なやつですね。なに考えて、庖丁に手をのばしたんだろう」

辻本が、ここまでやると、私は考えていなかった。誣告がどうのと言っている段階なら、まだ辻本にも争いようはあった。ここまでやった時点で、勝負はあっさり決まったと言える。

「授業、続けるのなら、どうぞ。もしかすると、警察が現場の写真などを撮りにくるかもしれませんが。とにかく、騒ぎはこれで終りです。ここは学校なんですから、みなさん、勉強は続けていいんですよ」

「そんなこと。どういうつもりよ？」

「それは、私にではなく、学校に言ってください」

「でも、あなたが」

喋っているのは、中年の女だった。女の生徒の中では、一番の年長というところだろう。

「あたしたち、月謝払ってるんですよ」

「関係ありません、私には。私は、このビル全体の所有者の、顧問弁護士です。テナントが負うべき責任まで、負いきれません」

「じゃ、どこにクレームをつければいいんです、あたしたち？」

「それは、教室の先生を通して、学校に。テナントということ以外に、こちらになんの関係性もありません」

ここに長くいる理由が、私にはなかった。

私は教室を出、崎村のところにも寄らず、まず病院へ行った。

全治一週間の火傷と診断されていたが、それは火傷というほどのものではない、ということだった。

角田というその男と、私はしばらく近くのファミリーレストランで打合わせをした。

辻本を殴ったのは角田で、しかしアリバイはしっかり作ってあった。友人の部屋で、麻雀をしていたのだ。三人が、それを否定することはない。角田がいなかっただけで、実際に麻雀をやっていたのだ。もうひとりは、崎村だったという。

すべて、完璧にできあがっていた。

私はそこで角田といくらか遅い昼食をとり、タクシーで警察署へ行った。

運転手付きの黒いプレジデントが停っていた。警察の駐車場では、それなりに似合った車だ。

「早いですね」

私は、会議室で古賀に会い、言った。

「三十分も前から、来ている」

「私の方は、依頼人の治療がありましてね」

「鉄壁のアリバイがあるようだな、その依頼人には」

「それは、歓迎したくない気持は、わからないではありませんが」

古賀は、パイプ椅子に腰かけ、腕を組んでいた。私は、ブリキの灰皿をテーブルに置き、古賀と並んで腰を降ろした。

煙草を出すと、古賀も手を出してきた。角田は、いま事情聴取を受けている。といっても、アリバイの確認と、料理学校での出来事を、そのまま喋るだけだろう。

「甘く見た、君を」

「そんなことはないですよ。今回の件に関して、私はなにもしていません」

「それから、辻本の意欲を買い被った」

「それはあるかもしれませんね。私が行った時、辻本はすでに常軌を逸していました」

「弁護士にはむかんな。逆上して、庖丁なんかを握るとは」

「私は、辻本が逆上するようなことは、なにも言っていませんよ」

「だろうな。コップの中に、少しずつ水が満たされた。そして、最後の数滴でこぼれたんだ」

「古賀先生が思っていたより、ずっと小さなコップだったようですね」

「盃のようなコップだった。私ではなく、君がそれを見抜いていたとはな」

「辻本は潰れる、と私は一応言ったんですがね。本人にも、そう言いましたよ。古賀事務所にいれば、殴られるよりもっと痛い目に遭うこともあるってね」

「なぜ、私の事務所にいればなんだ？」

「古賀先生と、器が違いすぎるからですよ。どこかもうちょっと穏健な事務所で、年季を入れるべきでした」

「私のところが、過激な事務所でもあるような言い方だ」

「真剣勝負を、時々やるじゃないですか。大体、防具つけて竹刀で打ち合うのが、この国の裁判ってやつでしょう」

「今回のことは、真剣勝負だったのか、君にとって？」

「当然、そう思っていました。相手は辻本でなく、古賀先生なんですから」

「私とじゃ、辻本を試合に出したつもりだった」

「私は、試合になりません。司法試験の勉強はずいぶんとやったんでしょうが、人間の本性について、なにひとつ学んではいない。はじめに会った時から、わかりましたよ」

かすかな唸り声をあげ、古賀は灰皿で煙草を消した。

「条件を聞こうか」

「なにも。条件は、はじめから提示しています」

私は、気を抜いてはいなかった。隙を見せれば、古賀は必ず斬りこんでくる。そういう男だ。

「辻本は？」

「さて、それはどうなるでしょうね。誣告の方はともかく、殺人未遂は警官の前でのことでしたから」

「一生を棒に振るのか、あの若造は」

「それも、人生というやつでしょう」

「助けようという気は、かけらもないということだな」

「助けるというなら、古賀先生が助けるべきでしょう。弁護士会を除名され、法曹資格を剝奪された者を、事務員として雇うのも難しいことだとは思いますが」

「辻本は仕方がないとして、私はこの件を徹底的に調べるぞ。少々、時がかかっても構わん。君の、非人間性をあばいてやる」

「無理ですね」

「なぜ？」

「あばくものに、実体がありません。せいぜい、世間に対する憎悪、人に対する嫌悪、そんなものが出てくるだけです」

「それだけで、君は動いたというのか？」

「正義面をするより、ずっといいでしょう」

「極端すぎる言い方だな」

「あなたが、冤罪として救った数人の受刑者の何人かは、実は冤罪ではなかった。それは、古賀先生御自身が、はっきり感じておられることだと思います。犯罪者を無罪にしたことなど、数えきれないぐらいでしょう」

「裁判が」

「絶対ではない」

私は、灰皿に置いて煙をあげている煙草を無視し、新しくもう一本火をつけた。

「実に曖昧《あいまい》なものです、人が人を裁くなんて。だから、弁護士という人種も生きていけるんです」

「接点はないな、君と」

「どこにもね」

「やっぱり、甘く見ていたようだ、君を」

「古賀先生と直接対決ということになったら、苦労したでしょう。法廷闘争の技術という点に関してです。しかし、私は負けなかっただろうと思います」

「ほう」

「真剣勝負には、相討ちというのがあります。私は、最後はそれで構わないんです。古賀先生は、困るでしょう、それでは」

古賀が、煙草をもう一本くれという仕草をした。

「誣告は、あの料理学校の顧問弁護士と生徒の間で起きたことだった。つまり、当事者は古賀事務所ということになる。君が提示した条件で、角田という男をほんとうに引き退がらせてくれるのか？」

「いいですよ。私が、クボ・エンタープライズの社長に提示した条件は、一切変るところはありません」

「庖丁事件は、辻本個人のことだ」

「そうですね。そうやって冷たく切り捨てるのが、古賀先生らしいと思います」

「私は、もう帰る。辻本に会うのも、やめにする」

「男には、責任を取るしかないことが、常にありますからね」

「冷たいものだな」

「お互いに」

それでも、古賀はすぐには腰をあげなかった。ゆっくりと煙草を一本喫い、ネクタイを締め直してから立ちあがった。

「辻本の、弁護士はどうされます?」

「国選がつくだろう」

古賀は、にやりと笑った。

私は、帰るわけにはいかなかった。角田が、誣告での告発を取りやめても、もうひとつの方の当事者として、事情聴取を受けることになる。

事実だけを、端的に並べれば済むものだった。そして、事実と真実は、違うことがしばしばあるのだ。

2

佐野峰子は、黙って私の報告を聞いていた。

テーブルにあった紅茶の湯気は、いつの間にか消えている。もっとも、まだ暑い日が続いているので、紅茶など飲みたくはなかった。

「そう、実に見事に、思い描いた通りの結果を出したってわけね」

未紀子は、相当有利な条件だったが、はじめは立退きを承知しなかったという。

ただ、辻本が刑事事件を起こしたことにはショックを受け、立退かない場合、古賀事務所も係争の当事者になるという事実が、気持を変える理由になったようだ。

未紀子のような発想をする人間が、第三者を巻きこむことを肯《がえ》んじられるわけがなかった。

「それで、君と奥さんの関係は？」

「元の妻です。話はすべて代理人としたので、会っていませんよ」

「彼女の性格を、あたしはよく知っているわけじゃないけど、決めたら妥協しないというタイプに見えたな。それを、妥協させたのよね」

「なぜそうなったかまで、説明する必要はないでしょう。とにかく、申しあげた通りに解決した、と報告しておきます」

「軽い仕事だったの？」

「どうですかね。俺にとっちゃ、気分的にはかなり負担になる仕事でしたよ」

「君の気分なんかは、どうでもいいわ。仕事を見事に片付けたって事実が大事ね」

「あそこで、料理学校をやるんですか？」

「さあ、どうしようかしらね」

「これは、最後の報告です、佐野さん」

「あたしと組んで、もっと嫌われ者になるって気はないわけ。なかなかいいコンビだと思わない？」

「思いませんね。ここで縁切りにしたいですよ。心ならずも、働きすぎた気がします」

「あたしは、もっと働いて欲しいな。そして、君を動かす自信もあるけど」

「動きません」

佐野峰子の、皺の中にある眼が、じっと私を見つめてきた。なにかを測るというような眼ではなく、獲物を見るような眼でもなかった。あえて言えば、疲れきったような眼差しだろう。

「あと二、三年よ、あたしが生きてるのは」

「いやなんですよ、人に使われるのは」

「死にそうなお婆ちゃんが頼んでも？」

「あなたが、心から人にものを頼むことなど、決してないと思いますね。人を信じてはいないから。そういう点では、俺も同じです。ただ、一緒に組むなんてことは、そういう人間にはできないんですよ。それぞれ、ひとりきりでやっていくしか」

「いいわよ」

佐野峰子の皺が深くなった。笑ったのだということに、しばらくして私は気づいた。

「目標ができたわ。君を、自分の手足のように動かしてやろうというね。お金じゃ動かない。でも、なにか通じ合うものがあるのは、あたしにはわかるから」

「俺にも、わかりますよ。だから、組むなんてできないんです」

「あたしは、ここに座って考えているだけ。時々、パソコンの前にいることもあるけど。つまり、考える時間は有り余っているの。あなたが動かざるを得ないように、してみせるわ」

「失礼します、もう。それから、俺の口座に振りこまれている金は、そのままにしておきますよ。いつまでもね」

「どうでもいいの、お金なんて」

「金がすべてだったんでしょう、亡くなられた御主人にとっては？」

「だから、どうでもいいの。あたしには、お金じゃなく、主人がすべてだったから」

私は、腰をあげた。

「青井君、またね」

佐野峰子は、もう私の方を見ていなかった。

私は、陽盛りの外へ出た。陽盛りでも、夏ではなくなっている。それは、空気にはっきりと感じられた。空気が澄み渡った秋、というわけではない。冷房の効かない私の軽自動車で街を走れば、車内にまでガスのようなものが流れこんで、視界を歪《ゆが》める。歪んだ視界にあるのは、やはり秋の風景なのだ。

車を転がして、マリーナに帰った。

マンションの部屋ではなく、船が帰る場所という気分になっている。

「待ってたんですよ」

浮桟橋《ポンツーン》のゲイトのところに、田所が立っていた。いくらかの金を渡す約束の日だった、と私は思い出した。

船まで行って、私は船室《キャビン》のロックを解いた。現金は、財布の中にしかない。ただ、冷房を作動させたかっただけだ。

財布から、二十万円出して、田所に渡した。田所は、二度丁寧に数えた。

料理学校で辻本が錯乱した日から、すでに一週間が経っている。

「どうも」

「どこで寝てるんだ？」

「先生と同じようなもんです。つまり車。船じゃないところが、財布の厚さの違いですがね。先生がどんな技を遣ったのか知りませんが、取立てはもう来ない。アパートでも借りるのも悪くない、と思ってるんですよ」

「取立てが来ないのは、一時的なことだ。借金そのものは、消えていない」

「前に、魔法みたいに消してくれたことがあったじゃないですか。今度も、同じ魔法なんでしょう？」

「違うよ。俺の電話一本で、また取立てが来る。今度は、すぐに内臓を売らされることになるな」

「内臓ねえ。まず、腎臓からかな」

田所が、低い笑い声をあげた。

私は冷蔵庫からビールを出し、プルトップを引いた。

電話が、ポケットの中でふるえた。

未紀子だった。私は田所の方をちょっと見て、船室《キャビン》に入った。冷蔵庫からもうひとつ缶ビールを出し、後部甲板《アフトデッキ》の田所に抛《ほう》った。田所は両手でそれを受け取り、すぐにプルトップを引いた。泡が溢れ、甲板にこぼれるのが見えた。

いまさら会っても仕方がないと思ったが、こちらが断ったりしないという前提で、未紀子は喋っていた。誘いという感じではなく、食事の申し入れだった。

「わかった。きちんとした話があるというなら」

承諾すると、未紀子はあっさりと電話を切った。私は片手の缶ビールを飲み干し、もう一本出した。冷蔵庫の冷却用のガスは入れ替えたばかりなので、よく冷える。

「夏も、そろそろ終りですね」

田所が、空を見あげて言った。

「これからは、車の中で寝るのもつらくなる。カプセルホテルも、性に合わない。狭くてもいいから、部屋を借りたいんですがね」

「それだけの働きをしたら、勝手に借りるさ」

「冷たいじゃないですか、先生」

「いまのところ、払った金の分の働きはしていない。そういうことが三ヵ月続けば、俺はあんたを見限る」

「見限られたら、あたしはどうなります？」

「その瞬間から、借金の取り立てがはじまる。借金は、ひとつにまとめた。これは、半端な取り立てじゃなくなる」

「内臓ぐらい、いいかなと思うことがありますよ」

「じゃ、働くなよ。俺は、どっちでもいいんだ」

「人生、これで終るのかと思うとね」

「誤解するな。あんたの人生は、とうに終ってる。最初に追いこみをかけられた時、ほんとは終った。俺を裏切って、勝手に逃げた。あの時の、俺の損失はいずれ返して貰う。今度の借金に関しては、消えてない。利子が停止しているだけだよ」

「消えるあてのないものを先生に握られて、ずっと働き続けろということですかい？」

「ただとは言ってない。働けば、金は入る。充分すぎるぐらいだろう、それで」

「一生、奴隷か」

「みんな、なんらかの意味で、奴隷だよ。とにかく、俺から自由になろうと思わないことだ。自殺したくなったというなら、別だが」

「いいですよ。今日貰った金で、ドヤ暮しして酒を飲むことぐらいはできる」

「そのうち、安ホテルに住んで、そこそこうまいものも食えるようになる。忙しさにめげずに働けばな」

「ちっとは、仕事のパートナーという気分にもさせてくださいよ」

「いずれな」

田所に対しては、一片の信用も私は抱いていなかった。一度裏切った人間は、必ずまたやると考えていた方がいい。当面、便利に使ってみるだけのことだ。

田所が姿を消すと、私は二本目のビールを飲み干し、上半身裸になった。

陽の光も風も、秋のものだった。裸でいて気持がいい気候だ。

私はしばらくうとうととした。

隣の船が出港する気配で眼醒め、私は船室《キャビン》に入ってシャワーを使った。隣の船は、横浜まで夕めしを食いに行くつもりだろう。立派なエンジンを積んでいるのに、決して東京湾から出ようとしない船だった。

私は、船首《バウ》のベッドルームから、夏用のスーツと新しいシャツを持ってきた。しばらく、それを眺めていた。

法廷では、ネクタイをする。なんとなく、それが決まりのようになっているからだ。船に、ネクタイは三本あった。マンションの部屋には、十本ぐらいはあるだろう。私はシャツを着こみ、ネクタイを締めた。スーツは夏用だが、ネクタイは深い緑で、秋にぴったりだった。

それから、靴に合わせた靴下の色を選んだ。

最近では、身なりをあまり気にしないが、以前は色の取り合わせに神経質だった。だから未紀子も、決して勝手に買ってくることはなく、必ず私と外出した時に身につけるものを捜したものだった。

ムースで、髪型を整えた。これも、最近では滅多にやらないことだ。寝癖などがついていると、ただ濡らす。

私は、クラブハウスへ行き、タクシーを呼んだ。

「西麻布」

地名を告げると、かすかな苦さがこみあげてくる。それも、大したものではなかった。上着が皺にならないように、車内では脱いでそばに置いておいた。

車を降り、上着を着て店に入った。

未紀子は、先に来ていた。むかい合って腰を降ろし、私は未紀子に眼をむけた。未紀子は、かすかに微笑んだ。

店主が、数年ぶりに顔を見せた私に、挨拶に来た。当たり障りのない言葉を交わした。

「アルマセニスタを」

店主は、食前酒の註文だけとり、私はかつての義父、亡くなった未紀子の父に教えられたシェリー酒を頼んだ。同じもの、と未紀子も言った。

それから料理の註文をし、ワインを選んだ。

「最後の食事ってことになりそう」

「この店を指定されたからな」

「いやな話は、先に済ませてしまいたいわ」

「辻本のことか」

「あのことは、もういいの。あなたが言った通りだった。実力のない人間を使ってしまった、あたしの失敗。自分で、自分を潰したとしか言いようがないわ」

「勝負だからな。俺も手加減はできん」

「そんなもの、勝負とか言う前に、自滅したとしか思えない。いつか大きなところで失敗されるより、いま切れてよかったと思っているわ」

未紀子の辻本に対する言い方には、経営者としての意見以外のなにものも入っていなかった。小気味がいいほどだ。

「書類は、すべて取り交わしたが」

「立退きに関しても、こちらからつける条件はなにもないわ」

「では、終りだな。すでに、振込みも終っているし」

「見事なものよね」

「相手が古賀先生なら、こんなわけにはいかなかった」

「古賀先生も、それについちゃ残念と思われてるわ。いつか、あなたと本格的に法廷でむかい合いたいって」

「君のところの案件でか？」

「なんでもいいみたいよ、あなたを完膚《かんぷ》なきまでに打ちのめせれば」

「ま、そのうちということだな」

十年ほど前に改築してから、店の雰囲気はまったく変っていなかった。それ以前は木造の風雅な建物だった。未紀子の父親の代からの、贔屓《ひいき》のフランス料理店である。

最後に来たのは、家族だけで父親の一周忌をやることになり、由美子と三人で来たのだった。公的な一周忌はクボ・エンタープライズでやっていて、私は出ていない。

私と未紀子が離婚したのは、その直後だった。

「もう、ここへ来ることはないと思うわ。御主人には申し訳ないけど」

「俺は来ないが、君は」

「由美子に忘れさせたいの、この店を」

「それは」

「あなたと、つまり家族三人で行ったお店なんかは、全部忘れさせたい」

「そういうことか」

「無理なことだろうけど、あなたも忘れさせたい」

「俺に言う必要もないことだ」

「最後だから。口に出してあなたに言って、あたし自身も納得したいの。これから、由美子にも納得させていかなくちゃならないんだし」

「わかった」

アルマセニスタが運ばれてきた。熟成して、琥珀色をしたシェリーだった。

ちょっと差しあげただけで、グラスを触れ合わせたりはしなかった。

「あなたは、帰ってくると思い続けてた。この二年、ずっとね。もの事を途中で放り出す人ではなかったし、愛情がなくなったとも感じられなかったから」

「そういう問題ではなかったようだ。二年経って、俺はようやくわかりはじめてきた。なんとなく、すべてが違うと感じてしまう。君との家庭も、いまの俺自身でさえも」

「理屈で説明できないことで、あなたが苦しんでいると思ったことはあるわ」

「理屈で説明できないってことは、要するに世の中に通用しないってことだ」

私は、アルマセニスタをゆっくり舐《な》めていた。煙草を喫いたいと思ったが、デザートに入っていなければ煙を出さないのが、未紀子との食事の習慣だった。

前菜が運ばれてくるまで、もう少し間がありそうだった。私はアルマセニスタを飲み干し、もう一杯註文した。

「馬鹿になりたくてね」

シェリーを二杯以上飲む人間は馬鹿だ、というイギリスの諺《ことわざ》がある。私がそれについて喋ったことを、未紀子は憶えていたようで、口もとにかすかに笑みを浮かべた。

客が入ってきて、ひとつ離れた席に案内された。

「手紙は、書かせないようにする。でも、内緒で書くかもしれない」

「その時は、封を切らずに送り返す」

電話には出ないとしても、直接会いにくるかもしれない。その時は、もう親でもなく子でもない、と私は由美子に言わなければならないのだろう。それが、未紀子と由美子に対する、私の最後の義務だ。

「あたしたちは、いい夫婦だって言われた」

「そうだったかな」

「自分でもそう思ってた。だから、あなたが離婚したいと言いはじめた時、あたしが父の事業を継いで、主婦でなくなってしまったからなのか、と思ったわ」

「違うな。だが、俺でさえ自分でそうなのかもしれない、と思った。はじめは、自分になにが起きているのか、わからなかったんだと思う」

「きっかけではあった、ということなのね？」

「なにかが、動いた。動いた方に、俺は足を踏み出さなかったんだ。違う方へ、踏み出した。自分でも気づかず」

「父の死で抱えた会社のトラブルは、すべてあなたが解決してくれた。だから、一緒に歩き出した、とあたしは思ってた。一年間はね。でも、トラブルの解決の仕方が、強引で性急だとは感じてたわ」

「俺は、急いでたような気がする。早くしないと、こういうトラブルの解決はできなくなるってな。クボ・エンタープライズが抱えたトラブルは、言ってみればありふれたもので、法的な根拠さえあれば力で押しまくれる情況だった」

「らしくなかった、と思うわ」

あのころ、私は堅実な仕事をする弁護士だった。事務所を構え、民事だけではなく、刑事の案件もいくつか抱え、若い弁護士もひとり雇っていた。法律事務所としては、上り調子だったと言っていい。そういう自分に、言葉では表現しにくい違和感を覚えてもいた。

「能力はあった。古賀先生が、注目せざるを得ないと言うほど、能力があった。でも、自分の能力が、あなたは嫌いだったんだと思う。ほんとうは弁護士ではなく、検事になるべき性格だったような気がするわ」

「そうかな」

一度も、考えたことはなかった。検事は常に、闘う相手として法廷にいるだけだった。

「もう、よさないか?」

前菜が運ばれてきた時、私は言った。

「いい結婚だったと思うわ」

「こんな結果になったのにか?」

「少なくともあたしには、あなたの妻であって幸せだと思える期間が、十数年はあったわ。それは、人生には貴重なことよ」

「だから?」

かすかな苛立《いらだ》ちに襲われながら、私は言った。

「あたしは、忘れない。あなたと暮したことを、忘れない。由美子には、忘れさせたいと思うけど」

私は、黙っていた。なんでもないことを言ったように、未紀子はナイフとフォークに手をのばした。

ソムリエが、ワインを持ってきて、ラベルを私に見せた。私が頷くと、ソムリエはその場でデキャンタをはじめた。

「いいね」

テイスティングをして、私は言った。それで、ようやくソムリエはテーブルから離れていった。

「こんなことを言うの、意地が悪いのかもしれない。あたしが、ただ忘れなければいいことだとも思う」

「もう、よせよ」

「そうね。食事を愉しんだ方がいいかな」

「煙草、喫っていいか？」

「どうしたの？」

「喫いたくなった。とても」

「そう」

未紀子は、少し考える表情をしていた。それから、かすかに頷いた。

私は煙草を出してくわえ、ライターで火をつけた。

ボーイが慌てて持ってきた灰皿を、私は手で受け取った。

3

出かけようとしている時、植草が現われた。私は、浮桟橋《ポンツーン》を船にむかって歩いてくる植草の姿を、船室《キャビン》の中からぼんやり見ていた。

植草が乗り移ってくると、船はかすかに揺れた。植草は、上着を抱え、ネクタイを緩めていた。

「よう」

私の顔を見て、植草が言う。

「うちの事務所所属の弁護士が、どうしているかと思ってね」

「植草事務所は、土曜も仕事か？」

「まあ、土曜でないと時間がとれない、という依頼人がいてな」

「大繁盛じゃないか」

「土曜は休みです、と言えないほど、仕事が少ないってことだ」

私は冷蔵庫から缶ビールを出したが、植草は水でいいと言った。佐野峰子になにか頼まれてきたのかもしれない、と私は思った。

「どういうことなんだ？」

「なにが？」

「例の件さ」

「俺には、例の件というのが、いっぱいあってな」

「古賀事務所の、辻本君のことだ」

苦笑し、ミネラルウォーターのボトルの栓を捻《ひね》りながら、植草が言う。佐野峰子に、なにか頼まれたというわけではないらしい。用件は、正面からぶっつけてくるタイプだ。

「法曹の資格もなくすかもしれん」

「懲戒にかけられるのか？」

「もう手続はとられているよ」

「検察の処分は？」

「起訴。簡易裁判により、懲役数ヵ月、執行猶予一年ってとこかな」

未遂とはいえ、刑事事件で、現行犯の逮捕だった。考え得る程度の処分ということか。

「自分で招いたことだ」

「確かにな。しかし俺は、辻本を多少知っててな。市民団体の人権研究会で、一緒に講師をしたことがある」

「俺にむかって、わけのわからないことを叫びながら、庖丁を握った。警官の見ている前だった。即座に逮捕されたが、でなければ、俺が刺されたことは充分考えられる」

「わけのわからないことってのは？」

植草も弁護士で、さすがに私の話の曖昧なところを衝いてくる。

「すべては、俺がやったと」

「なにを、やったんだ？」

「あいつの顔を、殴ったそうだ。ま、俺がやらせたということなんだろうが」

「佐野の婆さんの案件だろう、辻本と絡んでいたのは？」

「だったら？」

「どんな手でも使いかねん。あの婆さんには、そんなところがある」

「すべて、俺に任せていて、事後報告をしただけだ」

「わからんな」

「なにが？」

「人の人格というものが、信用できなくなる。そんな人間ではないんだな、俺の中じゃ」

「しかし、やったよ」

「そうだろうさ。俺も庖丁を振り回したという事実についちゃ、弁解の余地がないことだと思ってるが。古賀さんに会って、一応訊いてみたが、歯切れは悪い」

「だろうな」

私は、単純にできあがっている植草の頭脳を、少し掻き回してやることにした。

「どうしてだ。古賀さんが、動いたという気配もないんだぜ」

「動けなかった」

「そうかな。いくら刑事事件といっても、事情ぐらいは調べるんじゃないか？」

「事情は、わかりすぎるほどわかっていたんだろうよ」

「どういう事情をだ。佐野の婆さんのことをか？」

「いや。おまえは、辻本の依頼人が誰なのか、知らないようだな」

「古賀事務所が、受けた案件じゃないのか？」

「違う」

古賀は多分、辻本が勝手に受けた仕事ということにしているはずだった。そのあたりに、抜かりはない。

「違うのか？」

ペットボトルに直接口をつけた植草が、驚いたように私に眼をむけた。

「あのビルの、買収をしたのが、佐野の婆さんだ。それから、入居者を立退かせようとした。それなりのものを払って」

「そういう案件だとは、聞いてるよ」

植草はやはり、どこにも眼が配れるという男ではない。辻本と私ということに、眼を奪われてしまっている。

「現場になった料理学校は、クボ・エンタープライズの経営だった」

「なんだって。おまえの、奥さん？」

「元の、妻だ」

「その、つまり未紀子さんが」

植草は、混乱しはじめていた。

「古賀法律事務所が、顧問だ。しかし、辻本は個人的に引き受けていたらしい。辻本が来れば、古賀法律事務所のイソ弁だとしか、俺の元の妻は考えないだろう」

「しかしなあ、青井」

「そう考えないと、理解できないことが多い。実際、古賀事務所から別の弁護士が来て、話はすんなり終っている。クボ・エンタープライズにとっては、相当有利な立退き条件なんだからな」

「どういうことなんだ？」

「だから、そういうことさ。クボ・エンタープライズに単独で行った時から、辻本はおかしくなり、どこかで殴り合いなどをやり、錯乱して警官を自分で呼び、それから俺を刺そうとした」

「わからん」

「俺が説明できるのは、そこまでだ。俺は辻本が、古賀事務所から派遣された、クボ・エンタープライズの代理人だと思っていた。こんなにいろいろ持ち出すのは、古賀さんになにか下心があるんじゃないか、と疑りたくなるほど、厄介なことをいろいろ言ったよ」

「それが、別の弁護士ですんなり終ったんだな？」

「そういうことだ」

「古賀さんが、懲戒に異議を申し立てないのも、事件後に動かなかったのも、すべて個人的な行動だったからか」

「推測にすぎんがね」

「なぜだろう。個人的な動機と言えば、恨みとかいろいろあるわけだが、なんだったんだ。おい、もしかすると、おまえの奥さんに対する、岡惚れか？」

「さあな」

「いや、あり得る。もしそういう感情を持っていたなら、未紀子さんをあっさり捨てたおまえに、恨みを抱いてもおかしくない」

「おい、俺がなにをやった。離婚ってのは、夫婦間のことだ。揉めたわけでもない」

「なぜかわからんが、おまえは未紀子さんを捨てた。そこは、俺もそう思ってる。羨しいような奥さんだったのに」

「夫婦の間を、そんなふうに単純にとらえていいのか、弁護士が」

「まあな。離婚の案件なんてのが、俺はいまだに苦手だ。俺と女房のことを、どうしてもあてはめようとしてしまうんだよ」

「だから、そういう案件はやめておけ。頭痛がするだけだぞ」

「まったくだ」

植草は、またミネラルウォーターを呷った。

単純だが、もともと持っている善良さがある。誠実でもある。それだけで、私よりはるかに優れた弁護士と言ってよかった。人の争いは、複雑そうでいて、ほんとうは単純なことばかりなのだ。情況というやつが、すべてを複雑に見せる。

「辻本が、未紀子さんになあ」

「ずっと歳上だ。六つぐらい上だぞ」

「そんなこと、おまえ、いま関係あると思っているのか。立派な企業のオーナーで、しかも、きれいだ」

きれいだという言葉に、なぜか私は反応していた。食事をしたのは、三日前だ。レストランを出て別れる時、黒塗りの車が待っていた。一度だけ眼を合わせ、未紀子は後部座席に乗りこんだ。ドアが閉められるまでの、ほんの束の間、私は未紀子の横顔を見ていた。きれいだと思った。かつて、はじめて会った時にきれいだと思ったように、きれいだと思いながら、横顔を見続けていた。ドアが閉められると、窓にはレースがかかっていて、中は見えなくなった。運転手が運転席に回る間、私はレースを見続けていた。

「おまえが、なにが気に食わなかったのか、俺にはどうしても理解できん。うちのかみさんみたいに、家計簿を見ては、溜息をついてるような女の方がよかったのか？」

「別に」

「そうだよな。おまえは、事務所を開いた時から、稼いでいた。いまの俺より、ずっと稼いでいた。なにしろ、現役で司法試験に通るようなやつだからな」

私は別のことを思い出し、船室《キャビン》の奥の、鍵のかかる抽出《ひきだし》から、通帳を一冊出した。佐野峰子から振込まれたものが、そこにすべて入っている。

「これ、預かってくれ」

印鑑と一緒に、私はそれを渡した。

「なんだ。なに、三千万あるぞ。どういうことだ？」

「佐野の婆さんからの、報酬だ。俺は貰う気がないのに、振込んできた。あれは、おまえの紹介で受けたことだったし」

「だからと言って」

「寄付するわけじゃない。事務所に預けるわけで、おまえに預けるわけでもない」

「おまえ、生活はどうするんだ、生活は。無過失責任の交通事故裁判なんかも抱えているだろうが」

「ああそうか。そんなのには、これを使うことにしようぜ」

「しようぜって、あれはおまえの」

「事務所で受けたんだ、植草。おまえだって、過失がない人間が罰を受けるなんてこと、法廷で白黒をつけてみたいと思うだろう。金がないんで、できない。佐野の婆さんが、そのために寄付してくれた金だと思おう。俺の生活は、心配ない」

私には、病院から振込まれた金があった。それで、当分は暮していける。

「心配ないと言っても」

「金持の女を見つけてね。好きな仕事だけしてろって女さ」

「おい、おまえ」

「俺は、そういう星のもとにいるらしい。佐野の婆さんだって、若けりゃくっついたかもしれん。あれだけ金を持ってりゃな」

「呆れたな、まったく」

「頼むぜ、金の管理」

「わかった。おまえが抱えているあの交通裁判には、これを使おう。最高裁まで行く気でいるんだろう」

話題が、川名行雄のことに移った。飛び出してきた子供を、はねてしまった男。不運を、絵に描いたようなものだ。

三十分ほど話して、植草は帰っていった。自宅で食事をするというのが、この男のモットーだった。まして、今日は土曜日だ。

植草がいなくなると、私はTシャツに白いズボンを穿《は》き、素足を水色のスリッポンに突っこんだ。

自分で運転して、江利子の部屋に行った。

すでに、食事は用意してあった。

私は服を脱ぎ、バスルームに入った。風呂には入らず、シャワーを使う。途中から、江利子が入ってきた。痩せた躰を、湯が打っている。乳房の割りには大きな乳首に、私は手をのばした。薄い陰毛は、貼りついたようになって、触れてもどこにあるかはっきりはわからなかった。

私は不意に、未紀子の猛々《たけだけ》しい陰毛を思い出した。

「また、別れた奥さん？」

江利子が言う。私の手の動きが、密生した陰毛を探るようだったのかもしれない。

「いっそ、奥さんの名前になってあげようかしら？」

最近は、交合している間も、奥さんを抱いているつもりでしょう、としばしば言われる。もともと、お互いに代役を求めることで、成り立っている関係ではあった。

「射精する時に、あなた、頂戴って言おうか？」

「つまらんな」

「なにが？」

「それぐらいじゃ、刺激にならん」

泡のついた江利子の手が、私の男根をまさぐってくる。反応はしない。降り注ぐ湯の中にしゃがみこみ、口を使いはじめた。江利子は、すでに酔っている。酔うのが、淫《みだ》らになるための儀式のようなものだ。

なにもかもが、面倒になった。そうすると、私の躰は反応してきた。

バスタブの縁に両手をつかせ、背後から抱くようにして、江利子と交わった。江利子が待つのは射精の感覚で、その瞬間は、明らかに私ではない別の男が頭にある。

ひとしきり交合を続けても、私は射精に到らなかった。

「あとにしよう。ベッドで」

「いっぱい食べて、ワインを飲んで、しばらく眠って、それから」

「それがいい」

江利子は、私の男根だけを丁寧に洗い、湯を止めた。

私は、バスローブを着こみ、リビングに出てソファに腰を降ろした。

「砂村がね」

バスタオルを被って出てきた江利子が、髪を拭いながら言う。会社のことに、話題が移っていた。食事の間は、こういう話題が続く。

「社内不倫の噂を立てられてる」

私は、さよならを言うために、江利子のところへ来たことを、思い出した。それはまったく思い出したという感じで、すでにどうでもいいことのような気がした。

はじめから、別れているようなものなのだ。ただ私は、なぜさよならを言おうと考えたかも、思い出そうとしていた。なんとなくそう思ったのかもしれない。理由はどうしても思い出せなかった。

「真面目すぎると、逆にやられたりするのよね。今週は、はじめからその話題ばっかりだった」

現実感はない。遠い江利子の声に、私はただ頷いている。

この部屋で現実感があるのは、酒と食い物と江利子の肉体だけだった。

4

私の日々は、どこも変らなかった。

それでいながら、私は一年前の自分とまるで違う自分を、強く意識せざるを得なかった。二年前の自分と較べると、別人としか思えない。

それでも私は、変ったというふうにはあまり見られなかった。二年前に離婚した時に、すでにふう変りな男であり、ふう変りのままいまに至っているのである。

私は、三日に一度ほど、川名行雄に会い、そろそろはじまる法廷の準備をした。こちらからも告訴しているので、同じ案件で二重の法廷を抱えることになるのだ。作成した資料は、厖大《ぼうだい》なものになった。

夏が終り、秋だと実感できる季節になっている。

由美子が待っていた。

船のそばに立ち、私の姿を見つけると、しっかりと開いた掌を見せた。振っているつもりなのだろうが、ふるえているとしか思えなかった。

「なにか？」

私は、由美子のそばに行って訊いた。

「用事がなければ、来ちゃいけないわけ？」

「君は、俺に用事なんかないはずだが」

「ママはママ。あたしはあたしよ」

「君がどう思おうと構わんが、俺にはなんの用事もない」

「どういうこと？」

「ただそれだけさ。俺は、なにもかも面倒になったんだ。自分に血族がいるなんてことも、考えたくない」

由美子の顔が、強張っていた。

「俺は、ひとりで生きていきたいんだ」

「あたし、パパの娘でしょう？」

「そうだったことも、あったな」

「どういう意味？」

「だから、ひとりで生きていきたいのさ。父や娘だということに、うんざりしてきた」

「うそ」

学校の帰りだろう。それを言おうとして、私は言葉を呑みこんだ。

「あたしが娘じゃなくなる。そんなこと、あり得るの？」

「俺の気持の中では、あり得るね」

「うそよ」

「どう思おうと、それは勝手だが」

私は、浮桟橋《ポンツーン》から後部甲板《アフトデッキ》に乗り移り、船室《キャビン》のドアのロックを解いた。

由美子がどうしているかは、見なかった。泣いてさえいなかった、と思っただけだ。

しばらく、私は船室のテーブルに拡げた書類の整理をした。顔をあげた時、由美子はもう浮桟橋《ポンツーン》にいなかった。

私は、ブリキのカップにバーボンを注いだ。呷《あお》ると、のどが焼けた。

ほんのしばらく、耐えれば。自分に言い聞かせた。なにを耐えるかも、考えていなかった。ただ耐える。それだけのことだ。

私は、二杯目をカップに注いだ。のども胃も、最初の一杯ほど焼けはしない。

眼を閉じた。外はまだ、明るすぎる。

どうやればいいんだ。呟いた。私は、なんでもいいから、毀したかった。はじめに、自分を叩き毀せばよかった。いや、そうした。毀したところに、また自分があった。その次に毀したのが、家庭ということになるのか。毀しても毀しても、自分は毀れていかない。

三杯目を飲むと、ボトルの中身は空になった。私は、船室《キャビン》の物入れから、新しいものを一本出し、封を切った。

酒には酔わなくなっている。このところ、そんな気がした。酔ったまま、全力疾走をくり返した。そのころから、アルコールに躰は反応しそうになりながら、寸前でまた元に戻ってくるということをくり返していた。たて続けに飲んで、ウイスキーを一本ぐらい空ければ違うのかもしれないが、その前に胃がむかついてくるし、面倒にもなる。

私はさらに、カップ二杯ほどウイスキーを飲み、酔うのを諦めてテーブルの書類に眼を通しはじめた。

犬を追って、いきなり道路に飛び出してきた少年を、はねてしまった男。それで自分が毀れ、人生も毀れかけている男。毀れようとしなくても、そうやって毀れる人間は少なくないだろう。

私がなぜ、川名行雄に裁判をやらせようとしているのか、あまり考えたことはなかった。川名を毀すものを、毀そうとしている。そんなところかもしれない。

破壊の衝動は、私自身にとっても理不尽で、しかも切実だった。

外が暗くなってきたので、私は艇の明りを全部つけた。夏が終り、天気図が春秋型になると、マリーナの人の姿もめっきり少なくなった。私は後部甲板《アフトデッキ》に出て、冷気に当たった。夜になると、冷気という感じになる。気温より海水温が高く、海霧がたちこめるのもこの季節からだ。

「航海灯まで点いてるよ、青井さん」

マリーナの職員が見回りに来て、私の船を覗きこんだ。

「そうか、航海灯か」

「航海灯を点けて、停泊灯も点けてる。そんな船がいたら、どっちだろうと考えちまうよ。動いてるんだろうか、停ってるんだろうかってね」

俺は動いているのだろうか、停っているのだろうか。ふと、考えた。どちらでもない、という気がする。浮遊している。いや漂流か。自分の情念を持て余し、身動《みじろ》ぎさえできなくなりながら、間違いなく動いていた。

「どこへ行くんだろう」

「えっ」

「いや、一杯やっていかないか」

「一応、勤務中だからね」

「事務所に戻ったら、ソファで居眠りするんじゃないか」

「そりゃ、そうだが」

「それに、酒は嫌いじゃない」

私は立ちあがり、船室《キャビン》のラックからラムの瓶を抜いた。物入れの中にも、ラックがある。船の中では、瓶はそうやって一本ずつ独立して置いておかなければ、時化の時にぶつかって割れてしまうのだ。

私が乗れという仕草をすると、職員は黙って甲板に移ってきた。ラムの封を切り、職員に渡したカップに、なみなみと注いでやる。

「宿直かい？」

「まあね。みんな嫌がるから、私が代ってやることが多くて」

どこかの造船所を停年退職し、このマリーナに拾われたという話を、いつだったか聞いた。それはそれで、悪い老後ではないらしい。

この男の人生は、もう多分毀れることなどないのだろう。

「いいね、このラムは」

「二十一年物。あまり手に入らんよ」

「ただの呑ん兵衛じゃないんだ、青井さんは。酒に凝ってもいる」

ほんとうは、めずらしいものかどうかわからなかった。見慣れないラベルの酒を、段ボールに二つ発作的に買ったことがある。その時の一本というだけのことだった。

「昼間、お嬢さんが来ていたね」

由美子がひとりで訪ねてきた時、浮桟橋《ポンツーン》のゲイトを開けてやったのはこの男だろう。余計なお世話というより、誰でもそうするだろうという気がした。

「走って、帰っちまったよ。声かけたんだがね」

「ま、いろいろあってな」

「だろうね。私なんか、古女房と添い遂げるんだろうが、結局のところなにもない人生だった。羨しいような気もする」

嫁いだ娘の話をはじめた。いや、娘が嫁ぐとはどういうことか、という話だ。ほかの男のものになる。ほかの男に抱かれる。ほかの男の子供を産む。それがどれだけ心の中に憎しみを育てるか、という話だった。

由美子に、私はそういう感情を抱かなかった。まだ先のことだという意識が、どこかにあったのか。ボーイフレンドとキスをした話を聞いた時は、ちょっと心がざわついた。その極端なものが、嫁がせるということなのか。

未紀子の父親は、どうだったのだろうか。私に憎悪を抱きながら、経済の話などをしていたのだろうか。私の危うさに、最初に気がついたのが、義父だったのだ、といまは思う。私自身ですら、気づいてはいなかったのだ。

三十分ほどで、職員は腰をあげた。カップのラムを飲んでしまったのだ。

「これ」

私は、まだ中身がかなり残っているラムの瓶を差し出した。

「悪いね。夏の前にも、一本貰ったよ。ウイスキーだった」

私は、ちょっと頷き返した。この職員の名前すら、私は知らない。ベーさんとみんなに呼ばれているので、この二年間、私もそう呼んできた。

由美子のことは、できるだけ頭の片隅に追いやることにした。

仕事のことを、考えた。事務所を構えてすらいないのに、なぜか私の携帯に案件が舞いこんでくる。なにか腰を据えて毀せるような、面白そうなものはなかった。しつこい依頼は、植草の事務所に回すようにしているが、植草は受けきれてはいないようだ。

懲役に行くべき人間を、無罪にする。そんなものはもう、刺激のある仕事とは言えなくなっていた。

まだ、宵の口だった。

私は食事をしていなかったことを思い出し、ギャレーでハムと玉ネギを刻み、フライパンでしばらく炒めてから、卵を落とした。ほかに生の野菜としては、ニンニクがあるだけだ。それは薄くスライスして、最後にフライパンに入れた。早く入れると、ニンニクの辛さは消えてしまうのだ。

できあがったものを、フランスパンに挟み、ケチャップとマスタードをかけた。

食らいつく。まずくはなかった。こういう料理はこういう料理で、そこそこ食えるものなのだ。食らいつくたびにケチャップがはみ出してきて、血のように私の指を汚した。私はカップに海水を汲《く》み、それを少しずつ飲んだ。食ってしまうと、私は海水で手を洗い、ファイティングチェアに腰を降ろして、煙草に火をつけた。

電話がふるえている。さっきも一度呼んでいたが、私の指はケチャップだらけだった。

「樋口商事の福井ですがね」

「やあ。元気でやってるか？」

「言ってくれるね。俺は島田の兄貴に頭を押さえられて、しばらくは地獄だったね。たかが一千数百の金が、すぐに二千、二千五百となっていく」

「いつもやってることじゃないか」

「身内だぜ。だけど、情容赦なかった」

「そういうもんだろう、やくざって」

「身にしみたよ。だけど、島田の兄貴にゃ、耳を揃えて叩き返した」

「ほう」

「海に放りこまれて、殺されかけたことは、忘れちゃいねえよ」

「それはそうだろう」

「だけど、いま、それは置いとくよ」

「ほう、どういうことだい」

樋口商事に、いや島田と福井の間になにがあったのか、私はしばらく考えた。福井が、返せるはずのない金を返した。どうやら、そういうことのようだ。とすると、その金はどこで手に入れたのか。

「場合によっちゃ、殺すよ」

「相手を見てものを言えよ、福井」

「言ってるさ。あんたに仕事をさせたがっている人がいる。それを受けてくれりゃ、海に突き落とされた件は、しばらく忘れてやってもいい。な、わかるだろう」

金。仕事。それで思い浮かぶのは、佐野峰子の顔だけだった。

しかし、どうやって樋口商事にまで辿り着いたのか。人を使って調べあげるということを、佐野峰子はやろうとするだろうか。

「仕事ねえ」

「一年契約で、仕事を受けて貰いたいんだよ、青井先生」

「俺は、一年も拘束されたくない」

「じゃ、半年は？」

一年でも、半年でも、一件でもいいから受けさせろ。佐野峰子には、そう言われているのだろう。一件で一年かかる仕事も、佐野峰子なら充分に用意できるはずだ。

使いきれないほどの金を持っている佐野峰子にすれば、福井に渡した金など小遣い銭程度のものだろうし、本気でやろうと思ったら、大抵のことはできてしまうに違いない。

「半年ねえ。条件によるな」

「わかった。会って貰いたい」

私は、都心のホテルのロビーを指定した。福井には抵抗はないようで、約束の時間を一時間だけ遅らせてくれと言った。

電話を切ってから、私は樋口商事と佐野峰子の関係について考えはじめた。

関係はない。樋口商事に利用されないだけのしたたかさは持っているにしても、佐野峰子に関心があるのは、個人の情念だけなのだ。個人の情念が、どれだけ人や社会を毀すか。犬の躾に手を置き、佐野峰子は毎日それを考えている。金をもっと欲しいと思ったことなど、ただの一度もないだろう。

私の知らないところに接点があったのか。だとしても、なぜ島田や福井と私の関係にまで立ち到るのか。

そこまで考えて、ふと思いついた。司正書房の崎村。私は、料理学校の立退きの件で崎村と何度もやり取りをし、そこで樋口商事や島田や福井の名前を出した。

総会屋である崎村と佐野峰子は、まったく繋《つな》がらないわけではない。

「やっぱり、あの婆さんか」

私は、苦笑して呟いた。私を使うことに、情熱を傾ける。歪んだ情熱が、私にはなんとなく理解できる気もした。

出かけようとしていると、また電話が私を呼んだ。

「先生、俺はなんで、金を借りられないんだ。どこへ行っても、野良犬みたいに追っ払われたよ」

田所だった。

「甘いな、田所。おまえは金を借りることはできないようになっている」

「なんでだい。借金、もうないんでしょう？」

「借金がない、なんて言った憶えはないな。おまえの借金は、三千万近くに膨《ふく》れあがって、追いこみをかけられてることになってるんだよ。あまり、金融業者のところに出入りしない方がいいな。自分のとこの追いこみじゃないにしても、樋口商事におまえの名前は聞えちまってる」

「じゃ、樋口商事が追いこみを？」

「俺が、それを止めてる。つまり、俺がおまえの代理人、いわゆる顧問弁護士ってわけで、おまえの借金の利子分は、供託というかたちにしてある。ま、負ける心配はないし、樋口商事にしても、元金を取り戻せれば幸運、としか考えていないんだからな」

田所は、しばらく黙りこんでいた。

「先生、俺は金が要るんだよ。どんな仕事でもいいから、やらせてくれ」

「女か？」

「いや、うちの娘がさ、ちょっとあって、二百万か三百万、出してやりたいんだよ」

やはり女だろう、と私は思った。誰かが支えても、こういう男は一生この調子で、支えがなくなると、あっという間に堕《お》ちる。

「仕事、あるよ。佐野峰子って婆さんのところに、ゴールデン・レトリバーという犬がいる。お手伝いが散歩させているが、その犬をかっ攫《さら》ってこい」

「わかったよ。その犬、咬まないだろうね」

「大人しいもんさ。おまえと、気が合うかもしれん」

「先生ね、仕事はするから、何回分か前払いってわけにゃ」

「駄目だ。今度の仕事も、成功報酬のみ、二十万。いやなら、やめろ」

「わかったよ。次の仕事もくれよ」

「いまのところ、ないな。というより、おまえは躰がひとつだろう」

それだけ言い、私は電話を切った。

5

福井はきちんとネクタイをして、どこにでもいる勤め人のような顔をしていた。ちょっとやつれた感じもある。

「苦労したみたいだな」

「おかげさまでな」

「おまえら、仲間内でも、搾ったり搾られたりって関係なんだな。笑ったよ」

「気安く言ってくれるじゃねえかよ。俺は、一生島田の兄貴に頭を押さえられっ放しだと思ってたんだぜ。一生、死ぬまでだ」

「やくざのこわさが、身にしみたろう」

「言ってくれるぜ」

福井の視線の中に、憎悪と殺意のような光が一瞬よぎった。それを福井は、口もとだけの微笑みで、内に覆い隠した。

この男は、もう目先の金に心を動かしている。佐野峰子は、殺されかけた恨みさえ忘れさせる金額を、福井に呈示したに違いなかった。それも福井にとっては大金でも、佐野峰子にとってはあってもなくてもいいような額だろう。

「それで、俺にどういう仕事をしろだと？」

「そりゃわからない。仕事をするという約束を取りつけるだけでいいんだ」

「漠然としすぎてるな」

「俺は、忘れると言ってんだぜ、恨みを」

「わかった。やってもいい。青井がそう言ったと伝えてくれ」

佐野峰子との接点。いくら金を使おうと、心もとない接点には違いなかった。

「ほんとに、やるんだな？」

「俺がそう言ってるんだ。ほかに、確かめる方法がなにかあるか？」

「やけにあっさりしてるんでな」

「イエスか、ノー。返答はそれしかないじゃないか。それに、あの婆さんの仕事は、普通の三倍の金にはなる」

「だよな。それが、仕事を断りはじめた。なんでなんだ？」

「俺には、刺激が強すぎる仕事をやらされそうだったんでね」

「そんなもんかい」

「とにかく、仕事はやる。俺からその答えを引き出したら、おまえの仕事は終りだろう。早く行って報告しろよ」

「あんたを連れてこい。そう言われてるんだがな」

「今日は駄目だ。明日なら行けるかもしれないから、電話をくれ」

福井が、小刻みに頷いた。

煙草をくわえようとして、福井はテーブルの禁煙の札に眼をやった。

「俺が海に突き落とされたことだけどよ」

「その話は、しばらくなしだろう」

「わかってるが、死んでたかもしれねえ。いや、半分死にかかってた。それで、島田の兄貴は俺を助けるために、借用証を全部あんたに渡したんだろう？」

「まあ、そうだな」

「あんた、あんなことまでして、なにか得になることでもあるのかい？」

「どうかな。考え方による」

「田所の野郎をどうこうしたって、一文の金も出てこねえ。俺らだって、どこかで働かせるしかないと考えてた」

「働かせてるよ、いま」

「そうなのかい」

「まあ、もともとの額にも、遠く及ばないがね」

「しかし、やくざでもやらねえようなことを、あんたよくできるね。命を人質にして交渉するなんて。やくざは、恰好だけはそれをやるがね」

やくざではないからできる。殺すなどという言葉を並べながら、結局やくざが頭の中で考えているのは、懲役へ行く期間とやることとの比較だけだ。殺人など、最も割りに合わないことに違いなかった。

最後は、暴力しかない。自分を毀すのも、他人を毀すのも、暴力に行き着くしかない。単純な結論が、私にはひとつ見えはじめていた。

「はずみかな」

「そんなもんかい。そんなもんで、俺は殺されかかったんかい？」

「そうだよ」

「はじめっから、俺も島田の兄貴も、あんたにいいように振り回されてたんだな。地面の上だったら、あんな惨《みじ》めなやられ方はしなかった。手を放すと落ちちまいそうな、船の上だった。どうしようもなかったって、島田の兄貴は言ってた」

「恨んでないのか、島田を。共同責任になると思うんだが」

「命を助けられた。これは共同責任じゃねえさ。借りだよ。俺は兄貴に一生搾りあげられると思ったが、逆の立場だったら俺もそうしたと思う」

福井からは、闇の暗さなどあまり伝わってこない。それを表に出さない訓練ぐらいはしているのだろう。

「それで、島田との関係は？」

「元の通りに戻った」

「感情的には？」

「島田の兄貴の方が、面白くねえだろうな。考えていないことが起こったんだからな。親分《オヤジ》の前で叩き返すなんてことはしなかったが、証文は返して貰って、俺が持ってるわけだし。ま、いろいろあって、兄貴の方が面白くねえだろう」

「じゃ、俺がおまえを助けたようなもんじゃないか」

「もういいよ。仕事をしてくれるならいい。あんたと喋ってると、むかついて首を絞めたくなる」

福井が腰をあげた。

私はひとりでコーヒーラウンジの方へ移って、久しぶりにちゃんとしたコーヒーを飲んだ。それからマンションへ行き、秋用の衣類をいくつか袋につめ、船に戻った。

秋は、夏の海よりも大物が釣れる。そのための準備はしておきたかった。

一度エンジンをかけて船を出し、給油所へ着けて、燃料タンクを満杯にした。それで、船はずいぶんと重たくなった。千七百リットルの軽油が入ったのだ。

バースに戻ると、航海計器をちょっとだけテストした。自動航法装置《オートパイロット》、GPS、レーダー、魚探。私の船に付いているのは、その程度のものだ。

途中で、マリーナのレストランに昼食をとりにいった。味はそこそこなのだが、メニューが少ない。はじめのころだけで、私は飽きてしまっていた。

夕方、田所が現われた。

「先生、犬を連れてきたんだがね」

「犬？」

佐野峰子が飼っている犬を攫ってこい、と私は言ったことを思い出した。

「早いね」

「俺も、急いでるんでね」

「で、犬は？」

「車の中さ。大人しい犬で、どうってことはなかった」

家政婦が散歩の途中に奪う。それが一番やりやすそうだが、どういう方法かは私は訊かなかった。

「二十万は、払ってくれるでしょう？」

「いいよ」

ほんとうは、三十万払うつもりでいた。佐野峰子のところへ連れていけば、三百万でも払うはずだ。

犬を攫ってきてどうこうするという気が、私にはなかった。佐野峰子の弱い部分。それを考えて、最初に浮かんだのが、それだったのだ。

「いま金を用意するから、犬を連れてこいよ。それから、ドッグフードをちょっとばかり買い占めてきてくれ」

「どれぐらい」

「さあな。二週間分ぐらいでいいかな」

私は、船室《キャビン》に入り、金を用意した。田所が、それを確かめて、浮桟橋《ポンツーン》ゲイトの方へ歩いていく。

小一時間ほど経って、田所は段ボールを二つ担《かつ》いできた。後ろには、ユミがいた。不安そうで落ち着きをなくしているが、逃げる気配はない。もともとが、そういう従順な犬種なのだろう。

「犬屋が選んでくれたんで、間違いないと思いますよ」

「結構、食うんだな」

「でかいですからね」

私はユミを呼び、頭を撫でてやった。私のことを憶えているのかどうかわからないが、尻尾を振った。

「二十五万ある。経費をプラスした分だ」

「こいつは、どうも」

「これでいいぞ、一応。またなにか頼むことがあったら、電話する」

田所は頷き、札を丁寧に数えながら、浮桟橋《ポンツーン》を歩いていった。

私はユミを船に乗せた。ユミは、方々の臭いを嗅いでいる。古い毛布を持ってきて、船室《キャビン》の片隅に置いた。そこがねぐらだと教えるために、私はユミを連れていき、毛布の上にしばらく座らせていた。

電話がふるえた。

思った通り、佐野峰子からだった。

「すぐに、仕事をして頂戴、青井君」

「忙しいんですよ」

「仕事をすると言ったはずよね」

「言いましたよ」

「じゃ、はじめて」

「暇になったら。一年後かもしれないし、二年後かもしれない」

「すぐよ、大変なの」

「あんな、抜けた男を話し合いに使うからですよ。俺は仕事をするとは言ったが、いつからやるとは言っちゃいない。いつからやるかは、俺が決めることです」

「すぐよ。うちのユミがいなくなったの」

「ああ、あの犬ですな。私に捜せというのは、お門違いだ。ペット探偵なんてのもいるそうだから、そっちへ頼んでください」

「ユミは、勝手にいなくなる犬ではないわ。連れていかれたと思う。探偵でもなんでも、いくら雇ってもいいから、捜して頂戴。すべてに優先して」

「仕事をするかどうかは、俺が自分で決めるんですよ」

「青井君。君は仕事をしないかぎり、困ったことになるでしょう。わかってるんでしょ?」

「福井のことですか。いいですね。俺は困ったことになりたい。俺は、ああいう男が殺してくれないかぎり、いつまでも死ねないような気がしていましてね」

「本気で、言ってるの?」

「安心しましたよ、佐野さん。あなたにも、普通の飼主のように、ペットを心配する気持があるんですね。そして、感情的な脅しをかけてくる。あなたが世間を憎悪してるなんて、底が見えたな。有り余った金を、世間とのそういうゲームに注ぎこんでるだけだ。俺はいま、はっきりそうだと思いましたよ。同類のような言い方を以前にされたけど、まるで違う人間です、あなたは」

それだけ言い、私は電話を切った。

すぐに電話がまたふるえたが、佐野峰子からであることを確かめると、私は放っておいた。

「会いたいんだがな」

夕方になって、福井から電話が入った。佐野峰子の持っている金がどれほどのものか知らないが、人脈というかたちでは、貧弱なものしか持っていない。

「あんた、仕事しねえと言ったんだってな」

「するよ、暇になったら」

「そういう話じゃなかったろうが。ま、いまはそれはいい。あの婆さんが、犬がいなくなったって、大騒ぎをしてる。俺とあんたが組んで捜せとよ。恨みがあって、連れていかれたんだって喚《わめ》いてる。そういう人間関係は、あんたが知ってるって言うのさ」

「恨んでる人間の数が、多すぎる」

あるいは、誰ひとり佐野峰子など恨んではいない。

「俺はよ、こんな仕事はしたくねえが、貰える金が半端じゃない。あんたが来ないんなら、俺の方から押しかけるぜ」

「夜の十一時。それまでに、用事を済ませる。それで、会おう」

「場所は？」

私は、マリーナの近所の、波止場の名を言った。そこは、暗くなると人はいなくなる。私のところからなら、船外機を付けたまま繋ぎっ放しにしてあるマリーナのテンダーボートで、十五分で行ける。

「わかった。俺は、車だからよ。それで、心当たりは？」

「あるね」

「いいぜ。そりゃ、仕事をしてくれてるってことだ」

かすかに、福井の笑い声が聞えた。

第七章

1

ドッグフードの与え方など、私は知らなかった。適当な容器に入れた硬い豆粒のようなフードを、ユミは半分も食わなかった。

「これと水がありゃ、おまえは生きていけるんだよな」

話しかけると、悲しい感じのする眼で私を見あげてくる。ほんとうに悲しんでいるのかどうかは、わかるはずもない。ユミの頭に手をやり、私は二、三度揺さぶった。

不安だが、自分の置かれた環境を受け入れる。犬には、そういうところがあるようだった。遅くなってから外に連れ出したが、ユミは逃げようともせず、道路の端に脱糞《だっぷん》し数ヵ所に尿をすると、船へ帰る私に大人しく付いてきた。

船には、自分から乗った。そして、船室《キャビン》の隅の毛布の上に横たわった。

「船の上もいいもんだろう」

言うと、ユミは阿《おもね》るように尻尾を動かした。

夕食に、私はハムと野菜と卵を挟んだパンを食った。ビールで流しこむ。何度も電話がふるえた。四度目に、私は出た。

「見つけましたよ」

「お金なら」

言うと、電話のむこうで佐野峰子が絶句するのがわかった。

「ちょっと面倒な相手に、連れていかれてましてね。いま、話しているところです」

「足もとを見られるようなことは、ひと言も言えません。所詮、犬のことだって態度を貫かなきゃね。それでも、五十万ぐらいは必要かもしれません。それ以上は、出さない方がいいでしょう。そこで、福井に役立って貰うつもりでしてね」

「十一時に会う約束だって、連絡があったけど」

「話が煮詰って、福井が出てくる。そのあたりの時間が、一番効果的なんですよ」

「ユミは、無事なのね？」

「無事です。ドッグフードや水も、与えられていましたね」

「わかった。とにかく、ユミが無事なことを一番にね」

さらに佐野峰子はなにか言おうとしたが、私は電話を切った。電源も切ったので、それ以上はかかりようがなかった。

「おまえのところの婆さんも、結局人に思い入れはかけられないんだな。おまえしかいない晩年か」

私が話しかけると、ユミは顔をあげてじっと見つめてくる。まだ不安で、気を許してはいないのだろう。

「おまえを連れてきたはいいが、どうするか決めていなくてな」

私は、ユミのそばに座りこんだ。

「あの婆さんをぶっ毀すのに、おまえはまたとない道具なんだがな。無垢《むく》で従順な動物ときてる」

私は、水と並べて置いた容器から、ドッグフードをひと粒つまみ、口に放りこんだ。うまくもなく、おかしな味でもなかった。

「こんなもの、一生食い続けるのか、おまえ。ほかの食いものが欲しい、とねだったことはないのか？」

ユミは口を開け、少し舌を出して、速い呼吸をしている。

「俺は、なにをどうすればいいか、わからないんだよ、ユミ。どこかで、止まろうって気もない。走り続けてみたが、ここまで走れるとも考えていなかった」

もうひと粒、ドッグフードを口に入れ、それから煙草に火をつけた。

「なにも、面白くない。その時は面白くても、すぐに色褪《いろあ》せる。始末が悪いよな、まったく。どうすりゃいいかわからなくて、ただまわりのものを毀してる」

ユミは、煙草の煙が好きではないようだった。いくらか顔をそむけるようにしている。私は立ちあがり、船首《バウ》のハッチを開けた。これで、船室《キャビン》には風が通る。

「そういえば、婆さんがおまえのそばで煙草を喫ったことはない、という気がするな」

佐野峰子が、煙草を喫った。私はそれを見たような気がしたが、いつ、どういう煙草を喫っていたか、どうしても思い出すことができなかった。

「しばらく、一緒に暮そう、ユミ。この二年間、俺がそんなことを言った相手はいなかった。だから、煙草に馴《な》れろ」

ユミが、両脚の上に顎を載せるような恰好《かっこう》をした。私は、灰皿に灰を落とした。

「俺は、なにをやっても、駄目な男だったと思うよ。ロケットの開発をやったとしても、ロケットが落ちることを望んだりしたと思う。どこか、でき損ってこの世に出てきたんだな。誰もが当たり前と思うことを、どうしても当たり前と受けとめることができなかった」

煙草を消すと、ユミはまた頭を持ちあげ、口で息をしはじめた。私は、ユミの頭に置いた手に、少しだけ力を入れた。

「なにか、つまらないな。こうやって息をして、ものを食って、いろいろ考えたりする。なぜなんだよ、ユミ。眠るのも、面白くない。また眼が醒めるんだからな」

それでも私は、ユミのそばにしゃがみこんだ恰好で、しばらくうとうとした。

立ちあがったのは、十時を回ったころだ。

私は、ジーンズに長袖のシャツを着こんだ。裾は、ジーンズの外に出したままだ。

「おう、これだ」

私は、船室《キャビン》の物入れから、ビリークラブを出した。ユミが、ちょっと怯えたような表情をしている。

「こいつはな、でかい魚をあげた時、ぶん殴って殺《しめ》るもんさ。片手で使うバットのようなもんか。でかいカジキでも、三発ぐらいで死ぬね」

なぜビリークラブというのか、私は知らなかった。その名前が、なんとなく気に入っているというだけのことだ。

「しばらく留守番だ、ユミ。いいな」

私はビリークラブを腰の後ろに差しこみ、懐中電灯を持った。

マリーナ事務所の前に、テンダーボートはいつも係留してある。たまには、それを拝借することもある。十馬力の船外機付きで、ほかにオールも付いていた。

舫《もや》いを解いて乗りこみ、私はオールを使ってマリーナの外へ出た。それから、船外機のスターターロープを引いた。老朽船だが、毎日のように動かしているので、調子は悪くない。一発で始動した。

懐中電灯で行先を照らしながら、私はとろとろと進んだ。

計算した通り、十五分で波止場に着いた。数隻の漁船が舫ってあるだけの、小さな波止場である。入港浮標《ブイ》と防波堤の付け根の水銀灯だけが明りだった。

私はボートを舫い、波止場の入口の方へ歩いた。特に柵などはなく、ところどころに漁網が干してあるだけだ。

十時四十分を回っていた。

遠くで、車の行き交う音がする。ここも、大都会の片隅なのだ。

煙草を一本喫い終えたころ、車が一台やってきた。私は、懐中電灯を点滅させて、車に合図を送った。

「なんだって、こんな場所で」

福井が降りてきて言った。エンジンはかけたままで、ヘッドライトが積みあげられた木箱を照らし出している。

「犬を、連れて戻らなきゃいかんわけだろう、福井？」

「じゃ、犬はここにいるのか？」

福井の表情は、よく見えなかった。

「いくら、貰える？」

「そりゃ、成功報酬で、結構貰えるよ」

「俺の方は？」

「あんたはあんたで、交渉すりゃいい」

福井が、周囲を見回している。

「犬、どこだよ？」

「あと十分ぐらい、待ってくれ」

「なるほど。ここへ連れてくるわけだな」

「エンジンを切って、ライトも消してくれ」

福井が、上体を車の中に入れた。エンジンが止まり、闇に包まれると、不意に波の音が大きくなった。

「あんたが、仕事をしないと婆さんに言った時は、焦ったよ」

「からかっただけだ。おまえをじゃなく、婆さんをだぞ。金さえあれば、なんだってできる。そう考えているところが、面白くないね。俺は、婆さんの使用人でもないし」

「金になりゃいいんだろう」

「俺は、違う。別に金が欲しいわけじゃない」

「そんなやつが、世の中にいるかよ。金っていえば、田所がまたなんとか借金しようとしている。よその業者のところでだが、俺はあいつに会った。うちの借用証を持ってくれれば、一千でも二千でも借りられる、と言ってやった。返済能力があるって証明だからな」

前の借金をきれいにしているという事実は、大きいはずだ。一千万貸すところがあっても、おかしくない。

「人から、金を借りることばかり考えてる野郎だな、ありゃ」

「おまえだって、金を出してくれるやつがいたら、なんでも言うことを聞こうと思ってるじゃないか。俺から見ると、同じだ」

「おい、俺を怒らせるような言い方は、やめにしておきなよ。俺はいま、肚《はら》に収《しま》いこんじゃいるが、あんたに対する恨みは、忘れたわけじゃねえんだからな」

「それも、金で解決できるんだろう？」

「額によるな」

「おまえは、ちゃちなやくざだよ。ちょっとばかり、堅気《かたぎ》の真似をするのがうまいってだけでな。自分の想像を超えた金にゃ、必ず尻尾を振る」

「おい、頼むからやめてくれよ」

「別に、ここで怒っても構わないんだぜ」

「待てよ、先生。俺たちは、仕事中だ」

「おまえはそうかもしれんが、俺は違う」

私は煙草をくわえ、ジッポで火をつけた。闇の中で喫う煙草は、なぜかうまくない。いつも感じることだった。見えない煙は、刺激もないということなのか。

「おい、犬を連れてくるやつら、何人なんだよ。俺は、拳銃《チャカ》なんか持ってねえぞ」

「男ひとりに、女ひとり」

「そんなもんか。手錠を持ってる。そいつでどこかに繋いで、せいぜいふるえあがらせてやろうじゃねえか。そのあたりは、俺に任せてくれ」

くわえていた煙草を、私は吐き出した。どうするか、なにも決めていない。ただ、福井の相手をしているのは、面倒になってきた。

「おまえ、やくざにむかんな。騙《だま》されてばかりだ」

「どういう意味かな、先生？」

「誰も犬は連れてこないし、俺は仕事もしない」

「冗談はやめとけよ。儲け話を放り出す馬鹿がいるかよ」

「馬鹿と思ってるから、おめでたいのさ。なんでも、金かい？」

「違うのか？」

「違うというのが、信じられないんだろう？」

福井が、大きな息を二つついた。

「先生、確かめておきたいんだがよ。あんたは頼まれた仕事をする。犬は、ここで受け取ることができる。そうだよな？」

「俺は仕事をしないし、犬はこない」

「なぜ？」

「おまえに、説明してもわからんさ」

「いやだなあ、どういうことだい？」

いきなり、肩のあたりを白い光が掠《かす》めた。とっさにかわしたが、ひっかかれたような感じが肩口にあった。それが、じわりと熱くなってきた。

「これを遣わせると、俺はなかなかのもんでね。皮を剝ぐように斬ることもできるよ」

福井は、小さなナイフを右手に持っていた。それだけが、闇の中で白い光を放っている。上下に、ゆっくり動いた。

「怪我させるなと言われちゃいるが、仕方ねえよな。殺さない程度でやめといてやるよ。殺されるより、そっちの方がつらいが」

私は、福井の正面から動かなかった。

白い光が、ナイフではない別の生きもののように、闇の中を走った。風を感じた。シャツの前が切り裂かれ、胸に痛みを感じた。深い傷ではなさそうだ。

もっと深く斬られてみたい。ふと、そう思った。それも悪くない。自分の躰が、血を噴き出すのを、見てみたかった。

私は、一歩前へ出た。福井が、跳び退《すさ》った。意表を衝く動きだったのかもしれない。

「無茶はやめとけよ、先生」

また、白い光が走った。しかしそれは、私の躰のどこにも届かなかった。腰の後ろに手をまわしたのは、とっさだった。届かなかったナイフに、腹を立てたのかもしれない。ビリークラブを、振り降ろしていた。白い光が飛んだ。ビリークラブには、鈍い手応えがあった。福井が呻き声をあげている。右手を、胸のところで抱えるようにしていた。

私は、ビリークラブを横に振った。福井の躰が、吹っ飛んだ。倒れ、立ちあがろうとしてくるところに、また振り降ろした。福井は、潰《つぶ》れたように這いつくばった。

さっきよりは、ずっとのろのろした仕草で、福井は起きあがろうとした。

立ちあがるのを待った。

むかい合う。私が踏み出すと、福井は退がった。一歩、二歩。福井は、私に背をむけて走りはじめた。だが、躰は重そうで、私は大股で歩いてすぐに追いついた。

防波堤の付け根の、水銀灯の光が届いていた。背後から、私は肩を打った。福井が、膝を折る。ふり返り、私を見あげる。眼に、恐怖の光があった。

「やめてくれ、先生」

「ナイフを出したの、おまえだろう」

「ちょっと脅すだけのつもりだった。ほんのちょっとな」

「そんな中途半端なことをやるから、反撃されるんだよ。殺す気がなけりゃ、ナイフなんか出すな」

「わかったよ。わかったから」

福井の頬のあたりに、私はビリークラブを叩きこんだ。のけ反った福井の口から、血が飛んだ。仰むけに倒れ、福井は低い呻きをあげ続けている。

「立ってみろ」

「勘弁してくれ。頼む」

「そう言われても、勘弁しないのがおまえらだろう？」

「なんでだ。なんでなんだよ？」

「俺にも、わからないんだ、それは」

手錠を持っている、と福井が言っていたのを、私は思い出した。

福井のそばにしゃがみこみ、ジャケットのポケットを探った。手錠は、ズボンの尻ポケットで見つかった。警察で使っているのと同じもののように、私には見えた。

後手に手錠をかけ、福井を立たせた。

「どうする気だよ。なにをやりゃ、あんたは気が済むんだ？」

「それが、自分でもわからん」

「言ってくれなきゃ、俺にゃどうしようもねえだろうが」

「なにもしなくていい」

私は、福井を歩かせた。

ボートを繋いだところまで、すぐだった。片脚で船体を安定させ、福井を乗せた。

「暴れるなよ。その恰好で海に落ちたら、溺れ死ぬしかない」

スタータ－ロ－プを引いた。

「どこへ行くんだよ?」

「俺の船さ」

「そこで、なにをやるんだ?」

「だから、わからんと言ってるだろう」

懐中電灯で、福井の顔を照らした。口のまわりが、血まみれだった。

私は光の方向を変え、船外機のギアを前進に入れた。

「先生、あんたおかしいよ」

「自分でも、そう思う」

「俺を、殺した方がいいな」

「なぜ?」

「今度は、俺は脅すつもりではやらねえ。殺すよ、あんたを。絶対に殺すつもりで、ナイフを遣う。すぐには殺さねえ。時間をかけて、くたばらせる」

「なあ、福井」

「なんだよ?」

「ものごとには、遅すぎるってことがあるんだよ。はじめから、そのつもりにならなかった。おまえは、金に眼がくらんでいたからな。だから、時間をかけてくたばっていくのは、おまえの方さ」

「なんの理由もなく、金にもならず、そんなことで人が人を殺せるかよ」

「それも、わからん」

私は、煙草をくわえ、ジッポで火をつけた。

波も風もほとんどなく、ボートはゆっくりと水を掻《か》き分けながら走った。

「ひとつ、感じたことだ」

私が言っても、福井はほとんど反応を見せなかった。

「最後は、躰だな。肉体だ。それだけは、本物だ。毀せば、毀れる」

ボートの揺れの中で、福井の躰は不思議に静止して見えた。

「暴力しかない。最後は暴力しかない。そんな気もする。俺は、おまえでそれを確かめようとしているのかもしれん」

「殺すのかよ」

「暴力が行き着くところは、そこしか見えないな」

「理屈っぽい野郎だ。なんだってんだよ。殺すなら、さっさと殺せ。なんなら、このまま海に飛びこんでやろうか」

「やっと、開き直ったな、福井。やっぱり、遅すぎるが。それに、おまえは海に飛びこんだりはしないな」

「なんで、それがわかる」

「おまえ、ふるえているぞ」

福井がうつむいた。それきり、話しかけても福井は返事をしなかった。飛びこむかもしれないと思ったが、マリーナまでじっと身を硬くしたままだった。

私の船に福井を移し、片手だけ手錠をはずして、手すりにかけた。

それから、オールを漕いで、テンダーボートを元のところに戻してきた。浮桟橋《ポンツーン》ゲイトの方から、私は船に帰ってきた。ユミが、尻尾を振って私を迎えた。福井はユミにちょっと眼をやったが、なにも言おうとしなかった。

手すりから手錠をはずした時、いきなり頭から突っこんできた。頭突を食らい、私は後部甲板《アフトデッキ》に腰を落とした。蹴りつけてくる。軸足の方を、私はビリークラブで薙《な》いだ。したたかな手応えがあった。

私は立ちあがった。腰を落とし、私はビリークラブで福井の顔を打った。こめかみのあたりに当たった。

福井は、それで動かなくなった。

2

夜が明けた。

電源を入れると、携帯がすぐにふるえはじめた。佐野峰子からだ。

「どうだったの。ユミは？」

「いますよ」

「無事なの。どうして、電話に出ないの？」

「まだ、やることがありましてね。二つ三つやることをやったら、それで終りでしょう」

「いつまで、かかるの？」

「さてね。午《ひる》すぎかな」

「福井って子の電話も、通じないんだけど」

「福井の携帯は、威勢のいい曲が呼び出しにセットしてあった。何度か鳴ったので、海に捨てた。

「福井は、電源を切ってるでしょう。電話に出られる状態じゃないんで」

「どんな状態なのよ？」

「佐野さん。いま相手と、ぎりぎりの交渉をしているんですよ。そんな時、のんびり電話に出てられると思いますか。俺の携帯にも、かけないでください。終ったら、こっちからかけますから」

「わかった。ユミの無事を、第一にね」

「心得てます」

電話が切れた。

私は、船室《キャビン》からユミを出した。福井は、船首《バウ》のバースに放りこんである。後手に手錠をかけたから、たやすく起きあがることはできないだろう。左の臑《すね》の骨は、折れている。

「ユミ、どこかで小便をしろ」

浮桟橋《ポンツーン》ゲイトを潜り、マリーナの敷地の方へ行った。

ユミは、明らかに怯えている。人間同士の暴力沙汰を、ユミなりに認識しているのだろう。二度、小便をした。それからは私を見あげるだけで、動かなくなった。

船に戻った。

容器にドッグフードを入れ、水も新しいのに替えた。ユミが朝食を終えるまでに、私はコーヒーを淹れ、卵とベーコンを焼いた。

船首《バウ》バースの福井は、鼾《いびき》をかいて眠っている。

「俺のめしも、少し食ってみるか、ユミ？」

ベーコンをひと切れやると、しばらく匂いを嗅《か》ぎ、それからほとんど嚙《か》まずに、ユミはのみこんだ。

「それだけだ。俺のがなくなっちまうだろう。ドッグフードよりうまいのは、認めるがね」

右肩と胸の傷は、消毒してガーゼをテープで貼った。右肩の方が、いくらか深いようだ。いずれにせよ、血は止まっている。

「あの男のことは、気にするな。そのうち、眼を醒まして喚《わめ》きはじめるさ」

これから先、なにをやるかということについて、私はなにひとつ考えていなかった。考える必要など、まるでないという気がした。そのうち、また佐野峰子から電話がかかってくる。私は、ただ適当な応対をする。佐野峰子は、怒りはじめるだろう。いや、もう充分に怒っているのかもしれない。

「いいか、ユミ。おまえは、俺の犬だ。ここで暮すんだよ」

話しかけると、ユミは上眼遣いに私を見あげてくる。

「海の上の暮しも、悪いもんじゃないぞ」

私は、船の備品の点検をはじめた。ほかに、やることがなにもなかったからだ。

田所が姿を見せたのは、十時を回ったころだった。

「金が要るんですよ」

呟くように言う。私は無視して、備品の点検を続けた。

「三百、いや、二百でいいんです」

「その分の働きをしろよ」

「金は、急いでるんです。前払いってことにしてくださいよ」

「虫がよすぎるな」

「わかってますが、どうしても要るんです。だから頼んでるんじゃないですか、先生」

「無理だな」

「金はあるんでしょう、先生?」

「おまえのようなやつに、貸す金はないね。とにかく、仕事をやるんだな。それでこつこつ蓄えれば、いずれ二百にはなる」

「急ぐんですよ」

「そんなことは、俺は知らん」

私は、救命胴衣の収納のやり直しをした。どこになにが置いてあるかは、備品手帳を見なくても頭に入っている。

「ねえ、先生。あたしは、先生のところで仕事をしたいんですよ。いままでも、やってきたつもりです。二百ぐらい、用立ててくれたっていいでしょう」

「おまえ、ほんとうなら、追いこみをかけられてる。それを止めてやってるだけでも、相当な金額に値する。おまけに、利子をなくす交渉までしているんだ」

「嘘だね」

「ほう」

「借用証は、もう先生が持ってる。樋口商事とあたしは、関係ないはずだ。先生が、樋口商事から借用証を取り上げたんでしょう？」

「言っておくがな、田所。借用証がどこにあるかは、問題じゃない。おまえは、金を借りた。それに利子が付いて脹《ふく》らんでる。つまり事実はそういうことだ。おまえが返済しないかぎり、その事実は消えないんだよ」

一度、借金が消えた。そのことが、田所は忘れられないのだろう。同じことがまたできると、思いこんでいる。

この男は、ある意味で毀れてしまっている。毀れようとしても私にはできないのに、この男は実にたやすく、自分でも気づかないうちに、毀れてしまっている。

「もう、帰れよ。いまのところ、仕事はない」

「帰れないんですよ。二百が無理なら、百でもいい。先生、あたしはあんたに言われて、犬を盗むなんてことまでしたんですよ」

「仕事さ」

「盗みがですか？」

「盗みであろうと、詐欺であろうと」

「あたしには、納得できませんよ。盗みが仕事だなんてね」

「それでも、やるしかないさ」

救命胴衣を収納して、私は立ちあがった。

田所が、私にぶつかってきた。躰に、なにか異物が入ってきた。そんな気がした。痛みというより、熱感に近いものがある。

「あんたの持ってる借用証があれば、俺は一千でも二千でも借りられるんだ。あんたに、ぺこぺこすることもない」

私の下腹に、庖丁が突き立っていた。

それほど深くない。しかし、腸にまではしっかり届いているだろう。腹の中でなにかが破れた、という感じも熱感とともにこみあげてくる。

「おまえな」

「平気だよ、先生。救急車を呼べば、死にはしないよ」

「馬鹿だよ、おまえ」

「どうせ、馬鹿さ、あたしは」

「死ぬほどに、刺してくれりゃいいのに」

私は、拳を田所の顎にむかって突きあげた。それは、まともに田所の顎の先に入った。私の躰から、庖丁が抜けた。なにか、腹の中に溢《あふ》れ出したような気がした。

田所は、両手で庖丁を握ったまま、仰むけに倒れ、白眼をむいている。

私はキャビンに入り、新しいタオルを下腹の傷に当てた。出血は、それほどひどくはなかった。

煙草をくわえた。火をつけた。煙を吐きながら、どうするべきか考えた。

「出航」

私は声に出して言った。なにか意味があるわけではなかった。海の上にいたい。そう思っただけだ。

私はフライブリッジに昇り、両舷のエンジンを始動させた。それから、航海計器類の電源も入れた。

いつでも、船は出すことができる。燃料タンクも清水タンクも、満タンだった。

私は下に降り、フェンダーを取りこみ、係留索を一本ずつはずした。

船を、浮桟橋《ポンツーン》から離す。

田所が、茫然としていた。

私は、船首《バウ》バースに行き、福井にかけた手錠をはずした。福井は、まだ鼾をかき続けている。眠っているのではないかもしれない、と思ったが、いま確かめることはできなかった。

私は突っ立っている田所の右手に手錠をかけ、もう一方を手すりにかけた。

「どうするんです、先生？」

「海の上へ行く。まわりになにもない、海の上だ」

私は、フライブリッジに昇った。

東京湾の一番奥である。そこから太平洋に出るためには、中ノ瀬航路、浦賀水道航路という、本船航路を走らなければならない。その間は、自動航法装置《オートパイロット》などは使えない。

私は、スピードをあげた。それでも航路内は、十二ノットという制限速度がある。それを違反して走って、保安庁の巡視艇に咎《とが》められる確率は十分の一にも満たない。

その確率に、いま私が命中しないともかぎらなかった。巡視艇は、レーダーを使った監視をしている。

私は、決められた速度で走り、東京湾を出ることにした。

フライブリッジの椅子に腰を降ろす。周囲は貨物船ばかりで、律義に法定速度を守っている。こんな航海も悪くないだろう。

腹の中には、なにかが流れ出している感じが続いている。それでも私は、航海計器をチェックする余裕があったし、煙草を喫うこともできた。


ユミが、デッキに出てきていた。

走る船に乗るのは、はじめてなのだろう。不安そうにフライブリッジを見あげ、後部甲板《アフトデッキ》を歩き回り、首をのばすようにして外の海を見た。それから、船室《キャビン》に消えた。

私は、腹のタオルに眼をやった。出血はひどくない。体外の出血はだ。腹の中になにかが流れ出してくる感じは、まだ続いていた。それがほんとうに流れ出しているのか、感じだけなのかわからない。痛みは、それほどなかった。

第一海堡《かいほ》が、左手の遠くに見えた。第二海堡は、すぐそばだった。航路のそばに、軍艦に似せた島を作った。それが海堡らしい。つまり、こけ威《おど》しというやつなのだろう。第三海堡もこの先にあって、それはもう崩れかけていた。半分沈んだ軍艦に見えないこともない。

ぼんやりと、私は秋の海に眼をやった。それほど眼を凝らしていなくても、障害物は五百メートル先の貨物船だけだ。

自分がなにをしようとしているのか、ちょっと考えた。躰は毀れかけている。しかしまだ、完全に毀れてはいない。

生きることを、やめたがっているのだろうか。だとするなら、こんな面倒なことを続けてくることはなかった。決して、死にたがっているわけではない。死んでも構わないと思っているが、それはただ、結果がそうなっても仕方がない、ということにすぎないのだ。

私は、なにかを見たい。なにかを、摑みたい。そう思い続けてきたような気がする。そのなにかは、表面の見えているところにはない。毀して、毀し尽したところにあるような気がする。

観音崎灯台が、右前方に近づいてきた。

海は穏やかだった。荒れていれば、このあたりから波を感じはじめるのだ。天気図は春秋型で、高気圧が日本列島を覆っている日なのだろう。十二ノットなら、フライブリッジにいても、風はさほど感じない。

いいクルージング日和《びより》だった。

私は、煙草に火をつけた。煙は、風で吹き飛ばされていく。ここで喫う煙草は、なにか気が抜けたものなのだ。煙が見えないというのは、そういうことだった。眼を閉じて煙草を喫っている人間は、あまり見かけない。

私はそれでも、フィルターの根もとまで煙草を喫い、灰皿で消した。

観音崎をかわすと、私は航路からはずれ、館山沖に針路をとった。直進すれば、伊豆大島にぶつかるからだ。

しばらく、空を見ていた。航路からはずれると、近くにいるのは漁船だけになる。気づくと、貨物船の船腹が、壁のように迫っているということはないのだ。回転も二千まであげた。飛行機雲が見えた。二本で、それは伸び続けている。ほかに、動いているものはなにも見当たらない。

海の上で、空を眺めている。そんなことが、自分には一番合っているような気もしてきた。他人と、関りすぎた。しかし人は、他人との関りの中で生きている。所詮は、自分が生きにくい人間だったということなのか。

館山沖で、左へ転舵した。これから、布良《めら》、野島崎と見えてくる。二千回転を、下げずに走った。布良沖が、少し荒れていた。いつものことだ。潮流がぶつかっているし、海底の形状が変化に富んでいて、予想外の波が来るのだ。布良瀬と呼ばれるところを越えるまで、私は針路のぶれを警戒しながら、舵輪《ラット》を握っていた。

下腹の傷は、相変らず大した痛みはない。だが、躰全体が重たくなったような気がしていた。転舵のために腕を動かすのも、ひどく重いような気がする。

こんなものなのだろう。なにしろ、庖丁が腹に刺さったのだ。太い血管が切れず、それで出血が少ないに違いない。

野島崎灯台を左舷正横に見る位置で、私は針路八十五度に自動航法装置《オートパイロット》を設定し、最低微速《デッドスロー》に落としてからオンに入れた。これで、船は八十五度の針路を守りながら、微速で進む。海図における八十五度の線上には、島もなにも存在していない。

レーダーとGPSは、電源を落とした。マリーナを出発して、三時間半は経っている。夕刻までには、まだ時間があった。

私は、フライブリッジを降りた。

ユミが、不安そうに寄り添ってくる。私は、軽く頭に手を置いて、二、三度揺さぶった。

「なあ、先生。どこへ行くつもりだよ？」

ぐったりしていた田所が、頭をあげて言った。船酔いより、不安の方が勝ったようだ。右手を、手錠で手すりの金具に繋ぎとめてある。人の力では、ちょっと抜くことはできないだろう。

私は、甲板の端に、小さなポリバケツを二つロープで固定した。雨水は、多少それに入る。船室《キャビン》の中のシンクにも、真水を満たした。それから、ドッグフードの袋に大きな穴を開け、ユミがいつでも首を突っこめるようにした。

「先生、どうすんだよ？」

田所が、声をあげる。

ユミが、私の足にまつわりついてくる。微速に落としてから、揺れは不規則で大きくなった。ユミを不安にさせている一番大きなものは、この揺れなのだろう。

「先生、手錠だけ取ってくださいよ。このままじゃ、窮屈で仕方ないですよ」

私はユミに、甲板の水の場所を教えた。ユミは、鼻を近づけただけで、飲もうとはしなかった。

船首《バウ》バースの、福井の容子《ようす》を見にいった。

仰むけのまま、福井は鼾をかき続けている。頬のところどころに、黒い血の塊《かたまり》がついていた。二、三度頬を叩いてみたが、福井が眼醒める気配はない。眠っているのでも、気を失っているのでもないかもしれない、とは感じていた。鼾も、気持よさそうなものではなく、エンジン音を押しのけるほど、異様に大きい。しかし、それ以上のことを確かめようと、私は思わなかった。

甲板に出て、ファイティングチェアに腰を降ろした。ユミが、足もとにうずくまる。

「先生、なんか言ってくれよ」

田所が声をあげた。胸のあたりが、吐瀉物《としゃぶつ》で汚れている。

「どこへ行く気なんだよ。もう、何時間も乗り続けているよ」

ファイティングチェアの背凭《せもた》れに寄りかかった。躰の中で、別のものが大きくなろうとしている。そんな気がした。私とは、まるで別のものだ。私は、それと闘おうとはしていなかった。ただ正体だけを見きわめたい、と思っていた。

煙草を出した。火をつける。後部甲板にはほとんど風もなく、吐き出す煙はよく見えた。思いきり肺に煙を入れると、躰が後ろに倒れていくような気がした。それも、心地がいい。二度、三度と、私はそれをやった。全身に、汗が滲んでいた。

陽が落ちはじめている。

ほとんど真東にむかっているので、後部は夕方の光を正面から受けることになる。緩やかなうねりがあり、船はゆっくり持ちあげられては下がる。小さな波が、陽光を照り返して輝いていた。私は、しばらくそれを見つめていた。

きれいだ、と思った。海が、これほどきれいだと思ったことは、いままでにない。これが、世の終りというやつなのか。すでに、陸地は見えず、船影もなかった。

海上ではない、別の場所にいるような気持になってくる。短くなった煙草が、指さきを焼いた。それが、心地よかった。生きているから、熱い。単純なことが、単純に理解できた。私は、指さきの皮膚が焼け、肉が焦げるに任せていた。

足もとに、ユミが来た。

私の姿が、異常に見えたのだろう。かすかに、鼻を鳴らす。

私は煙草を消し、ユミの頭に手を置いてやった。潮気を吸ったためか、さらさらしていたユミの長毛は、いくらか湿ったような感じになっている。

「心配してくれてるのか、ユミ?」

声をかけると、ユミが見あげてくる。人の言葉がわかるのではないか、と思えてくる。それも、座れとか待てとかいう言葉だけでなく、語った思いまで理解しているような気になってしまうのだ。

表情のある眼のせいだろう、と私は思った。もう一度、ユミの頭に手をやった。尻尾が、かすかに動いた。

船は、設定通りに進んでいる。

海面の眩しさに、私は眼を細めた。陽が、さらに傾いたようだ。

3

暗くなった。

濃い闇だった。星だけの空が、明るく感じられるほどだ。

私は、航海灯も点《つ》けなかった。ファイティングチェアに腰を降ろし、闇に身を委《ゆだ》ねていた。自分の躰が、闇の中で浮遊しているような気がした。

単調に響くエンジン音と、舷側に当たる波の音だけが、私が船上にいることを感じさせる。

私は、眠ったようだった。

眼醒めても、まだ闇の中にいた。夢などは見なかった。自分が生きているのかどうかを、私はひとつひとつ躰を動かすことで確かめた。口が動く。指が動く。肘《ひじ》も動く。しかしそれで、死んでいないと言いきれるのか。

死ぬということは、なんなのか。こうして闇に身を委ねていることは、死ではないのか。死んでもなお、意識だけがあるのではないのか。

躰の中に別の生きものがいて、私の躰を奪おうとしている。なにか重苦しい現実感で、私は自分が生きているのだと、ようやく認める気になった。

煙草を探り出し、一本くわえて火をつけた。闇の中の煙草は、赤い点が明滅するだけで、うまくもなんともなかった。灰皿が探り出せず、私は吸いさしを海に捨てた。火傷を負った指さきに、痛みがある。それは、腹の傷よりはっきりした痛みだった。

足もとに、ユミが近づいてきた。私は、ユミの頭を手で探った。ユミが尻尾を振ったのか、甲板を軽く叩くような音が聞えた。

掌に、命が伝わってくる。切ないほどのものを、ユミの頭は私の掌に感じさせた。

「つまり、俺が放しちゃならないものってわけか。それを放すことで、はじめて毀れることもできるのか」

呟いていた。ほんとうに声が出ていたのかどうかは、わからない。ユミが、頭を動かす気配があった。

命がなんだ。そう思えればいい。世界じゅうで命が生まれ、消えていくことがくり返されていく。ひとつの命がなんなのか。取るに足りないものか。それとも、ひとつがあるからこそ、無数の全体があるのか。

私は、自分が錯乱しかかっているのに、気づいていた。ということは、まだ錯乱してはいないのだろう。

この闇のせいか。

闇が、私を錯乱させているのか。眼を閉じた。同じ闇だった。躰の中にいる別のなにかが、また少し大きくなっている。

眠った。

夢など見なかった。

眼醒めた時、ひどいのどの渇きを覚えた。水が飲みたいというのは、欲求というより衝動に近かった。私はそれを抑さえ、耐えた。煙草の火で指さきを焼いたのと同じような、奇妙に自虐的な快感があった。

舌を出し、火傷で崩れた指さきを舐めた。指さきには、痺《しび》れるような痛みがある。舌で舐めると、その痛みはなおさら際立った。舌に、ほとんど唾液がついていないからだと、私は気づいた。

舐め続ける。痛みが、快くなった。のどの渇きも、いつか忘れていた。

周囲が、少しずつ明るくなってきた。

まだ黒いが、波の形状が見えてくる。いくらか荒れそうな波だった。眠っている間に、揺れも大きくなったようだ。

田所は、手すりを摑むような恰好で眠っている。船酔いはしていても、眠ることはできるのだ。ユミは、私の足もとで、揃えた前脚に顔を載せている。フードを食べたり、水を飲んだりしたのかは、わからなかった。いまは、船の上という環境を、大人しく受け入れてしまっているように見える。

私は、煙草に火をつけた。深く、肺に吸いこんだ。吐き出していく煙が見える。うまいと思った。ゆっくりと、私は一本を喫い、また指さきを焼いた。痛みは続いているが、熱さはほとんど感じなかった。

風が吹いてきた。周囲がすっかり明るくなったころからだ。波高は、二メートルというところだろうか。やがて、もっと荒れる。いまは、時化の前兆だろう。

「先生」

不意に、田所が言った。

「どこへ行くんだよ。操縦もしないで、なにかにぶつかったりしないのかよ?」

ぶつかるものなど、なにもない。そういう海域に、船をむけているのだ。

「帰ろうぜ、もう。これだけ走りゃ、充分じゃないの。マリーナに帰って、先生の腹の傷の手当てをしようよ」

おまえが、刺したんだろう。そう言おうとしたが、舌が上顎に張りついて動かなかった。私は、手錠をかけた田所の手首が、擦れて出血しているのに、ぼんやりと眼をやった。

「海が、荒れてきてるよ。きのうは、こんなんじゃなかった」

春秋型の天気図なのだ。高気圧も低気圧も、足速だった。時化はするが、すぐに低気圧は追い越していく。

私は、ファイティングチェアから腰をあげた。全身が重たかった。自分の躰ではないような気がする。私は、しばらく背凭れに摑まって立ち尽していた。躰の中に、もうひとつ別な躰を抱えている。そんな気分だ。

船室《キャビン》に入った。船首《バウ》バースまで、私はものに摑まりながら進んだ。

福井は、生きていなかった。鼾が聞えないというだけではない。見た瞬間に、私には福井が物としか感じられなかったのだ。

いつ死んだのかわからないが、躰はすでに硬直している。

私は福井の服を摑み、バースから引き摺り降ろした。ユミが、怯えているようだった。船室《キャビン》を引き摺る時、突っ張った肘がテーブルの脚につかえた。二、三度蹴りつけると、どこかの関節がはずれたのか、肩がぐらぐらになった。

船室《キャビン》を引き摺る間に、肩のところが伸びて、腕がひどく長くなったように見えた。ユミは、怯えて船室の中を歩き回っている。

ようやく、後部甲板《アフトデッキ》にまで、福井の屍体を引き摺り出した。

田所が、叫び声をあげる。どうせ死ぬのなら、はじめからここに置いておけばよかった、と私は思った。

「福井じゃねえかよ、先生。そいつは、福井じゃねえか」

「もう、福井じゃないな。ただの物だ。俺は、そう思うよ」

自然に、声は出ていた。全身に汗をかいていたが、舌まで汗をかいたように濡れていた。

「あんたが、殺したのかよ？」

「自分で死んだのさ。人間なんて、そう簡単に殺せるもんか」

「いや、あんたが殺した。あんたが」

「ぶん殴ったのは、俺だよ。しかし、自分で死んだのさ」

私は、船尾《スタン》のトランサムドアを開けた。そのさきはスイミングプラットホームで、さらにその先は海だ。トランサムドアは、大物を釣りあげた時、取りこむのに使う。

私は、そこまで福井の屍体を引き摺った。

障害物がないと、硬直した躰はむしろ引き摺りやすかった。

スイミングプラットホームまで、引き摺り出す。それから私は屍体を跨《また》いでデッキに戻り、少しずつ屍体を足で押した。

屍体が、海面にせり出していく。足の先が波に洗われ、すぐに引きこまれるように海面に出ていった。

屍体はしばらく浮いていて、波に揉まれ、やがて見えなくなった。

「なんだよ。なんだってんだよ」

田所が呟いている。

「海で死んだら、水葬する。そういうことになっているんだよ、田所。ま、経験したことはないんだが」

私は、トランサムドアを閉じ、ファイティングチェアに腰を降ろした。

ひと仕事終った。息はかなり乱れていて、整えるのにしばらく時間がかかった。

海は、さらに荒れはじめていた。斜め後方から波を受けているので、オートパイロットは忙しく舵を修正している。

「先生、あんたなんのために」

「煙草、喫うか、田所？」

「いらないよ。こんな時に」

「そうか。もう四本しか残ってない」

四本のうちの一本をくわえ、私は火をつけた。船が時々持ちあがり、船底が海面を打った。そのたびに、私の腰は一瞬だけ宙に浮いた。

ゆっくりと煙草を喫い、また指さきを焼いた。それから、そこを舌で舐め続けた。そうしているかぎり、不思議にのどの渇きはなかった。指さきの痛みだけが、際立ち続けている。私のすべての感覚が、指さきにあるような気さえしてくる。

いつの間にか、眠ったようだ。

このファイティングチェアでは、暖かい季節は、酒を飲んでよく眠った。時化の揺れが、眠気を助長させるのかもしれない。

飛沫が顔に当たって、私は眼醒めた。

波高は、三メートルを超えているようだ。船体は持ちあがり、海面を叩くことをくり返している。天気も悪くなり、ぽつぽつと雨も降りはじめているようだ。

「先生、頼む。手錠をはずしてくれ」

田所が言ったので、私はそちらに眼をむけた。

「船が揺れるたびに、手首が千切れるんじゃないかと思う。助けるつもりで、手錠をはずしてくれ」

「俺が助けるつもりになっても、おまえは助けられたつもりにならん。はじめから、俺を裏切りっ放しじゃないか。そういう二人が、同じ船に乗って時化の中というのも、面白いがな」

「あんた、どこへ行く気なんだよ。え、どこへ行きたいんだ。千葉か、茨城か?」

「馬鹿言え」

「じゃ、どこだよ?」

「さあな。聞いて、どうする?」

「俺はさ、先生。あんたが福井を殺したことなんか、きれいさっぱり忘れるからさ。誰にも、言わないよ」

「小悪党は、小悪党らしく大人しくしてろ」

「鍵だよ、先生。手錠の鍵」

私は、ズボンのポケットを探った。小さな鍵が、指さきに触れた。

「これだな」

「あったのか。はずしてくれ、早く」

「いらんな、こんなもの」

私は、田所の頭越しに鍵を抛《ほう》った。それは、田所の叫びとともに、海の中に消えた。

「冗談だろう、先生。ほかに鍵はあるんだよな？」

「いや、ない」

「そんなこと、言わずに」

「馬鹿だな、おまえはやっぱり」

躰の中に居座っている別のものが、さらに大きくなってきたのを、私は感じていた。それは徐々に大きくなってくるわけではなく、ある時、不意に膨れあがるようだった。あるいは、私がそんなふうに感じているだけかもしれない。

「この船、どこへむかっているかわかるか、田所？」

「教えてくれと、何度も言ってるじゃないか。いつ、着くかも」

「どこへもむかってない。だから、いつまでも行き着くことはない」

「そんな、先生」

「ほんとうさ。ひたすら沖にむかって、この船は進み続けている。そんなふうに、舵が設定してあるんだ。もう、どこを見ても陸なんか見えはしないぜ」

「島があるんだろう。島にむかっているんだろう？」

「いや、島ひとつない海域に、船をむけた」

「なぜ？」

「そうやって、一度、走ってみたかった」

「正気じゃないね」

「そうだろうな。煙草、喫うか？」

「それどころじゃないよ」

海は、荒れ続けている。揺れに身を任せていると、手首に負担がかかるらしく、田所は手すりのステンレスを摑んでいた。

私は、煙草に火をつけた。残りは、二本になった。雨が煙草を濡らしそうだったので、私は船室《キャビン》に入った。ユミもついてくる。

大きなフードの袋は、まったく減っていない。水は、船の揺れでほとんどこぼれたようだ。私は、フードを摑み、ユミに差し出した。ユミは、大きな舌で舐めるようにして、それを口に入れた。

「おまえだけは、災難だったよな」

声をかけると、ユミがもの悲しげな眼をむけてくる。

「あの家で、婆さんに大事にされてたのに、こんな時化の中だからな」

ユミは、私を見続けている。私は、もうひと摑み、フードを差し出した。煙草が短くなっている。それを、テーブルに嵌《は》めこんだ灰皿で消した。

指さきを焼くことに、私はもうこだわっていなかった。さっき舐めていたら、肉が取れ、白いものが見えた。骨かもしれない、と思ったが、周囲の肉がすぐにそれを隠した。

なぜか、骨には大した関心がなかった。痛みさえ感じないものだ、という気がした。

船室《キャビン》の床に座りこんでいると、自分の躰が、自分のものではないような気がしてきた。私の躰の中にいた別のものが、すべてに取って代っている。そう思えるほど、意識から自分の躰が遠くなった。

私はうとうととしたが、激しい衝撃で眼を醒ました。

オートパイロットは、針路を定められた通りに修正し続けるが、波をかわそうとはしない。自分で操縦していれば、波をかわしながら進む方法はあるのだ。

波高は、やはり三メートルから四メートルというところだろう。いつの間にか、雨は激しくなっていた。低気圧も、それに伴う雨雲も、急ぎ足で船を追い越そうとしているようだ。

「おまえは、船酔いをしないんだな」

ユミが、見あげてくる。

この犬は、運の中にいた。助かるかどうか。食料もあれば、多分、水も確保できる。ならば、しばらくの間は生き続けられる。

燃料がある間、船は進み続ける。それは、四日間とちょっとだ。それで機関は停り、漂流することになる。

風が、追手《おいて》になってきていた。そうなると、船は持ちあげられても、船底が海面を打つことはほとんどなくなる。一、二ノット、スピードもあがるだろう。低気圧が、追い越しかけている風向だった。

後部甲板《アフトデッキ》から、叫び声があがった。時々、追い波が打ちこんでくると、束の間、後部は水浸しになる。耐えきれず、田所が叫んだのだろう。

私は、またうとうととしたようだ。

強い衝撃がないので、かなり長い時間、眠ったのかもしれない。

波高は、二メートルほどに戻っていた。完全な追い波だが、後部に波が打ちこんでくるほどではない。

私は、ユミ用の容器に真水を入れ直した。後部甲板《アフトデッキ》に出て、ロープで固定していたバケツも、一度解き、真水を入れ直してから固定した。

田所が、笑い声をあげている。眼はうつろだった。

私は、雲の割れ目から差しこんできた、棒のように見える陽の光に眼をやった。それから、船室《キャビン》に入った。

煙草が、まだ二本残っている。

そのうちの一本に、火をつけた。ゆっくりと喫い、片手はユミの躰の上に置いた。そうしているかぎり、ユミはいくらか安心しているようだ。

「俺は、とうとう毀れそうだぞ、ユミ」

声をかけるたびに、ユミの躰はかすかに動く。尻尾を動かすこともある。聞えている、と返事をしているのだろう。

「もう、俺ではなくなりかかってきた。腹の中が破れていて、そこから生まれたものが、俺よりでかくなり、俺を食い尽そうとしているんだ」

ユミの尻尾が、かすかに動く。私は、肺の奥まで吸いこんだ煙を、ゆっくりと吐き出した。煙草の味だけは、よくわかる。煙草の味を感じているのだけが、俺の躰だ、と私は思った。

「まあ、こんなもんだろう。わけのわからないことかと思ったが、俺は毀れる自分を、しっかりと見続けている、という気がする」

掌に力を入れると、ユミがまた尻尾を動かした。

煙草が、短くなった。私は、それを灰皿で消した。

船の動きは、ずいぶんと安定してきた。時化るのも早かったが、凪《な》ぐのも早い。秋の外洋とは、こんなものなのだろう。

「生きのびろ、ユミ」

煙草は、もう一本しか残っていない。

「俺の計算では、相当日本から離れて漂流をはじめることになる。そして海流に乗る。海流を読めばわかるんだが、船は転覆しないかぎりいつかシアトルあたりに着くんだ」

シアトルまでは、長い旅だろう。ひと月はかかるかもしれない。フードは一週間分あるぐらいだ。あるだけの真水は、出してある。

「おまえ、生きのびてシアトルに着けば、英雄犬だぞ。婆さんがショックで死んでても、おまえを飼いたいという人間はいくらでもいる。まあ、あの婆さんは、簡単にはくたばらないだろうが」

私は、もの入れから、封を切っていないラムを一本出した。

「いいか、ユミ。餌《えさ》がなくなったら、俺を食え。食いやすいように、しておいてやる。とにかく、生きのびろ」

航路からは、はずれている。それでも、貨物船や漁船に出会う幸運が皆無というわけではない。

後部甲板《アフトデッキ》に出て、私はラムの封を切った。

ファイティングチェアに腰を降ろし、雲が少なくなりはじめた空を眺めた。田所の、低い笑い声が続いている。

ラムを、ひと口呷った。全身に、痺れるような快感が走った。力が漲《みなぎ》ってきた、と思いたくなるほどだ。

上着を脱ぎ、ポケットに残った煙草だけを出して、海に捨てた。財布や免許証も、そこに入っている。もうひと口、ラムを呷った。全身が、痙攣するようにふるえた。

煙草に、火をつける。ラムの味はわからないが、煙草の味はよくわかった。

シャツを脱ぎ、アンダーシャツも脱いだ。投げ棄てた海面はさらに穏やかになっていて、ふわりと拡がったシャツが、人の姿のように見えた。

下半身につけていたものも、すべて脱いだ。それも、海に放りこむ。私は、素っ裸だった。空にむかって、煙を吐き出す。煙が、薄い雲のように、私には見えた。

いつの間にか、煙草は短くなった。ユミが、足もとにうずくまっている。

私は、ラムを呷った。躰の中の、方々が破れたような感覚があった。私の中にいた、私ではないものが、私より大きくなってはみ出してきた。

ラムを、呷り続ける。

青い空しか、見えなくなった。

明日まで、晴れは続くだろう、と私は思った。

初出「小説現代」二〇〇一年七月号～二〇〇三年五月号

煤《ばい》煙《えん》

二〇〇三年八月八日　第一刷発行

著者——北方謙三《きたかたけんぞう》

発行者——野間佐和子
発行所——株式会社講談社
東京都文京区音羽二－一二－二一　郵便番号一一二－八〇〇一
電話
出版部（〇三）五三九五－三五〇五
販売部（〇三）五三九五－三六二二
業務部（〇三）五三九五－三六一五
印刷所——大日本印刷株式会社
製本所——黒柳製本株式会社

定価はカバーに表示してあります。

N. D. C. 913　434p　20cm　ISBN4-06-211955-2